悦读季作家榜

月亮与六便士

YUELIANG YU LIU BIANSHI

[英] 毛姆◎著

文竹◎译

CHISO SINCE 1956 新疆青少年出版社

图书在版编目（CIP）数据

月亮与六便士 / (英) 毛姆著 ; 文竹译. -- 乌鲁木齐 : 新疆青少年出版社, 2023.2

（悦读季作家榜）

ISBN 978-7-5590-9137-6

Ⅰ. ①月… Ⅱ. ①毛… ②文… Ⅲ. ①长篇小说－英国－现代 Ⅳ. ①I561.45

中国版本图书馆CIP数据核字（2022）第233086号

月亮与六便士

YUELIANG YU LIU BIANSHI

[英]毛姆 著　文竹 译

出版发行　新疆青少年出版社有限公司

社　　址　乌鲁木齐市北京北路29号

电　　话　0991—6239231（编辑部）

经　　销　各地新华书店

印　　刷　三河市金泰源印务有限公司

法律顾问　王冠华 18699089007

开　　本　880mm×1290mm　1/32

印　　张　8.5

版　　次　2023年10月第1版

印　　次　2023年10月第1次印刷

书　　号　ISBN 978-7-5590-9137-6

定　　价　48.00元

新疆青少年出版社有限公司官网　http://www.qingshao.net

新疆青少年出版社有限公司天猫旗舰店　http://xjqss.tmall.com

新疆青少年出版社

[法] 保罗 · 高更（1848—1903）

《海滩上的大溪地女人》

[法] 保罗 · 高更　《阿尔夜间咖啡馆》

[法] 保罗 · 高更　《布列塔尼的猪倌》

[法] 保罗 · 高更　《你何时嫁人》

[法] 保罗 · 高更　《乐谱上的牡丹花束》

[法]保罗·高更　《忧郁（1891）》

目录
contents

一

说真的，我与查理斯·思特里克兰德初次相识的时候，并没有觉得他有什么特别之处，然而在今天，他的伟大是公认的。当然，我所说的伟大并不是指政治家或军事家的伟大。这两种人的伟大虽然十分显赫，但终究是与他们的地位紧密相连的，而不是他们本人所具有的独特品质。随着时间的流逝，他们立下的功绩很容易被人遗忘，就像划破夜空的流星，只能璀璨一时。当一位首相离职后，人们往往会发现他是一个光说不做的演说家；当一位将军退伍还乡，人们也常常会发现他昔日的英雄事迹其实平淡无奇。但是，和上面这些人都不同，查理斯·思特里克兰德是一个真正伟大的人。或许你不会认同他的艺术，但我敢保证你一定会对他感兴趣。他的作品有一种特殊的魔力，能够让人心潮澎湃，引起共鸣。如今，人们对思特里克兰德的评价非常高，这在过去几乎是无法想象的。那时如果有人为他辩护或说几句好话，那么这个人一定会被大众当作性情古怪的人。在今天的人们看来，他的缺点不是令珍珠蒙尘的缺陷，而是优点的附属品，和优点一样重要。在艺术史上，关于他的地位倒还有争论的余地。人们可以出于个人喜好来赞扬或是诋毁他，可是，就连最极端的批判者都不得不承认他具有卓越的天分。他是一个当之无愧的天才。我认为一位艺术家所具有的个性正是他的艺术里最吸引人的部分。倘若一位艺术家具有个性，就算他有再多的不足之处，我都会给予原谅。和比埃尔·格列柯相比，委拉斯凯兹因为画技高超显然更胜一筹，但是后者创作出的绘画作品趋于流俗，缺乏鲜明的个性，令我们无法产生新鲜感。而前者的作品却具备一种肉欲以及悲剧之美，像是做出了无可挽回的巨大牺牲，向我们无言地吐露心声，倾诉自己的灵魂秘密。这就是它的个性。对艺术家而言——无论是画家、诗人还是音乐家，他们都以创作出风格独特的作品为使命。这些作品有的凄美，有的崇高，给这个世界增添了缤纷的色彩，提高了世人的审美意识，但创造过程也有狂野的一面。艺术家在创造作品时，不仅是在为世界艺术做出一份贡献，同时也是在尽情地展现自己的艺术才能。艺术作品中常常隐藏着艺术家埋下的秘密，发掘这个秘密的过程就像是阅读一本情节引人入胜的侦探小说，令人不禁深深着迷。和大自然一样妙的是，你永远也无法找到这个秘密的标准答案。哪怕是在思特里克兰德最不出名的作品中，你也能够隐约解读出他的复杂而奇特的个性。正因为如此，没有人能真正做到忽略他，即便是那些丝毫不喜欢他的绘画作品的人。相反，有太多的人对他的经历和个性满怀着好奇。

思特里克兰德生前寂寂无闻，直到他逝世四年后，因为一篇艺术评论的文章，人们才发现了他的才华。那篇文章被发表在《法兰西信使》上，它的作者正是法国艺术评论界中最具有权威的莫利斯·胥瑞。他在文中提出的观点可谓标新立异，开拓了许多守旧派作家的思路。他对思特里克兰德的称赞毫不吝啬，尽管在当时可能有过度夸耀之嫌，但事实证明他的眼光非常正确。自此，查理斯·思特里克兰德的地位才变得稳固。思特里克兰德声名大振，这一事例极具浪漫主义色彩，不过我说这些并不是想评论他的艺术作品。有些画家认为外行对艺术鉴赏不来，他们只需要老老实实地为艺术花钱就好，无须置喙，但这种观点我无法认同。艺术是人人都懂的语言，它传递的感情是最重要的。把艺术看成是专业人士才可以解读的技巧，实在是谬论。当然，我也承认，一个艺术评论家必须掌握技巧方面的知识，否则他就难以做出恰当的评论；而我对绘画技巧并不熟悉，不过我有一位朋友恰好可以帮助我，他叫爱德华·雷加特，擅长写文章，同时在绘画方面也颇有造诣。关于查理斯·思特里克兰德的作品，他已经出过一本书来研究了。这本书措辞得当，行文优美，唯一遗憾的是，它的文风在今天看来显得有些过时了。

正像所有擅长写文章的人那样，为了吸引读者的兴趣，胥瑞在他那篇文章中对查理斯·思特里克兰德的生平做了一番描绘。后来，在思特里克兰德生前就曾与他打过交道的人——无论是早就认识他的作家还是和他只有一面之缘的画家——都惊讶地发现他其实是个天才。可惜他们当初却没有一双慧眼，只把他看成一个十分普通的落魄艺术家。从那以后，追忆思特里克兰德生平和评述他作品的各类文章纷纷涌现，使得思特里克兰德的名声更大了。研究思特里克兰德成为热潮，魏特布瑞希特-罗特霍尔兹甚至写了一篇专题论文，对当时这方面的文章做了综述。

人类生来就会制造神话。对于优秀的人物身上发生的未解事件，人们往往喜欢编造出各类神话传奇来解释。这大概是因为日常生活太过平淡无奇，人们渴望给它增添一抹浪漫主义色彩。很多人尤其喜欢对传奇中的小插曲津津乐道。瓦尔特·饶利爵士给人留下的最深刻印象不是为英国开拓广阔的国土，而是他铺开了自己的披风，只是为了伊丽莎白女王能够踩在上面不失优雅地走过去。话说回来，查理斯·思特里克兰德生前的朋友并不多，所以那些追忆他的作者就不得不充分发挥自己的想象力，甚至进行一定的艺术加工，才能写出像样的文章来。不过，虽然人们对真实的他知之甚少，但是已经明确掌握的事实材料也足够他们发挥了。时间久了，人们便能够从他的生活经历、荒谬的怪癖、悲惨的遭遇中勾画出他的点点滴滴，再糅合到一起创造出一个神话故事。这样的故事往往不会被明智的历史学家排斥。

但罗伯特·思特里克兰德牧师恰好不是这样的历史学家。他写了一部传记，目的在于纠正人们对他父亲后半生的诸多误解。众所周知，在社会上广为流传的思特里克兰德的生平事迹中，有不少是使他们家族蒙羞的事。多亏这本传记写得算不上生动有趣，我才在阅读时没有笑出声来。这位牧师在传记中将思特里克兰德塑造成一个慈爱的父亲，他天性善良、勤奋有加、恪守道德，分明就是一位正人君子的形象。将遮瑕的功夫运用得最好的恐怕要数教会中研究《圣经》的那些教士了。罗伯特·思特里克兰德牧师作为一个孝子，将这个本领发挥到了极致，如果可能的话，他未来完全可以在教会中大显身手，我仿佛可以预见他当上主教的那一天了。其实，虽然他的所为比较冒险，但终究还是饱含勇气的。毕竟思特里克兰德的那些传说已经被世人广泛接受了，而深入人心的事物总是难以改变。很多人热爱他的艺术，要么是出于对他性格的厌恶，要么是出于对他悲惨经历的同情，而现在他儿子的这部传记无异于给人们泼了一头冷水，令人无法接受。思特里克兰德有一幅非常重要的作品叫《萨玛利亚的女人》，它几经辗转，最终被卖给了克利斯蒂。正值牧师的传记出版之际，这幅画比起九个月前初次拍卖时价格足足下降了二百三十五镑，这显然不是巧合，它足以说明热爱神话的人们对这部传记大失所望。恰好此时魏特布瑞希特-罗特霍尔兹博士的文章发表了，拍卖之事才没有草草收场。

如果给历史学派做一个划分，那么魏特布瑞希特-罗特霍尔兹博士所代表的无疑是性恶派。与那些乐于塑造君子形象的作家相比，性恶派认为人性本恶，这种观点显然更受读者青睐。于我而言，我更愿意相信克莉奥佩特拉与安东尼的往来不仅仅停留在经济方面。在我看来，泰伯利欧斯的完美程度也很难和英王乔治五世比肩。我相信像我这样的读者还有很多。魏特布瑞希特-罗特霍尔兹博士用非常犀利的语言攻击了那位牧师的传记，令人对可怜的牧师不禁产生几分同情。对于牧师在传记中的叙述，他斥之为虚伪、谎言、背叛。当然，作为传记来讲，它固然存在诸多缺陷，被批评是无可厚非的，但是联想到作者毕竟是主人公的儿子，他的所为不过是为了维护父亲的形象，所以这种粉饰的行为也并非不能原谅。不过，盎格鲁-撒克逊民族也一道被博士批评为自命不凡、狡猾虚伪，这就十分倒霉了。从我个人的角度来看，我认为这位牧师实在是不够高明且轻率过头，尤其是在驳斥外界对他父母之间的一些看法上面。在传记中，他引用了一段文字，内容是关于他父亲的一封家信，在信中，他母亲被称为“了不起的女人”。魏特布瑞希特-罗特霍尔兹博士让读者看到了信的原文：“我真希望上帝惩罚我的妻子！这个女人实在太了不起，她下地狱才好。”这封信的含义不言而喻。

魏特布瑞希特-罗特霍尔兹博士对查理斯·思特里克兰德的事情非常狂热。倘若他愿意的话，他本可以将思特里克兰德包装得更好看一些。可他有着敏锐的洞察力，完全看穿了那些看似正当的行为背后的真实动机。他不仅是艺术鉴赏家，更是出色的病理心理学家。他能够从日常事物中探索出更深层的意义。如果说有些秘密不便用语言说出来，起码还有其他的表达方式，会被敏锐的人探索到分毫，那么对病理心理学家来说，就连压根没有表达方式可以依托的东西，也能被他们轻而易举地发掘出来。博士就是这样一位病理心理学家，他十分热衷于将这位英雄的光环摘去，还原本来的面目。每当他找出例子证实这位画家思特里克兰德性格中冷酷或卑鄙的一面时，他总会对这位画家心生同情。他狠狠地嘲讽罗伯特·思特里克兰德牧师的孝心。我敢说他一定是用最勤奋的态度才写成那篇文章，因为他没有漏写任何一件微不足道的小事。我相信，如果查理斯·思特里克兰德还有未还清的债务，哪怕是洗衣粉钱，这笔债务也一定会被他记载下来。读者大可以放心。

二

有关查理斯·思特里克兰德的文章实在是太多了，我前面已经说了很多，现在就不再赘述了。一个画家的名声如何，最终还是要靠他的作品来说话。我还是比较了解他这个人的，早在他开始学习绘画之前我就见过他了。他流落在巴黎的那段时间里，我也经常拜访他。战争的爆发正是我前往塔希提岛的一个重要契机，也是我回忆的开始，因为他就是在塔希提度过了他人生中最后的时光。人们对他的这段日子知之甚少，而这段时日恰好是我非常熟悉的。如果思特里克兰德确实如他的忠实信徒所说是一个伟大的人，那么对这些信徒来说，阅读与他有过接触的人的回忆显然是必要的了。

有一句格言：为了心灵获得宁静，一个人必须每天做两件他不喜欢的事情。虽然我不记得它是谁说的了，但我对此深信不疑，并且身体力行：每天早上起床和晚上睡觉。不仅如此，由于我还信奉苦行主义，每周我都会让自己经历一次巨大的考验。我一期不落地阅读《泰晤士报》的文学增刊，在阅读中修身养性。想一想，每年出版的书浩如烟海，等待出书的作者该怀抱着多大的期望呀！即便侥幸成功，成功也只是一时的。要知道，作者出版一本书是多么费事，呕心沥血，饱含辛苦，可是这本书对读者来说却只是几小时的消遣。由此我想，有的作者甚至是耗费了自己毕生的心血才出了一本书，多么不容易，作者应当从写作这件事本身来获取报酬，对其他外界的评价都应当放平心态，不计得失。

战争使人们的生活态度发生了深刻的改变。和我们老一辈人完全不同，年轻人有了新的神祇或者说信仰，这是显而易见的。年轻的小辈对自己掌握的力量有了充分的认识，他们蓄势待发，不再像以往那样卑躬屈膝，新时代的大门已经为年轻人敞开。还不了解新形势的老一辈还想努力发挥余热，但这不过是自欺欺人。他们发出的呐喊如此空洞，他们模仿年轻人的动作也如此滑稽可笑。他们就像是年华老去的浪荡女人，指望通过化妆打扮自己，挽留青春的残影。而那些稍微有点智慧的老人则故作文雅，摆出一副过来人的宽容姿态。因为他们知道自己年轻时也经历过这样的时期，热血沸腾，狂放不羁。他们还知道在时代的浪潮下，早晚有一天，这些勇敢的年轻人会登上宝座，而老一辈会黯然退居幕后，这都是注定的事情。可是年轻人总以为自己说的是一些前所未闻、充满新意的东西，殊不知在老一辈看来它们不过是陈词滥调罢了。随着时间的推进，这一过程就像摇荡的钟摆，不停地循环着。

有时候，一个人的名气并不是会一直延续下去的。到一定的阶段之后，倘若他还活着，一定会对这个新时期倍感陌生。比如说，英国诗人乔治·克莱布在他那个时代享有盛名，但是在今天，他的名气已经大不如前，能想到他的人可谓寥寥无几了。可是在当初，他的才华几乎是公认的，没有人怀疑他是个天才，这在今天来看恐怕是很难理解的事情吧。他从亚历山大·蒲柏学派那里学到了写诗的技巧，创作出了许多押韵的说教故事，它们发人深省，令人回味。在后来的法国大革命和拿破仑战争期间，许多新的诗歌得以传唱。我猜想克莱布先生一定对那些风靡的新诗有所耳闻，并认为这些诗不怎么样。的确，很多新诗是这样没错。不过，还是存在着不少别具一格的新诗，比如济慈、华兹华斯创作的颂歌，还有柯勒律治和雪莱的几首诗，都犹如清风拂面，给人耳目一新之感。克莱布先生未免迂腐过头了，虽然他仍然笔耕不辍。其实我也一直在阅读新的诗作，我发现在这些年轻的作者中，或许真的有下一个济慈或雪莱，而且他们可能会超越前人，做得更好，这是完全有可能的事情。我非常钦佩他们能写出优美的诗篇来，虽然他们年纪尚轻，但已经展露才华。但是即便他们的文体再精巧、句子再优美、词汇再丰富（仿佛他们一生下来就读过罗杰特的《词汇宝库》似的），我也不得不说这些文章有个很大的缺陷，那就是缺乏新意。我认为，他们对事物的认知仅仅停留在肤浅的层面；他们看似热情，但是实际上缺乏热血沸腾的劲儿；他们口中所谓的梦想其实也平淡无奇，不能撩动人们的心弦。总之，必须承认，作为一个过时的老古董，我的确不大喜欢他们，我宁愿继续书写那些押韵的说教故事。不过我的写作真的只是为了自娱自乐，没有其他的目的，否则我就要骂自己是个不折不扣的傻瓜了。

三

但是上述这些都是题外话。

我出版处女作时还是一个初出茅庐的年轻人，机缘巧合之下，我的这本书获得大卖，导致很多人想要认识我。

我一只脚刚踏入伦敦文学界时，心中既紧张又期待；而现在回想起来，只体味到无限的凄凉。我很久没有踏足伦敦，现在的小说里描写的伦敦和我印象中的一点也不一样，想必伦敦这些年发生了翻天覆地的变化吧。文人们不再去汉普斯台德、诺廷山门、高街和肯星顿等地方聚会，取而代之的是新的聚会场所——柴尔西和布鲁姆斯伯里。那时如果去的人还不到四十岁就算是受人敬仰的人了，可是现在，超过二十五岁就会让人笑掉大牙。以前我们还年轻，总是羞于表达内心的情感，因此习惯以彬彬有礼的外表伪装自己，而今天的情形已经截然不同了。不知何时起，文艺界有了许多风流韵事。但是以前我们倘若是做出什么荒诞不经的行为，绝不会不做掩饰，至少要让自己看起来体面才行。我们崇尚含蓄，说话总会留有余地。女性在那时的自主地位也远不能和今天相比。

当时我的住所离维多利亚车站不远；每次我去文艺青年家做客时不得不在市里绕远路。出于胆怯的心理，我都要在路上来回走半天才能鼓足勇气敲门。之后，我忐忑不安地进入主人家，面对一屋子的宾客，我不由得感到阵阵心悸。名人作家纷纷向我说着恭维的客套话，令我无所适从。我很清楚，他们都在等待我说出妙词佳句，可我脑海中只有一片空白，根本无法活跃气氛。为了掩饰尴尬，我只得端茶倒水，装作不停忙碌的样子。我希望他们最好不要注意到我，让我能够在一旁独自喘息，静静地瞻仰这些名士的风采。

我仍然清楚地记得当时在场的几种女人。一种是身材壮实、腰杆挺直的女人，她们目光明亮，浑身充满着一股豪气；还有一种是身材瘦小的女人，她们有一双宛如老鼠般精明的眼睛，说话轻声细语。这些女人不摘下手套就吃黄油吐司的怪毛病简直令人发笑。不仅如此，她们还趁着四周没人注意时就把沾到手上的油悄悄地擦到椅子上。虽然主人的家具受到了摧残，但是没有关系，因为当她们请客时，主人肯定会偷偷报复她们的。有的女人衣着考究，非常时髦，她们认为女人即便是整日在家写作的小说家，也应该将自己的苗条身材展示出来，而打扮时尚并不会耽误你的稿子。不过也有人持反对意见，她们认为这种艺术性的时尚打扮缺乏沉稳与庄重，是不合适的。而男士们却相反，他们往往衣着一般，也许他们不想让别人看出自己的作家身份吧。如果只从外表看，很多人会误以为他们是公司里的高级职员，因为他们总是一副疲惫不堪的样子。那时我是第一次和作家这个群体进行接触，我总感觉他们不那么生活化，仿佛不是真实存在的人似的。

他们的交谈充满了机智。只要其中一个人转头暂时离开，剩余的人就会纷纷对他展开尖酸刻薄的批评，令在一旁的我惊讶不已。和其他从业者相比，艺术家较为特殊的一点是，他们不但可以嘲笑同行的外表或性格，更可以嘲笑他们的作品。他们的措辞不会太过火，但仍然说个不停，真叫我佩服得五体投地。在那个时代，交谈是一门需要费精力去掌握的艺术。巧妙的回答比激烈的直言要讨人喜欢得多。那时，格言警句的使用频率很高，但凡有些地位的人都会在交谈中随便使用几句。而现在它却没落了，愚人为了假装自己很有智慧，特别喜欢随口显摆几句。可惜，我一句妙语都想不起来了，唯一还有点印象的是人们谈起自己所在的行业领域的某方面——交易上的细节。在评论某本新书的内容之后，人们会猜测这本书的销售量、作者的稿酬等等。若是谈得远一点，人们还会认真比较各个出版商、某个人的吝啬程度。再远一些的话，就是谈论哪个编辑给出的稿酬更高、哪个出版社善于做宣传或赶时髦等话题了。当然，话题不只是这些，还有出版代理人、受欢迎的题材、稿费的结算方式等等。于我而言，这些话题颇具浪漫主义色彩，令我有一种很快融入这一小团体的真实感。

四

那段时间里，最关照我的人非柔斯·瓦特尔芙德莫属。她是一个奇特的女子，兼具男性的聪明才智和女性的古怪性格。她的作品也很精彩，动人心弦。有一天我去拜访她时，认识了查理斯·思特里克兰德太太。她家里正在举行茶话会，宾客云集，到处都是交谈私语声。我一个人坐在一旁，不禁有些窘迫，也不大好意思随便插入别人的谈话中。女主人瓦特尔芙德小姐很体贴，她走到我这边来，显然是想要缓解我的尴尬。

“思特里克兰德太太就坐在那边，你可以过去和她谈谈吗？”她说，“她很崇拜你出的书。”

“她的职业是？”我问。

我想，万一思特里克兰德女士是哪个名作家，而我不知道，那我贸然前去和她搭话显然是一件失礼的事情。

瓦特尔芙德马上垂眸正色道：

“她专门请人吃午餐。你只要放下拘束，多夸自己几句，她肯定会请你吃饭的。”

柔斯·瓦特尔芙德是一个玩世不恭的女人。她把生活当作小说来演绎，把世人当作素材来参考。她有时会邀请赏识她的读者到家中小聚。这些读者非常崇拜作家，她心里对这种崇拜非常鄙夷，不过她却表现得很有风度的样子，就像自己是一个真正有名的女文学家一样。

她带着我走到思特里克兰德太太的面前。我们交谈了不到一刻钟，在这段时间里我没有发现这位太太有什么特别之处，不过她的声音倒是很动听。在交谈中，我了解到她住在威斯敏斯特区，家门口是一个待建的大教堂，刚好我也住在那附近，这减少了我们之间的陌生感。陆海军商店宛如一个纽带，把那附近（泰晤士河同圣杰姆斯公园）的居民紧密联结在一起。这位太太向我要了地址，没过几天她就发来一封请柬邀请我共进午餐。

我本来就没多少约会，因此没有理由推托这个热情的邀请。那天，我迟到了一会儿，因为我按照习惯绕着教堂走了几圈。到达她家时，我才发现其他人都到齐了。除了瓦特尔芙德，还有其他几个熟人，包括杰伊太太、理查・特维宁和乔治・娄德。这显然是一个作家的聚会。正值早春，天朗气清，大家兴致勃勃，谈话的气氛很好。瓦特尔芙德小姐在为赴宴的着装而烦恼不已，她不知道是按照年轻时的喜好穿一身灰绿淡雅的服装去好，还是打扮得沉稳成熟些好。当然，后者就需要穿高跟鞋了。她思考半晌，最终决定只戴一顶帽子。这顶帽子让她兴致不错，我从没听过她用如此尖刻的语言议论我们共同的熟人。杰伊太太在一旁小声说着不大合礼仪的言辞。理查・特维宁则不停地说着自认为聪明的见解。乔治・娄德知道自己才华过人，用不着在人前展示，于是他独自沉浸在菜肴的美味中，并没有与他人交谈。思特里克兰德太太虽然自己说得不多，但是她总是能够引导大家话题的走向，这一点也很可爱。每当冷场时，她总能够发挥本领缓解气氛，使话题继续进行。思特里克兰德太太当时三十七岁，她个子略高，身材结实，但并不胖。她长得谈不上美，但是脸很讨喜，大概是因为她有一双和蔼的棕色眼睛。她的面色偏白，一头乌黑的秀发被打理得很好。在场的三位女士中，只有她不施粉黛，这让她的美丽看起来更自然。

餐室的布置风格完全是按照当时的流行来的，很朴素。四周是白色护墙板，上面贴着绿色的墙纸。墙上挂着一幅被固定在黑镜框里的蚀刻画，作者是著名的蚀刻家惠斯勒。绿色窗帘上绘制着精美的孔雀图案。地毯的底色也是绿的，上面的图案是兔子在绿荫中玩耍，这个创意应该是受了威廉·莫利斯的启发。白釉蓝彩陶器端庄地摆在壁炉架上，这种风格在当时的伦敦很高雅，但是缺乏生气和新意，我敢说全伦敦有几百间餐厅都是这种沉闷的布置风格。

离开时，我和瓦特尔芙德小姐正好同路。因为天气晴朗，阳光明媚，所以我们决定慢慢散步，从圣杰姆斯公园穿过去。

“很棒的聚会。”我说。

“菜色不错，是吧？我以前和她说过，如果她想和作家交上朋友，就得准备一些好吃的才行。”

“真是好主意，”我说，“但她为什么要和作家交朋友呢？”

瓦特尔芙德小姐耸肩道：“她认为作家挺有趣的，所以她想追随潮流。她真是有点傻了，一厢情愿地以为作家都是伟大的人。总之，她乐于请人吃饭，在这一点上至少我们不会讨厌她，我还很喜欢她这一点呢。”

现在想想，和当时那些擅长交际的人比起来，思特里克兰德太太真的是心思最为简单的一位了。那些擅长交际的人就像是精明的猎手，为了捕到看中的猎物，可以从汉普斯台德的象牙塔一直追踪到柴纳街的废弃画室。思特里克兰德太太却不是这样，她以前在宁静的乡下生活，热衷于读书，我想她一定是读了许多浪漫的故事，所以才对伦敦这个城市充满了无限的幻想。她是真心热爱读书（这在她们那些人中是相当罕见的了，毕竟比起作家或者画家的作品本身，人们往往对作家本人的好奇心更大），她有一片广阔的精神世界，在那里，她可以插上幻想的翅膀，在天空中自由翱翔。当她和作家交上了朋友，她就有了一种前所未有的感觉——以往她是台下的观众，现在她却一下子跃到了璀璨的舞台上。她的眼界一下子开阔起来，生活面也扩大了，因为她不但能请他们吃饭，还能亲身参与到这些常年独自埋头创作的作家的生活中去。她虽然不反对他们游戏人生的理念，但绝不会让自己原有的生活方式发生任何改变。她对这些人稀奇古怪的各种行为感到有意思，但也仅仅是有意思而已，她自己遵循的那套立身处世的行为准则是不会受此影响的。

“请问，存在思特里克兰德先生这号人物吗？”我问。

“当然。他在伦敦工作。我想他是个古板的证券经纪人吧。”

“他们两个感情好吗？”

“很好。什么时候你要是去他们家吃晚饭，准能见到他的，但是她很少请人吃晚饭。他话不多，也不喜欢谈论文学艺术。”

“为什么讨人喜欢的女人总是嫁给头脑不好的人呢？”

“因为聪明的男人是不会娶讨人喜欢的女人的。”

我无言以对，只好转移话题，询问她思特里克兰德太太是否有孩子。

“有，一男一女。他们年龄还小，都还在上学。”

于是我们结束了这个话题，开始谈论别的事情。

五

算起来，整个夏天我都能够经常见到思特里克兰德太太，因为我常常去她家吃午饭，有时是受邀参加茶会。当然，她家午饭的菜色不错，茶点的种类也很丰富。我与思特里克兰德太太很投缘。当时我还很年轻，也许她是乐于指点我一步步踏上文坛，少走弯路，而当我遇到挫折，感到伤心难过时，也很高兴有个人能倾听我的心事。她能够专注地倾听，然后给我一些中肯的建议。思特里克兰德太太富有同情心。善于同情他人本身就是很难得的事情，但是有很多人会滥用自己的同情心，看到朋友遭受不幸时，他们恨不得把自己的爱心全掏出来，这样反而惹人生厌。同情心理应是一口油井，自己就能喷出油来；但是喜欢把同情显露在脸上的人却总是让这口井喷得像火山一样奔放，导致对方陷入难堪的境地。别人由于难过已经痛哭了一场，我实在不想再把自己的泪水洒在别人沾湿的衣襟上，因为这是徒劳之举。思特里克兰德太太是一个能够恰当地表达同情心的人，她安慰你时，会让你觉得自己反过来安慰了她。关于这件事我曾经因为一时激动，和柔斯·瓦特尔芙德交流了一番。她说：

“牛奶是美味的食物，尤其是往上面倒几滴白兰地的时候。可是对母牛来说，却盼望着它赶紧淌出去。要知道，肿胀的乳头确实很难受。”

柔斯·瓦特尔芙德是一个口齿尖利、能言善辩的人，这种上不了台面的话也只有她能说得出口。但是反过来讲，她也是一个办事利落、有手腕的人。

我还特别欣赏思特里克兰德太太的另一方面，那就是她会把居所收拾得非常典雅。所有房间都干净得一尘不染，四处都摆着美丽的鲜花，令人心旷神怡。客厅的窗帘虽然不是流行的款式和图案，但颜色非常雅致，赏心悦目。在这样的小餐厅里吃饭真是一种享受；餐桌样式美观大方，侍女上菜很快，菜肴也十分可口。思特里克兰德太太是一位称职的家庭主妇，当然，她也是一位贤妻良母。我见过她儿女的照片。儿子叫罗伯特，十六岁，在罗格贝学校学习；照片中的他戴着板球帽，身穿一套法兰绒衣服，他还有一张穿着燕尾服、系着立领的照片。他的眼睛和前额都和他母亲的几乎一模一样，非常漂亮。他看起来是一个健康端正的小伙子。

“他的头脑一般，”有一天思特里克兰德太太说，“但他的确是个好孩子，性格不坏。”

她的女儿才十四岁。她有一头乌黑浓密的长发，和她母亲一样。她的面容十分端庄，眼睛明亮有神。

“他们长得都很像你。”我感叹道。

“那倒是，他们长得不像他们的父亲，都像我。”

“我什么时候能见到他？”

“你想见他吗？”

她露出甜美的笑容，脸颊上浮现出薄薄的红晕，像个少女一样。她的纯真非常有魅力。

“但你要清楚，他是一个平凡的小市民，毫无文学修养。”她补充道。

我很清楚她说这话并不是在贬损他，而是真心诚意这么认为的。她满怀着深情，想要维护他免受朋友的嘲讽。

“他是证券交易所的职员。依我来看，你一定会受不了他的性格。”

“难道你已经厌烦他了吗？”

“当然没有，作为他的妻子，我很爱他。”

她用微笑来掩饰羞涩。或许她是担心我会马上开个玩笑，要知道如果是柔斯·瓦特尔芙德听见她这一席话，绝对会冷嘲热讽的。她犹豫了几分钟，随后神情渐渐变得柔和起来。

“他不想附庸风雅，是一个老实的人。别看他在证券交易所里也没赚到几个钱，但他很善良。”

“我想他的这种性格一定会叫我喜欢的。”

“改天我会单独邀请你来吃晚饭，到时候你会见到他的。不过我要先和你说好，这是你自愿前来的，如果会面令你感到无趣，可千万不要怪我。”

六

出乎意料的是，我并不是在思特里克兰德太太设想的情况下见到查理斯·思特里克兰德的。有一天，她邀请我去吃饭。我不仅见到了她丈夫，还见到了其他几个人。这天清晨，思特里克兰德太太派人捎来一张字条。有一个客人因事不能前来，因此她邀请我去填补这个空席。字条上说：

我预感你一定会感到厌烦的，毕竟我早就知道这次宴客十分枯燥。但是倘若你能来的话，我将感激不尽。至少我们两个人还能畅谈一番。

我当然接受了她的邀请。

在思特里克兰德太太的牵线下，我见到了她的丈夫。他和我握手时，我完全感受不到他的热情。思特里克兰德太太倒是很有兴致，她转身时还开了个玩笑。

“我是叫他来看看我的丈夫的。现在他应该已经开始怀疑了。”

思特里克兰德露出冷淡而不失礼节的笑，然后就沉默不语了。别的客人陆续前来，主人去招待他们了，就剩下我一个人在一边待着。当全部的客人都到了之后，还没有开饭，我和别的女客在一旁闲聊起来。我忽然想到：这是一个文明社会应该有的样子吗？这些无聊的应酬和聚会除了打发时间就没有别的意义了，完全是消磨意志、浪费生命。真是奇怪啊！就拿今天举例，你不能理解女主人为什么要邀请一大堆客人来聚会，而这些客人又为什么要来参加聚会。当天的十位宾客，他们本来互相不认识，等到宴会结束，大家打道回府时，心中一定会感到轻松了不少。这只是一次社交活动，大家把完成它当作一个义务来履行。思特里克兰德夫妇因为先前被别人邀请参加聚会，于是他们不得不还人情，反过来回请对方。对方又为什么前来呢？难道是因为已经厌烦了吃饭时只有夫妻二人对坐的冷清，还是因为没有拒绝的理由，本来就该吃回这顿饭？真是搞不明白。

餐厅里人挤人，让人很难受。这些人中不乏地位显赫的人，比如思特里克兰德太太的姐夫麦克安德鲁上校，还有一位先生担任皇家法律顾问，以及一位在政府担任高官的先生，他们都携带着妻子做伴。而那位有事不能前来的客人正是一位议员，他的妻子也来了。他们都是身份高贵的人。太太们不在意穿着打扮，因为她们知道自己的地位，懒得讨人欢心。丈夫们倒是穿得一个比一个奢华。总之，他们的脸上都挂着一副得意扬扬的神情。

每个人都兴高采烈的，大声说着话，感受着宴会的热烈气氛。不过，人们三五成群，各聊各的，并没有围绕着一个共同的主题来谈论。大家一边谈论着，一边享用美味佳肴。他们的话题很广泛，从政治局面谈到高尔夫球，从家长里短谈到最近新上演的戏，从绘画展览谈到天气和度假。谈话从未中止过，声音也更加嘈杂起来。这是一次成功的宴会，我想思特里克兰德太太一定很高兴。她的丈夫虽然话不多，但举止优雅，尽显主人的风范。这顿饭要进入尾声时，我发现他两旁的女客都面带倦色。我想他一定是个不擅长谈话的人。我甚至还看到思特里克兰德太太看了他好几次，目光中写满了焦虑。

最终，她站起身，把女客们带出去了。在她们走后，思特里克兰德关上了门，换了个位置坐下来。他坐在皇家法律顾问和政府官员的中间，又叫侍女重新拿来红葡萄酒和雪茄。皇家法律顾问对红葡萄酒赞不绝口，思特里克兰德就谈论起他是在哪里买到这瓶好酒的。我们说起了酒的酿造过程和烟草的生产。皇家法律顾问向我们讲述了他最近审理的案件，上校则谈起马球这项运动。我无话可说，便只好安静地坐在那儿，表现出兴趣盎然的样子，认真地倾听别人的谈话。这时我又开始打量起思特里克兰德来。他没有我想象的矮小；我以前竟然会以为他是个其貌不扬的小个子。他身材魁梧，四肢有力，穿着晚礼服显得有点呆板，仿佛是一个参加聚会的马夫。他大概有四十岁，容貌和漂亮无关，但绝不碍眼，因为他的五官很端正，虽然比常人略大了些，看起来略显粗笨。他没有胡须，大概是都刮干净了，脸很大，显得整张脸有点不协调。他的头发偏红色，不长。他还有一双灰蓝色的小眼睛，总之，他的长相很普通。我总算明白思特里克兰德太太为什么每次提到他都有些羞赧了：一个女人如果想要在文学艺术界站稳脚跟，拥有一位这样的丈夫是无法给她增色的。显然，他在社交这一块儿毫无技能可言，不过兴许他本来就对此没什么兴趣。他也不像文艺界人士那样有种种怪癖，他是一个本分老实、再平凡不过的人。人们可以钦佩这种人的品质高尚，却绝不会喜欢和他相处，因为太无趣了。他也许是一个诚实敬业的经纪人，一个称职、顾家的丈夫和父亲，但你没有必要把自己宝贵的时间浪费在与他交往上。

七

社交季节终于临近尾声，人们开始准备离开这里。思特里克兰德太太打算和家人们去诺佛克海滨度假。在那里，孩子们可以和海水玩耍，丈夫也可以打高尔夫球。我们道别前，约定秋天再见。但是还没到秋天，我就在伦敦见到了她。那一天我在陆海军商店里买东西，刚走出来就又遇到了思特里克兰德太太和她的两个孩子；原来她也同我一样，打算在临走前采买物品。天气炎热，我们提着东西累得大汗淋漓，于是我建议一起去公园吃点冷食。

思特里克兰德太太欣然同意了。我估计她很乐意让她引以为傲的孩子们在我面前展示自己的风采。比起照片，孩子们本人更加可爱。我和他们也差不了多少岁，又不摆成年人的架子，因此他们很亲近我，丝毫没有拘束感，兴高采烈地向我讲述自己的事情。他们两个都漂亮可爱，充满活力。我们一行人在树荫下休息，气氛十分轻松。

一小时后，他们一家人搭乘马车回去了，只剩下我独自往俱乐部方向走去，我可能有一点寂寞。必须承认，刚才的幸福家庭生活触动了我，令我羡慕不已。这一家人的感情非常好，他们能为一个小笑话笑得前俯后仰。如果单纯从运用语言技巧来判断一个人有多大的智慧，那么查理斯・思特里克兰德应该不算多么有智慧，但是对他自己而言，他的智慧显然是够用的，这至少让他在事业和家庭两方面都过得很好。思特里克兰德太太讨人喜欢，又对她的丈夫一往情深。这一对夫妻过着悠然舒适的小日子，没有遭受灾祸，社会地位也不低，而孩子们懂事可爱，一定会继承这一家人的传统，在未来过上同样幸福的生活。等到那时虽然他们俩老了，但一双儿女却成年了，然后各自结婚成家——楚楚动人的姑娘会生育健康的孩子；一表人才的青年会参军入伍。这一对夫妻会子孙满堂，安享晚年。他们度过了幸福的一生，不枉来世间走一遭，最后寿终正寝。

这样的故事每天都在无数个家庭上演。这是一种安详的生活模式，令人心生向往。它令人联想到一条平缓的溪流，一路蜿蜒，途经之处有大片的绿色牧场，也有相映成趣的树荫，最终它流入浩瀚的大海中。但是大海无言，你无法透过平静的海面看出海下的波涛汹涌，在沉默中你会感受到一种强烈的不安。或许只是我想多了（现在我也经常想起来），我总觉得对大部分人来说这样的生活似乎少了点什么。虽然这种生活有一种平淡的幸福，也符合社会主流价值观，但我的血液却叫嚣着还不够狂放。在这种宁静的幸福生活下面似乎掩藏着什么可怖的东西，令人万分惊惧。比起一成不变的日子，我更希望生活中时时涌动着巨大的变迁和强烈的刺激。我非常乐于攀爬陡峭的山崖，奔赴潜藏暗礁的海滩。

八

现在我回顾已经写下的关于思特里克兰德夫妇的文字，不禁感到沮丧。因为我的描写太生硬了，我笔下的他们看起来没有个性，一点也不真实生动。对一个作者来说，这是很不应该的。问题可能是出在我身上，于是我陷入沉思，希望能想起更多有用的细节。如果我着墨于他们细小的行为举止或者与众不同的习惯上，也许就能够凸显他们的性格了。按照迄今为止的写法，这两个人犹如旧挂毯上的两个平面人物，融合在背景中，不仔细看根本辨认不出来，只能看到大片的色块。对此我只能说：因为他们给我的印象就是这样的。社会是一个有机整体，不是所有的人都能够吸引人的注意力，有些人只构成社会的一部分，不可能脱离它而独自生活。思特里克兰德夫妇就是这样的人。这个巨大的整体就像一个精确的钟表，他们就像是构成钟表的螺丝，你只会注意到钟表，却不会在意小小的螺丝。他们完完全全被社会吞没了。思特里克兰德一家人就是一个平凡的小家庭。妻子热情好客，待人和善，喜欢结交文艺界名流；丈夫虽然头脑不聪明，却诚实敬业，本分守己；孩子聪明伶俐，活泼可爱。这是再平凡不过的家庭了，丝毫不会引起别人的好奇。

可是后来发生了一系列事情，令我感到后知后觉。现在想起来，当时的我多么迟钝啊！竟然完全没有发现查理斯·思特里克兰德的非凡之处！或许我真的很迟钝。经历了这么多年，我早已不再懵懂无知，对人情世故有了诸多体会。但是即便是今天的我，放到当时的环境下，恐怕还是会得出一样错误的结论。不过唯一的区别是：我应该不会像当年刚返回伦敦时那样对那个消息感到惊讶不已了。

那时我刚刚抵达伦敦，还没过一天，就碰巧遇见了柔斯·瓦特尔芙德。我们两个在杰尔敏大街上寒暄。

“看你今天面露喜色，”我说，“发生了什么好事吗？”

她开心地笑了起来，眼睛里露出一道精光。我知道她现在一定处于非常警觉的状态，因为她的表情和听见某个朋友发生丑闻时的表情根本一模一样。

“你已经认识查理斯·思特里克兰德了，对吗？”

这时我注意到她很紧张，于是我赶忙点了点头。我简直要怀疑这个倒霉家伙是不是倾家荡产了，或者出了什么车祸。

“他居然扔下他的老婆，独自跑了。这简直太可怕了，是不是？”

瓦特尔芙德小姐一定认为，在杰尔敏大街上告诉我事情的始末显然是在浪费一个好题材，所以她说她只是抛出一个主题来，并不清楚细节。而我对这件事很感兴趣，想请她给我讲述这个故事，并强调环境的不协调可以暂时忽略。但是她还是不肯讲，非常固执。

“我真的什么也不知道，”她激动地说，然后飞快地耸了耸肩膀，补充道：“伦敦的某一家茶点店肯定有一位刚辞职的年轻姑娘。”

她又微笑了一下，向我道歉说她还要去看预约过的一位牙医，然后她就愉快地大步离开了。老实说，刚听到这个新闻时我并没有感到特别难过，我只是很意外，并且对它充满了兴趣。毕竟，这个新闻也算是我亲身经历的了，比起书本上的那些故事更贴近我的生活，所以我觉得很兴奋。当然现在我得承认，随着年龄的增长和阅历的增加，对于身边人遭遇的这类事情我已经习以为常了，可是当时这件事对我来说还是非常罕见的。那时候，思特里克兰德至少有四十岁了，再卷入这种爱情纠纷中显然是非常降低自身格调的，令旁观的我非常厌恶。当时我不免自大地以为，三十五岁是一个上限，过了这个限度，一个人发生这种与爱情相关的事一定会招人说闲话。另外，这个新闻也给我带来了一点儿麻烦。我还没回到伦敦时就提前给思特里克兰德太太写了信，告诉她我返回的具体日期，还表示未来某一天我会抽空去她家吃茶。就是在这一天我遇见了瓦特尔芙德小姐，但是思特里克兰德太太没有给我回信。也许她是不想见我？很有可能，说不定她正心烦意乱着，早已忘记了和我的约会。如果我有自知之明，就应该不去烦扰她。但是，她也有可能出于自尊而不想告诉我这件事，所以慎重起见，我最好不要让她猜出来我已经知道了这个新闻。总之，我犹豫不决，既想拜访她，又不想伤害她的感情。我能想象到她此时的痛苦，因而想帮助她排忧解难，但又苦于自己其实帮不上什么忙。我很想知道思特里克兰德太太是怎么应对这件事的。反正我想了半天，真的是束手无策了。

最终我想了个办法：我可以装作什么都不知道的样子，像往常一样去拜访她。于是我到了她家，先请侍女通报一声，看看思特里克兰德太太是否愿意会客。如果她不愿意见我，我就可以走了。我事先想好了对侍女的说辞，不过真到说出口的时候，反而变得结结巴巴了。而且我因为缺乏勇气，差一点打算溜走。等侍女再次走出来，我仔细打量她的表情，怕她看穿我的掩饰。

“请您跟随我走，先生。”她说。

我缓缓地跟在她后面。我发现，窗帘没有完全打开，这使屋子里显得更加阴暗了。有一个人站在没有火的壁炉前面，我看着他的背影，认出那是思特里克兰德太太的姐夫麦克安德鲁上校。此时我感到尴尬，也许我的贸然前来令他们很吃惊，毕竟思特里克兰德太太很可能已经忘记了和我的约定。而且，上校一定不希望我前来打扰他们。

“我不知道你是否还等着我来。”我故作镇静地说，假装什么也不知道的样子。

“当然，我没有忘记。请你等一下，安妮马上就会来上茶。”

虽然室内不是很明亮，但我也能看出思特里克兰德太太的伤心。她的眼睛哭肿了，像核桃一样。而且她的脸庞本来就缺乏血色，现在更是缺乏生气。

“你见过我的姐夫，现在还记得他吧？就在我们去度假前的那次聚会上。”

我和他握了握手。我不知道说什么好，感到非常困窘。还好思特里克兰德太太提起了消夏的事，让我不至于词穷。过了一会儿，侍女终于把茶点端了上来。上校喝了一杯威士忌苏打。

“威士忌苏打对你有好处，你最好也喝一杯，阿美。”他说。

“不，我喝茶就好了。”

我敏锐地注意到这可能是一句不一般的开场白，暗示了有什么不幸事件的发生。我怕她想多了，就和她聊起别的杂事来。这期间，上校始终保持着面对壁炉的姿态，沉默不语。我感到有些难熬，很想向女主人道别然后体面地离开这里。我很纳闷，思特里克兰德太太为什么要让我进来。屋子里原先的花都撤掉了，很多精巧的摆设挂件都不见了踪影。这个房间曾经是那么舒适，现在却一片冷清，仿佛隔壁房间里放置着一个陈腐的尸体似的。我默默地把茶喝完了。

“要吸一支烟吗？”思特里克兰德太太对我说。

说完她环顾了一下四周，但没有找到烟盒。

“大概是没有了。”

她低下头，眼泪像断了线的珠子一样滴落下来。然后她飞快地跑出了客厅。

这把我吓了一跳。过了一会儿，我才想起来，以前一向是她丈夫管纸烟的，现在她一定是触景生情，想起了以前的回忆。对她来说，曾经触手可及的东西就这么不见了，她才反应过来如今已经和以前不一样了，这显然把她伤得不轻。

“我还是告辞吧。”我向上校说道。

“你大概已经听说那个浑蛋甩了她的事儿吧。”他终于按捺不住激动，大声喝道。

我犹豫着不知道该不该说实话。

“人们总是喜欢说三道四，这是不可避免的，”我说，“的确有人告诉过我，这儿有了些麻烦。”

“他逃去了巴黎，还带着一个女人。阿美被他抛弃了，一个便士也没得到。”

“我很难过。”除此之外我说不出什么安慰的话来。

上校猛灌了一口威士忌。他年约五十，身材高瘦，眼睛是浅蓝色的，头发已经发白，胡须无精打采地垂落着。他略显傻气的面容给我留下了深刻的印象，上次见到他时，他还热情地夸耀自己经常打马球，一连打了十年。

“现在我还是不要打扰思特里克兰德太太了吧，”我说，“请您帮我转告她，对她的遭遇我深表同情，另外，如果她有什么需要我帮忙的地方，我一定在所不辞。”

他没有搭理我。

“我真不知道她以后怎么过。她不是一个人，还带着两个孩子。他们总不能靠空气生活吧？这可是整整十七年啊！”

“十七年？”我感到诧异。

“他们在一起生活十七年了，”他气呼呼地说，“我早就看不上他。但是看在他是我妹夫的分上，我一直都包容着他。他顶多看起来是个绅士，我妹妹真是看走了眼，当初就不该嫁给他。”

“事已至此，还有解决的办法吗？”

“除了离婚，她没有别的路可走。在你还没进来前，我正在和她说这件事。‘申请离婚吧，亲爱的阿美，’我说，‘这不仅仅是为了你好，也是为了你的孩子着想。’他最好祈求以后别再碰见我，不然我见一次打一次。”

当时我就看透了，对麦克安德鲁上校来说，这只是耍耍嘴上功夫罢了，毕竟思特里克兰德是个身材魁梧的汉子。不过我没有多嘴，因为受害者如果无法对加害者实施力量上的惩罚，那么让他过过嘴瘾也是好的，否则就太不近人情了。我只想再一次向他好好告辞，不料思特里克兰德太太又反身回来了。我发现泪痕已经完全看不出来了，她的脸上也补了点儿粉。

“真是抱歉，我的情绪太容易失控了，”她说，“幸好你没有不辞而别。”

她优雅地坐下。我仍然无话可说，因为不想谈论对方遭受的苦难。不过那时的我太天真了，现在我才明白，每个女人都有一种恶习——喜欢和别人谈论自己的私事，只要人家愿意听。我看得出来，思特里克兰德太太在竭力控制着自己。

“大家是不是都对这件事议论纷纷？”她突然问。我吓了一跳，因为我完全没想到她已经看出我知道这件事了。

“我在外面遇见了柔斯·瓦特尔芙德。”她似乎看出了我的震惊，拍着手解释道。

“她是怎么谈论这件事的，请原封不动地告诉我。”她坚持道，“我很想知道她是怎么说的。”

“你了解她，她是个信口开河的人。她对我讲了你的丈夫抛弃了你的事儿。”

“还有别的吗？”

我怕她伤心，就没有告诉她实情。

“她难道没告诉你，他不是一个人走的，而是和别人一起走的？”

“没有。”

“好吧，谢谢你为我解答。”

我感到很困惑，不过我很高兴终于可以离开这里了。我离开前和思特里克兰德太太道别时，告诉她如果有什么需要我帮忙的地方，一定不要客气，我会真诚地帮助她的。当我说完，我看到她的脸上浮现出一丝淡淡的微笑。

“非常感谢你。不过现在的我没有什么需要帮忙的地方。”

我羞于表达我的同情，于是便向上校道别。上校有些冷淡，没有和我握手。

“你要是从维多利亚路走的话，我就能跟你同路一段了。”

“好的，”我说，“一起走吧。”

九

“太可怕了。”我们一拐入大街，他就忍不住说道。

我可以看出来，他很想继续和我谈论这件事，所以才会邀我同行。

“更可怕的是，那个女人的身份我们还不知道，”他说，“我们唯一知道的是，那个流氓带着她一起去了巴黎。”

“好吧，要不是这件事，我还以为他们的感情很好呢。”

“确实。哼，阿美今天还说过，这十七年以来，他们从未吵过架。你也清楚阿美的为人，她是这个世界上最好的女人。”

既然他说得这么起劲，我认为或许可以向他打听几件事：“你是说，这件事的发生毫无征兆？她完全被蒙在鼓里？”

“是啊，她完全没猜到。八月份时，他们一家人在诺佛克的乡下度过了一个快乐的假期。他和往常一模一样，没有一点异常的地方。我们两口子还和他们一起度过了几天呢，我和他玩了几场高尔夫球。九月份时，他一个人因为工作先回了城，阿美和孩子们留在乡下。等到他们租了六个星期的房子快到期时，她还写了封信给他，把回伦敦的日期告诉了他。没想到，他从巴黎发来了回信，信上说他经过考虑，已经决定不和她一起生活了。”

“那他的理由呢？”

“他完全没有说理由，小朋友。我看过那封信，内容很短，还没有十行字。”

“真是怪事。”

这时我们要穿过马路，不得不暂停谈话。我想到麦克安德鲁刚刚说的事情，感到简直无法相信，思特里克兰德太太有可能隐瞒了一部分真相。要知道，一个除了工作和家庭别无所求的人怎么会在结婚十七年后毫无理由地抛妻弃子呢？我想，也许他们俩的婚姻生活其实并没有表面上那么美满，无法弥补的裂痕可能早就存在了。我还在思索着这件事，闲不住的上校又开口了。

“很明显，我们只能认定他这是私奔行为。在我看来，他大概是觉得不解释也行，反正她迟早会知道的。我很了解他的性格。”

“思特里克兰德太太有什么打算呢？”

“当然是先找出证据。我准备去一趟巴黎。”

“那他的证券交易呢？”

“他的精明狡诈在这方面展现得淋漓尽致。这一年以来，他的摊子一直在缩小规模。”

“难道他没告诉合股人他一走了之的事？”

“完全没说。”

麦克安德鲁上校不太了解证券交易的事，我也一样。我不知道思特里克兰德是如何退出交易的，我只知道，他的合股人听说他不干了之后气得大发雷霆，还想把他告上法庭。看来，思特里克兰德要遭受经济损失了，不过这也是他自找的。

“还好他们的全部家具本来就是属于阿美的。无论如何，这些东西她往后还用得上。”

“你刚才说，她没有得到任何金钱补偿，是真的吗？”

“当然。她现在没什么钱，除了那些家具，就只有不到三百镑了。”

“那她以后怎么过得下去呢？”

“只有老天才知道。”事情本身就错综复杂，上校还老是生气，一路上吵吵嚷嚷的，导致我越听越混乱。等我们经过陆海军商店时，上校突然想起他和俱乐部的成员早就约好了玩牌，于是他向我道了别，就和我分道扬镳了，我终于松了口气。

十

过了几天，我收到了来自思特里克兰德太太的一封信，信上说希望我能够在当天晚上去一趟她家。然而我发现她家里只有她一个，没有其他人在。她全身的衣服都是黑色，显得非常朴素，令人想起她可怜的遭遇。虽然这种穿法体现了她悲痛的心情，但是她还记得要穿一身符合礼仪的衣服，真是不容易。我当时阅历不多，还感到十分惊讶。

“我记得你向我许诺过，如果我有需要请求你，你会帮助我。”她开口说。

“是的。”

“我想知道思特里克兰德的现状，你愿意帮助我吗？只需要你去一趟巴黎。”

“我吗？”

这把我吓得不轻。我和思特里克兰德只有一面之缘。我完全不清楚她有什么打算。

“弗雷德说他要去。”她颤抖地说，“但是我了解他的个性，他一定会把事情办砸。除了你，我不知道还能拜托谁帮忙。”

弗雷德就是麦克安德鲁上校。听了她的话语，我感到自己义不容辞，不然就太没有同情心了。

“可是我不了解你丈夫，我们的对话不超过十句话。他应该也不认识我，如果我去找他，说不定他根本懒得见我。”

“没关系，至少你也不会有什么损失。”思特里克兰德太太笑了。

“那么我能问一句吗？你想叫我去找他干什么呢？”

这时她却开始顾左右而言他。

“在我看来，你对他来说很陌生，这反而更有利。他本来就和弗雷德谈不拢，他一向认为弗雷德是个笨蛋，因为他不理解军人。而弗雷德见到他一定会大发雷霆，然后和他吵起来，把事情办得更糟。你可以对他说，是我拜托你去的，你是我派去的代表，这样一来，他一定不会把你拒之门外的。”

“老实说，我和你们相识也没有很久，”我回答说，“而且也不是特别了解全部情况，这样的事情真的很难办。何况我打探别人的事情终究不大好，你要是想去看他，为什么不亲自去看呢？”

“他在那儿并不是一个人。”

我无话可说，我想到我去拜访查理斯·思特里克兰德。当我把名片递过去时，他看了我一眼。他可能会这样说：

“您来是有何贵干？”

“关于您太太的事，我想和您谈谈。”

“这样吗？我想，等您多吃几年饭，您就不会多管闲事了。您看，左边有一扇门，您可以从那里回。再见。”

可以预见，我感到我的尊严扫地，简直抬不起头来。我多么想晚几天回伦敦，至少要等思特里克兰德太太心情恢复了再说。等我回去之后，我悄悄观察她的表情。她低头不语，正陷入沉思里。不过她很快就抬起了头，先是深深地叹了口气，又冲我笑了一下。

“真是太突然了，”她说，“这十七年来，我从来没有想到会有这样一天。我很了解查理斯，他的性格很老实本分，压根不会迷恋上其他人。何况我们很少闹矛盾。虽然在兴趣爱好方面，我们有诸多分歧，但那完全不是问题。”

“你知道那个人……”我试探着开口，“那个人的身份吗？就是和他一起走的那个人。”

“我不清楚。说起来，似乎没有一个人知道，这真是怪事。按理说，一个男人如果做出违背家庭的事情，总会露出蛛丝马迹被其他的人知道，比如外出吃饭的时候，被店里的人看见。总有人会比做妻子的先知道，而且好心人还会提醒她一句。可我事先并不知道——没有人提醒我。我收到他的信时简直不敢相信，我一直以为他同我一起生活感到幸福无比呢。”

她说不下去了，开始小声地抽泣起来。我对她的遭遇感到很同情。过了一会儿，她停止了哭泣。“我不能让人看笑话，”她把脸上的泪痕擦干，继续说，“现在首先要解决的问题是考虑好往后该怎么办。”

话虽这么说，可她似乎毫无头绪。她一会儿说起了前段时间的事情，一会儿又开始回忆他们的初识和结婚的事情。不过听她絮絮叨叨这么久，我的脑海里总算能够勾勒出他们的生活画面了。我想我以前并没有猜错，思特里克兰德太太的父亲年轻时是印度的一名文职人员，他退休后就到了英国乡间定居，不过每年八月份他会带着一家人回到伊思特堡恩度假。他们的相识就是在那里，那一年她二十岁，思特里克兰德只比她大三岁。他们一起度过了愉快的时光，打网球，散步，听流浪歌手唱歌。他们互相心生好感，所以后来他正式求婚，她一点儿也不意外。婚后，他们决定在伦敦定居。刚开始时他们住在汉普斯台德区，随着生活条件的改善，他们又搬到了市区。没过几年，他们生下了两个孩子。

“他很爱我们的孩子。我想，就算他厌倦了我，也不会忍心抛弃可爱的孩子的，我真是不知道他是什么想法。直到今天我还不敢相信发生的一切，简直像是在做梦一样。”

说到这里，她主动将他写来的信拿了出来。其实我本来就对这封信很好奇。

亲爱的阿美：

请放心，家中一切事情都安排好了，无须你烦心操劳。你先前想叮嘱安妮的事我也已经转告了她。你带着孩子回到家后不必担心吃不上晚饭，因为已经准备好了。不过我无法亲自迎接你们的到来了，我现在已经下定了决心，不再和你一起生活，明天早上我就会动身去巴黎。这封信我打算等我到达巴黎后再寄。我再也不会回来了。我不会改变主意。

永远是你的，

查理斯·思特里克兰德

“没有解释理由，也不表达歉疚。你说，他是不是太没人性了？”

“依我看，这封信确实很奇怪。”我老实回答道。

“唯一的理由，就是他已经不是我认识的那个人了。这些年里，可能有哪个女人让他迷恋得失去了自我，反正她一定彻底改变了他。现在事情都清楚了，这件事绝对不是一朝一夕的，也许他们很早以前就认识了。”

“你这么说，难道是有什么新的发现？”

“弗雷德已经找到了把柄。我丈夫每周都要去俱乐部打桥牌，弗雷德恰好认识俱乐部的一个会员。有一次他们谈起了打桥牌的事，这个会员惊讶地表示他从来没有看见过查理斯在玩牌。显然，所谓的打桥牌就是个借口，他正是利用这段时间和那个女人在一起。”

我没有说话，然后我想起了无辜的孩子们。

“该怎么对罗伯特交代呢？这件事真不好解释。”我说。

“啊，我没有告诉他们俩。毕竟我们刚回到城里，他们就去上学了。我装作镇定地对他们说，他们的父亲去外地办事了。”

一个人怀揣着这样大的秘密，还要表现得和平常没什么区别，装作一切安好的样子，真是很不容易。何况，不仅孩子们上学需要花钱，往后他们三个人要花钱的地方还有很多，她得费多少心思啊！思特里克兰德太太的声音都沙哑了。

“我可怜的孩子们，他们以后可怎么办啊，我们一家人该怎么生活啊？”

她压抑着自己的痛苦，两只手时而握紧，时而松开。

“好吧，如果你觉得去巴黎能使事情好转，那我肯定会去一趟。可是你得先告诉我，我去那里需要做些什么。”

“我希望他回来。”

“可麦克安德鲁上校说，你决定和他离婚了。”

“不，我永远都不会和他离婚。”她突然生气地说，“帮我转告他，和那个女人结婚的事儿他想都别想！我和他一样固执，为了孩子好，我坚决不和他离婚。”

我猜想，她最后那句话是告诉我她的态度。不过，与其说是因为母爱，不如说是出于一种嫉妒心理。

“你对他还有爱情吗？”

“我不清楚，我只想让他回来。如果他回来了，我就原谅他。无论如何，我们一起生活了十七年。我是一个宽宏大量的女人，虽然以前他骗了我，但我可以既往不咎。只要他还有理智，他就会知道一时的迷恋并不可靠。要是他现在迷途知返，这一页就能翻过去，我们还能恢复以前的生活而不被外人说三道四。”

思特里克兰德太太如此介意流言蜚语，让我感到心凉。在那之前，我没有想过原来对一个女人来说，旁人的看法这么重要，甚至能影响生活。不过我觉得，她这种态度无疑会使他们两人无法和谐相处，他们会永远活在猜忌之中。

思特里克兰德并没有对外隐瞒住处，所以想找到他并不难。他的合股人为了表达愤怒，曾经给他写过一封信指责他。思特里克兰德很快就回了一封信，告诉他自己住在哪里，方便他随时找自己算账。原来他住在一家旅馆里。

“我不知道这个旅馆，”思特里克兰德太太说，“不过弗雷德很熟悉这家旅馆。他告诉过我，这家旅馆很贵。”

这时她的脸色很不好看。我估计她应该是陷入了想象，她的丈夫可能正在过着豪华奢侈的生活。她想象他正过着夜夜笙歌的生活，他每天的娱乐活动是去赛马场和剧场。

“他已经不年轻了，不能老是过这种生活，否则他会吃不消的，”她说，“到底是上了年纪的人。要是他还年轻，我倒是勉强可以理解。但是到了他这岁数就另当别论了。一方面他的孩子都快成年了；另一方面，他自己的身体也承受不了。”可见她真的很痛苦。

“请转告他，他的家人还在等他。家里什么都没变，但也有什么东西变了。要是他不在我身边，我就活不下去了。我宁愿自杀。我想和他好好谈谈，聊一聊我们的往事。等到孩子们放学回家，要是他们问起爸爸来，我该如何是好呢？他的房间也没有任何变化，他的房间在呼唤他呢，我们也都在呼唤他呢。”

看来我不需要担心到时候该如何开口了，因为她已经全部跟我说了一遍。她还教我如何应对思特里克兰德的提问。

“你会全力帮助我的，对吧？”她向我哀求道，“请把我的现状转告给他。”

我知道她需要我留住他，不论用什么方式，只要能够引起他的同情，那么事情多半就能挽回了。她一直在流泪，我感到很难过，同时对于思特里克兰德的所作所为很气愤。

于是我答应了她的请求，并保证我一定会全力以赴，直到把事情办妥才回来。而这时，窗外夜幕低垂，我们也都说累了，我就向她辞行了。

十一

在奔赴巴黎的旅途中，我认真梳理了一下现在的情况，有些地方还是弄不明白。由于情绪低落的思特里克兰德太太已经不在我的面前，我能够更冷静客观地思考目前的事了。我发现，思特里克兰德太太的行为中存在着一些矛盾，令人不解。她的遭遇固然十分不幸，但是她所表现出来的不幸就像是为了激发我的怜悯一样，显得很刻意。她携带着足够数量的手帕，这说明她提前就预感到了自己会大哭一场。如此一想，她的目光是很长远的，令我非常佩服，不过，这也令我觉得她的眼泪变得廉价，不像以往那么感人了。我真是不明白，她到底是因为还深爱着自己丈夫才叫他回来呢，还是因为担心别人在背后说闲话。她现在表现出来一副伤心欲绝的样子，难道真的是因为失恋的痛苦吗？会不会是因为虚荣心作祟？（如果是后者，那么对年轻的我来说完全无法接受。）我对自己的猜疑感到害怕。当时的我太年轻了，还不清楚人性本来就充满了矛盾，这个世界不是非黑即白的，真挚中也包含着一些做作，高尚中也有一些卑鄙，即使是邪恶，也蕴藏着一些美德。

不管怎样，我深知这一趟巴黎之旅也许会危难重重，未必会一帆风顺。当我离巴黎越来越近的时候，我的心情也越来越激动。从演戏的角度来看，我对自己即将饰演的这个角色——一个可靠的朋友受人所托奔赴巴黎把走上歧路的丈夫带回家——非常赞许。我感到自己肩负的责任非同小可，所以打算先休息一天，好好计划一下该做些什么，然后等第二天晚上再去拜访思特里克兰德。我想，想要真心说服别人就必须选定一个合适的时间。在午饭以前，人们喜欢胡思乱想，所以很难让别人改变主意。年轻的时候，我自己就特别喜欢在午饭前幻想浪漫的爱情故事，只有晚饭后才会幻想婚姻的幸福。

我当天在另一家旅馆住下，还向看门人打听了查理斯·思特里克兰德下榻的旅馆在哪里。我知道他住的那家旅馆叫作比利时旅馆。可是出乎意料的是，看门人竟然表示不知道它的位置。我想起思特里克兰德太太曾经说过，那是一家豪华气派的大旅馆，位置在利渥里路的后面。我根据旅馆商号指南查到了这家旅馆的位置，它应该坐落在摩纳街。可是，那里的环境一点也不优雅，完全不是有钱人会居住的地方。我觉得找错了，便摇了摇头。

“不可能是这一家。”我斩钉截铁地说。

看门人表示，整个巴黎只有这一家叫作比利时的旅馆了。我才想到，思特里克兰德或许本来就想隐瞒自己的行踪，他告诉合股人的地址可能不是真的。虽然没有证据，但不知为何，我觉得我猜得不错，这样一来，刚好也很符合思特里克兰德的幽默感，将一个大发雷霆的证券交易人骗得团团转，在巴黎街头颜面扫地。不管怎么说，我还是亲自去探查一番为妙。次日，早上六点时，我雇了一辆马车。到了摩纳街之后，我从马车上下来，打算改为步行，沿路观察一下周围的环境。这一条街的两旁都是店铺，它们规模不大，装饰也很廉价，一看就是专门为穷人而开的。这条街走到快一半的路程时，我就看到了坐落于左面的比利时旅馆。我惊讶地发现，这家旅馆实在是太破败了，相比之下，我自己住的那家普通旅馆就太豪华了。从外面看，这座小楼的墙壁应该有好几年都没有粉刷了，显得肮脏龌龊。而位于它两旁的其他房子却干净整洁，毫无瑕疵。窗户不知为何都紧紧关闭着。查理斯·思特里克兰德怎么会和一个害得他抛弃家庭的美女在这里同居？这怎么可能呢？我大惑不解，难道他们真的会选择在这种不上档次的地方寻欢作乐？很快我就明白过来，我一定是上当了！我怒气冲冲，马上转过身去，想离开这个鬼地方。但我又想起之前对思特里克兰德太太的承诺，只好进去看一看，也算没有白来一趟。

旅馆的入口不在这座小楼的下面，而是挨着旁边的店铺。门没有关，我一进去就发现了一块引人注目的牌子：账房在二楼。于是我走上了楼梯，楼梯也很老旧，一踩上去就发出嘎吱嘎吱的声音。楼梯平台处有一间小阁子，它的门窗是由玻璃建成的，里面放置着几把椅子，还有一张办公桌。这间小阁子外面摆放着一条长凳，夜晚守门人可以在上面休息。我环顾四周，没有发现一个人。可是我看到一张写着“侍者”两个字的字条，它被贴在一个电铃按钮正下方，非常显眼。我立刻按响了电铃，于是有一个人钻了出来，动作非常迅速，我都没看清他是从哪里钻出来的。这是一个长相精明的年轻人，但他却垂头丧气，披着一件薄衬衫，脚上穿着一双毡子拖鞋。

我向他询问思特里克兰德的事情，虽然我自己也没想明白为什么要假装出毫不在意的样子。

“这里的住户中，有没有一位思特里克兰德先生？”我问。

“三十二号，六楼。”

他回答得如此迅速，叫我惊讶得说不出话来。

“他现在在家吗？”

侍者从账房中取来一块木板，看了一会儿。

“我这里没有他的钥匙。你自己上去找他吧。”

这时，我又开口问他。

“他的太太也住在这里吗？”

“不，只有他一个人。”

可能是我的演技太拙劣了，所以当我沿着楼梯走上去的时候，侍者用怀疑的目光盯着我。这一段楼梯走得比之前要艰难得多，因为缺少光线，空气又沉闷，我能闻到发霉的味道。到了三楼，有一扇门是开着的，我小心地走过它，向里面瞧了一眼，只见一个身着睡衣的女人盯着我，她的头发很蓬松，显然是刚睡醒的样子。我怀着忐忑的心情，终于来到了六楼，伫立在三十二号房的门口。为了平复激动的心情，我还大口呼吸了几下。然后我抬起手有节奏地叩了叩门，我能听见房间里面有人走过来的声音。很快，房门被打开了一条缝。查理斯·思特里克兰德的身影映入我的眼帘。他歪着头打量着我，没有认出我。

我把姓名告诉了他，尽量装出一副不拘小节的样子。

“你还记得我吗？今年六月份的时候，我有幸在你家吃过饭。”

“请进来吧，”他愉悦地说，“很高兴见到你。坐下吧。”

我走了进去。这个房间不大，有几样路易·菲力浦式的家具，把屋子填得满满的，仿佛连转身的空间都没有。靠墙放着一张很大的木床，上面堆放着许多杂物，包括一床厚实的大红鸭绒被、一张大衣柜、一张圆桌，此外，还堆着袖珍的脸盆架和软座椅子。这些东西破破烂烂的，布满了灰尘。我感到有些疑惑，怎么和麦克安德鲁上校曾说过的那种奢华完全不沾边呢？这时，由于椅子上堆满了衣服，思特里克兰德将它们全部扔到地上，腾出空间让我坐下。

“你来这里是有什么事吗？”他问。

我看着他，可能是因为房间太过狭小，我感觉他的身形比我印象中的还要高大。他披着一件诺弗克式的旧上衣，胡须像杂草一样乱。我记得上次拜访他时，他穿得干干净净，斯文体面，不过显得有点不自然；他现在邋里邋遢，不修边幅，却看起来自然多了。我把思绪收回来，思考接下来该如何发言。过了一会儿，我开口了。

“是你的太太拜托我来看你的。”

“趁着晚饭时间还没到，我正打算外出喝点东西，你可以和我一起去。你喜欢喝苦艾酒吗？”

“可以喝一点儿。”

“那就走吧。”

他拾起一顶破旧的圆顶礼帽戴在头上。

“我们等会儿还能共进晚餐，你还欠我一顿饭呢。”

“那当然了。对了，你一个人住在这里吗？”

我竟然如此自然地提出了这个关键的问题，我感到很佩服自己。

“啊，没错。老实说，我已经整整三天没有和人交谈了，我不擅长说法语。”

我走在他前面，先下了楼梯。我忽然想起瓦特尔芙德小姐曾经说过的茶点店的那位辞职的姑娘来，难道她出了什么事情吗？是他们两个人因为吵架而分了手，还是纯粹因为他的迷恋已经过了保质期？根据目前的情况来看，要是说他谋划了整整一年的时间只是因为想到巴黎过独居生活，我实在难以相信。我们走到了克里舍林荫路，这里有一家很大的咖啡馆。咖啡馆门前的人行道上摆放着许多小台子，我们随意选了一张坐下。

十二

这个时间的克里舍林荫路非常热闹。如果你是一个想象力丰富的人，那你在这儿观察路人时，一定能从中发现许多浪漫文学中的常客。工资微薄的小职员和女售货员，和巴尔扎克的小说描绘的一样，还有那些利用人的本性来挣钱糊口的男男女女。在巴黎有很多这样的贫穷地区，你会看到街道上到处都是人，令你血液沸腾，他们随时都可能上演一出好戏。

“你熟悉巴黎吗？”我问。

“不熟悉。只有度蜜月的时候来过一次，之后就再也没有来过。”

“那你为什么会在这家旅馆住下？”

“别人告诉我的。因为我需要一家便宜的旅馆。”

侍者端来了苦艾酒，我们把酒水浇在糖上，加快了糖的溶化速度。

“我想我就不兜圈子了，还是坦白说说此次前来的原因吧。”我有点尴尬地说。

他睁大了眼睛。

“我知道迟早会有人来找我的。阿美给我写的信已经摞了满满一大堆。”

“那我还需要说吗？你看过信就知道了吧。”

“我没看她的信。”

为了留出一点时间整理思绪，我给自己点了一支烟。我真是束手无策，我事前想好的那些说辞，有的哀伤动人，有的愤激昂扬，它们此刻都是那么苍白无力，叫我真不知道该怎么开口。忽然，思特里克兰德爆发出一阵欢快的笑。

“这一定是一件很难办的事，对吗？”

“啊，我不清楚。”我回答。

“听我的，你赶紧说出来，这样我们就能玩一晚上的牌了。”

我犹豫着开口。

“你有没有想过，你的妻子现在非常痛苦？”

“没关系，这只是一时的，事情总会过去。”

他的表情不是一般的冷酷，我无法用语言来形容。我心烦意乱，不知道该怎么应对才好。这时我想起了一位亨利叔叔，每次他向亲戚协会请求捐款时都会用一种特别的语调，于是我开始模仿他。

“我就不拐弯抹角地和你讲话了，你不介意吧？”

他笑着摇头。

“你觉得自己的行为说得过去吗？”

“说不过去。”

“她是有什么地方让你感到讨厌了吗？”

“没有。”

“那么，你们在一起幸福地生活了十七年，你又不讨厌她，你这样一走了之岂不是太不讲道理？”

“是太不讲道理了。”

我惊奇地瞧了他一眼。无论我怎么指责他，他不仅不否认，还很赞同我的言论，这就打乱了我的节奏。情况变得更复杂起来。原先我想了许多台词，还想着如果他油盐不进的话，就晓之以理、动之以情，实在不行就只能大声责骂、嘲讽他，总之一定要想尽办法叫他承认自己的行为是错的。但是现在这个罪人却如此直白地坦承自己的罪行，这叫我接下来该怎么办呢？在我过去的生涯中，从来没有遇到过这样的人，所以不知道该怎么对付他。要是我自己做了错事，是绝对不会这么干脆地承认的。

“你还打算说什么？”思特里克兰德说。

我耸了耸肩。

“没别的了，既然你都承认了，我就没什么好说的了。”

“我猜也是。”

我认为自己的段数不够高明，显得自己太愚笨，因此我很气愤。

“别的先暂且不谈，你总不能扔下自己的结发妻子，一个人来巴黎逍遥，却不留给她一分钱啊！”

“为什么不能？”

“那她怎么生活呢？”

“过去的十七年，她都是依靠我生活的。现在为什么她不能依靠自己的力量来生活呢？”

“她没办法养活自己。”

“她可以试一试。”

我可以想出很多话来反驳他，比如妇女的经济地位，结了婚的男人理应承担义务，还有许多其他正当的理由，但是这些都是次要的，最关键的理由只有一个。

“你还爱她吗？”

“不爱了。”他回答。

不管怎么看，这个结论都是很严肃的，可是我能从他的回答中体会到一种幸灾乐祸，这令我想要发笑；我紧紧地咬住嘴唇，以免真的笑出来。我对自己说，眼前这个男子是一个罪大恶极的人，他的行为非常无耻。于是我气愤地开口：

“去你妈的，你总得为了自己的孩子考虑啊。他们是无辜的，根本没有对不起你，甚至连他们的出生都不是自己能做出决定的。你抛弃了他们，是想眼睁睁地看着他们流落街头吗？”

“他们已经舒舒服服地过了那么多年，比大多数孩子幸福得多。何况，总会有人抚养他们的。如果有必要，麦克安德鲁夫妇会帮助他们的。”

“可是，他们那么可爱，难道你不喜欢他们吗？你是说，你想和他们撇清关系吗？”

“他们还小的时候，我确实喜欢他们。但现在他们都长大了，我也就不那么喜欢他们了。”

“你真是没有一点人性。”

“的确，我也这么认为。”

“你都不为自己感到羞耻吗？”

“并不。”

我想换个思路。

“你这样做，会遭人唾弃的，别人都会觉得你是个彻头彻尾的坏蛋。”

“他们爱怎么想就怎么想吧，我无所谓。”

“你会被所有人孤立的，没有人赞同你的做法，他们会打从心底里鄙视你，你难道一点儿也不介意吗？”

“不介意。”

他从容地应对我抛出的一个个问题，而我仿佛成了一个傻瓜。我仔细思考了一会儿。

“我认为，一个人如果犯了大错，他在众叛亲离的情况下，是不可能心安理得地继续生活的。你难道真的无动于衷吗？人活在世上，不能没有一点儿良心。你总会受到良心谴责的，走着瞧吧！要是有一天你的妻子去世了，你难道不会感到后悔吗？”

他沉默了，我等了半天，见他并没有开口的意思，只好自己打破沉默。

“你还有什么想说的？”

“只有一句：你是个大傻瓜。”

“无论如何，法律是公正的，它会为你可怜的妻子儿女讨回公道，”我怒斥道，“法律会保障他们的生活的。”

“可是法律可以从石头里榨出油来吗？我很拮据，只有百十来镑。”

我听得很糊涂，不过我能从那个破旧的旅馆看出他的经济情况确实很糟糕。

“当你把手头上的这笔钱用完后，你要怎么做呢？”

“再去挣一点儿。”

他自始至终都很冷静。他看向我，眼睛里带着讥讽的笑，似乎我的话很愚蠢似的。我还想思考一下接下来怎么说，他却主动开口了。

“阿美干吗不重新嫁人呢？她现在还风韵犹存，性格也还讨人喜欢。如果她愿意，我还可以为她推荐一下：她绝对是个贤妻。要是她同意离婚，我完全可以帮助她再嫁。”

听了他的话，我只觉得好笑。他是个狡猾的骗子，他想隐瞒和其他女人私奔的事情还有那个女人的行踪，但是逃不过我的火眼金睛，他可能不会想到，我一眼就看穿了真相。

“你的妻子和我说，不管怎么样她都不会跟你离婚。她已经下定决心了，我劝你还是放弃吧。”

他注视着我，似乎在判断我是否在说假话。这时，他把笑容收了起来，正色道：

“但是，亲爱的朋友，这和我有什么关系呢？她想离婚还是不想离婚，我一点儿都不在乎。”

我忍不住大笑了起来。

“天啊，得了吧！别以为我们是傻子。还有一个女人和你一起来到了巴黎，我们都很清楚。”

他愣住了，随即爆发出夸张的笑来。他的笑声太大了，导致邻座的人都好奇地看向我们，有几个也笑了起来。

“你为什么笑？我完全不知道笑点在哪儿。”

“可怜的阿美。”他仍旧笑着说。

很快，他换了一副鄙夷的表情。

“这些女人真是太可怜了！爱情，除了爱情她们还知道什么呢？她们总是天真地觉得，男人选择离开了她们是因为又有了新欢。你是不是把我看成了一个傻瓜，还要重复过去的错误？”

“你的意思是，并没有另一个来路不明的女人把你迷恋得神魂颠倒，甚至令你不得不抛弃妻子？”

“当然不是。”

“你没有骗我？那你敢发誓吗？”

我觉得我的脑子一定是抽风了，才会说出这样的话。

“我发誓。”

“那你究竟为什么要抛弃她？”

“因为我要画画儿。”

我震惊了，我完全无法认同他。我觉得眼前的这个人一定是个疯子了。读者应该还没有忘记，那时的我还是个十分年轻的小伙子，我决定把他当作中年人来看待。我只记得当时我非常惊讶，别的情绪都不记得了。

“但你是一个四十岁的人，已经不年轻了。”

“所以我才要抓紧时间，不然就太晚了。”

“你以前画过画儿吗？”

“我从小就想当个画家，但是我父亲要我长大经商，因为他觉得学艺术只能勉强糊口，赚不了钱。从去年起，我开始学画画，还在夜校上了一年的课。”

“你对思特里克兰德太太说你去俱乐部玩桥牌，其实都是去上课吗？”

“对。”

“你为什么不告诉她？”

“我认为她不知道反而更好。”

“你现在能画出好作品了吗？”

“还不行。但是我以后可以。正因为如此，我才来到了巴黎。我在伦敦时求而不得，在这里可能会好一些。”

“可你已经上了年纪，你觉得从现在开始学画还有意义吗？一般人如果想学画，就会从十八岁开始学。”

“要是我十八岁就开始学了，现在应该学得快一些吧。”

“你真的有绘画的才能吗？你的自信是从哪儿来的？”

他转过头，望着路上的行人，我不知道他在看什么，但在我看来，他什么都没有看见。他突然抛出一句不算回答的回答。

“我必须画画儿。”

“你纯粹是在碰运气吗？”

这时他看着我，目光里的东西我读不懂，总之我感觉怪怪的。

“你呢？今年多大了？二十三岁？”

我不知道他为什么要提这个无关紧要的问题。如果是像我一样的青年人心血来潮想做什么事的话，这很正常；但他的青年时代已经一去不复返了。他不仅是一个有头有脸的证券经纪人，而且有妻有子，家庭美满。所以他抛下康庄大路，走这条羊肠小道实在是非常荒谬。但是我还是想尽量理解他。

“好吧，奇迹也并非不可能出现，你将来可能会变成一个大画家。但你也得正视现实，这种可能性很小的。如果奇迹最终没有降临，那你到时候后悔可就来不及了。”

“我必须画画儿。”他重复道。

“如果你最后只能成为一个蹩脚的三流画家，你认为抛弃一切得到这个结果是有价值的事情吗？无论如何，在各个领域，你可以没有多少才华，反正只要做一个普通人，能够顺利过好自己的生活就行了；但是艺术家却完全不是这样。”

“去你的，你真是个傻瓜。”他说。

“我不明白你的意思，我以为刚刚说的道理再清楚不过了。”

“我跟你说，我非得画画儿不可，我必须这么做。对一个落水的人来讲，他会不会游泳都不是最重要的，能挣扎出去，才是第一位的，否则他就会淹死。”

我能听出来，他的这番话里饱含着对画画的热情，我被他深深地感动了。我似乎能看到他的身体里面蕴藏着一股强烈的力量，这是一种强大的、压制一切的力量，把他紧紧地攥着，令他无法违抗。但我同时也无法理解，他看起来就像是被魔鬼附身了，我很担心这种力量会把他撕成碎片。不过单从表面上看，他显得很正常。我好奇地打量着他，他坦坦荡荡地任我注视，一点儿也不羞涩。他静静地坐在那儿，身着一披破旧的诺弗克上衣，戴着那顶沾满灰尘的圆顶帽，如果叫别人来看，恐怕会把他当成什么不入流的人吧。他的裤腿很宽阔，就像口袋一样大。他的手该洗一洗了，下巴上的红胡茬惹人注目，一双眼睛小小的，头却大大的，使这张脸显得更加粗笨了。他的嘴很大，嘴唇很厚，让人感觉他是一个迷恋美色的人。可惜，我根本不能从外表判断他的个性。

“你真的不打算回到你妻子身边了？”我斟酌着开口说。

“再也不回去了。”

“可是她愿意既往不咎，让一切从头开始，也不打算责怪你。即使这样，你也不愿意回去吗？”

“让她见鬼去吧！”

“你不在意被其他人看成是个浑蛋吗？你不在意你的妻子儿女生

活不下去，最后不得不流落街头去讨饭吗？”

“我一点也不在意。”

我再次沉默了。我把从心底瞬间涌上来的情绪，压缩成一句话，最终把它一字一顿地说了出来。

“你真是个彻头彻尾的浑蛋。”

“好了，你现在说出了心里话，咱俩终于可以去吃饭了。”

十三

在那种情况下，我知道我有更好的应对方式，那就是礼貌地拒绝他的邀请。我想也许我应该大骂他一顿，以表达我的愤怒之情。这样等我回去之后，还能告诉他们，我曾经一口气拒绝了和这种浑蛋吃晚饭的邀请，多么有骨气啊！我想麦克安德鲁上校一定会欣赏我的行为。但是，我担心自己是个拙劣的表演者，而且这出戏不能顺利演完的话，我就白费功夫了。何况，我已经明白，思特里克兰德现在对我的表演无动于衷。我觉得现在我更加不能离开。大概对于诗人和圣徒来说，只要每天在沥青路面上辛勤浇水，总有一天会长出美丽的百合花来。

我付了酒钱，然后和他去了一家便宜的餐馆。这家餐馆里挤满了顾客，很喧闹，我们在这里大快朵颐。当然，之前那一番算不上愉快的谈话并没有搅坏我们的胃口，我是因为还年轻，不计较这些，他是因为丧失了良心。然后我们去了一家酒店，在那里品尝了咖啡和甜酒。我认为，对于思特里克兰德太太的委托，该传达的我都传达了，我已经竭尽全力了。虽然我感到有一点小小的愧疚，因为就这样半途而废的话似乎十分对不起思特里克兰德太太。可是我觉得，我完全无法说服他，因为他的冷漠太强大了。或许只有女性才能有足够的热情重复去做一件事。我安慰自己，不管怎么样，我可以尽量了解思特里克兰德是怎么想的，而且我承认我对他感兴趣。不过这并不容易，因为思特里克兰德不大会展现自己的真实想法，他是一个口才不大好的人。语言似乎不是他能驾驭的工具。你要是想和他进行交流，明白他的真正意图，就必须剥去他句子里不相干的成分，包括各种陈旧的词句、粗鄙的俚语和不到位的手势。虽然如此，你却可以轻易发现，他不是一个乏味无趣的人，因为他的性格中有一种别人少有的东西，也许是真诚。这是他第一次到巴黎（如果不算上他们夫妻来度蜜月的那一次），但他对巴黎的风土人情似乎没多少兴趣，也并不为之惊叹。我来巴黎起码有一百次了，每一次都会不由自主地感到非常激动。每次走在巴黎的街头，我都会幻想，马上就有一场奇遇了吧。而思特里克兰德却对这些没有反应。现在回想起来，我觉得他当时看不到这些浮华的事物，他的眼里只有那些能够触及灵魂深处的东西。

这时，发生了一件荒唐的事。酒馆里有几个妓女，有的身边有男伴，有的没有。我们刚一进去，我就发现有一个妓女总是朝我们这边看。每次她的目光和思特里克兰德的目光接触后，她就会微笑起来，可是我估计思特里克兰德完全没有发现她的存在。没多久，她走出了酒馆，但是很快又返回来，当她经过我们身边时，她表示希望请我们为她买点喝的，举止很礼貌。然后她坐下来，我和她交谈了一会儿，发现她的目标果然是思特里克兰德。我跟她说，他不太擅长法语。于是她试着和他说了些不地道的法语，还用了许多手势来辅助。

不知为什么，她认为这种话他更容易懂，另外，她倒也会说五六句英国话。有的话她只能用法语说，她就叫我给她翻译，而且热切地向我打听他回话的意思。思特里克兰德脾气很好，甚至还觉得这件事有些好笑，但是显然没有把她看在眼里。

“我想你刚刚征服了一颗心。”我笑着说。

“好吧，可我觉得这没什么好得意的。”

如果我和他互换位置，我应该会觉得尴尬，根本不会像他这么心如止水。这是一个年轻的女性，她的眼睛总是蕴含笑意，嘴巴也很玲珑可爱。我很好奇，这样一个有魅力的女性为什么会看上思特里克兰德，难道他身上有什么地方特别容易受异性青睐吗？她很大方，明确地表达自己的要求，希望我为她翻译。

“她希望你带她回家。”

“我不需要女人。”他回答。

我委婉地把他的回答告诉了她，我认为他这样斩钉截铁地回绝别人的邀请实在是太缺少风度了。于是我跟她说，他没有多少钱，所以不得不拒绝她的邀请。

“但是我一眼就看上了他，”她说，“帮我转告他，我是因为爱情才邀请他的。”

我照做了。听了我的翻译，思特里克兰德很不耐烦，他朝我耸了耸肩膀。

“赶紧叫她滚蛋。”他说。

他愠怒的脸色再清楚不过。女孩子看懂了，她飞快地扬起了头，转过身去。尽管有脂粉的掩饰，我仍然能看出她的脸涨得通红。她站了起来。

“我想这位先生大概不知道礼貌两个字怎么写。”她说。

她走出了酒馆。我有点气愤。

“你为什么这样侮辱她呢？有必要吗？”我说，“无论如何，她没有看轻你啊。”

“我很恶心这种事。”他也生气了。

我睁大了眼睛，好奇地盯着他。他的脸上的确写满了厌恶，但不要忘记，他的这张脸本来就是显得肉欲和粗野的长相。我估计正是他脸上的这种粗野引起了她的兴趣。

“在伦敦，只要我愿意，完全可以找到各种各样的女人陪伴。可是，我来巴黎不是为了这个。”

十四

在返回伦敦的路上，我一直在想思特里克兰德的事情，我想把准备告诉他妻子的话好好梳理一下。但这件事情不那么顺遂，我可以想象得出，她听了我的见闻，应该会很失望，我对自己也感到很失望。我看不清思特里克兰德，我不能理解他做事的动机。我曾经问过他，是什么契机让他想起要学画画，他没能告诉我，也可能这是他的秘密，所以他不想告诉我。我感到很糊涂。我分析了半天，想出了一个理由来解释这个契机：他一直过着单调乏味的生活，可是某一天，他从迟钝中觉醒过来，心灵产生了一种朦胧的反叛意识。但是，这是不成立的：他一点也不厌恶自己过去的那种幸福生活啊，至少我没有看出来。要是他真的是因为厌烦生活的无趣才决定要当画家，我反而还能理解，这种事不少见，很多人都会在某个时期厌烦一成不变的生活的。但是关键在于，我认为他是一个与众不同的人。我想了半天，最终想出了一个充满浪漫色彩的解释，虽然它看起来不太靠谱，但却是唯一叫我满意的结论。那就是：

他的灵魂里可能早就埋下了创作的欲望，这种欲望就像是一颗掩埋在地下的种子，平时发现不了，却一刻不停地发芽成长。你也可以想象成肿瘤在人体组织中不断扩散一样，总之它牢牢抓住了他，逼得他必须开始改变，毫无招架之力。杜鹃会把自己生的蛋下到别的鸟巢里，让别的鸟以为那是自己的蛋。等到雏鸟孵出来后，就会把其他幼鸟挤出去，最后还会毁了曾经庇护过它的巢窝。

但是我很惊讶，一个头脑不太灵光的证券经纪人竟然会陷入这种创作欲中，而完全忽视了后果——也许会让他走向毁灭，给他的亲人带来灾难。不过有的人会觉得自己要遵从上帝的启示，这倒可以理解。他们不缺少金钱，也拥有较高的地位，但是上帝却牢牢地牵制住了他们，让他们产生信仰，于是他们眼中就再也看不到世界上的其他事物，包括世俗的欢乐与爱情。他们可以为了信仰，甘愿过上苦行僧的生活。这就是皈依，它不止有这一种形式，还有许多别的形式。皈依之后，有的人会经历一个剧变，就像激流突然冲碎了石块；有的人则会经历一个缓慢的过程，就像水滴石穿那样熬过一段很长的时间。思特里克兰德宛如一个忠实的信徒，对画画充满了狂热。

然而从现实上看，在这股热情的驱使下，他能否创作出有价值的作品，还是个未知数。他在伦敦学画时上过夜校，于是我问他是否有同学赞美过他的绘画作品，他笑着说：

“他们认为我只是玩玩。”

“那你是刚到巴黎，就决定要进绘画学校的吗？”

“是的。今天早上那个笨蛋还来看过我——我是在说那个老师。他看完我的画，只是挑了挑眉，离开前什么也没说。”

思特里克兰德笑了起来，一点儿也不沮丧。不管别人的看法怎么样，都不会影响到他。

我和他相处时，他的这一点总是令我应付不来。但是如果你说他全然不在意别人对他的想法，那就是自欺欺人了。通常来看，人们能够不在意别人的意见，我行我素，是因为他们认为别人看不出他们真实的意图。而且最不济也有几个亲朋好友支持着自己，他才敢放手一搏。如果经常做出离经叛道的事是某个阶层的传统，那么其中一个人偶尔违反传统也不是什么大惊小怪的事了。这个人还会沾沾自喜，觉得自己充满勇气，同时也无须遭受风险。可我认为，做事前要考虑别人的意见，得到别人的支持才去行动，可能是文明人骨子里的天性。如果一个女人不走寻常路，做了什么不合礼规的事情，招致众人的非议，她一定会觉得颜面扫地，拿自尊来捍卫自己。那些人信誓旦旦地说自己从来不在意别人的看法，但我认为他们不过是在说大话。其实他们的本意是：他们有自信不被别人发现自己的过错，所以他们无须担心被别人指责。

然而，站在我面前的这个人却是一个根本不在意他人看法的人，他做事不会顾及礼仪规矩，一切随心而行。如果你想拿条条框框约束他，反而会被他灵巧地逃走，使你无可奈何。在他身上似乎有一种绝对的自由。当时我对他说：

“听我一句劝，要是人人都像你这样做事，地球就玩儿完了。”

“你真是太蠢了。我只是个特殊的例子，并不代表别人就要像我这样。对大部分人来说，只要做好日常工作就知足了。”

我想讽刺他一句。

“那你肯定不相信一句名言：人不管做什么，都要使自己的行为能够成为可普遍化的原则。”

“我可从来不知道有这句名言，一定是你杜撰的。”

“错了，这是康德说的。”

“和我又有什么关系？反正也是胡言乱语。”

我很清楚，想要好好和他讲道理是行不通的。这就好比你想看到自己的反影，却不借助任何工具，这能行吗？我认为一个人心灵的纯洁需要由良心来守卫。如果没有良心，人就无法遵守社会的一套礼仪规范。良心是一个值勤站岗的士兵，它伫立在我们心头，每时每刻都在监督着我们的言行，以免我们违法犯罪。同时，它在暗地里又像是一个探子。人们太看重别人对自己的看法，太害怕舆论对自己的批评，这样反而导致自己给自己树立了敌人。良心监视着我们，它既忠实地维护着主人的尊严，又把人们置于社会的大框架之下，凡事以社会利益为先。它是维系个人与整体的纽带。人们总是告诫自己，个人利益不是最重要的，肯定有一种利益是凌驾于它之上的。这种思考方式的结果，就是人们无形中把自己看轻了。人们把这种至高无上的利益抬上了王座，自己则像是歌功颂德的大臣一样虔诚地匍匐在它脚下。人们为拥有良心的自己感到无比骄傲，自诩社会的一员。然后他们就会理所当然地指责那些在他们看来没有良心的人，让他们不敢反抗自己。然而，思特里克兰德是个例外，他不在意别人的指责，对自己不负责任的行为也没有一丝一毫的愧疚，说真的，我觉得他就像是一个怪物，十分吓人。

当天晚上，我回去之前，他最后说了一句话：

“帮我转告阿美，不要来这里找我。反正我就要搬家了，她是找不到我的。”

“我认为，她离开你也许反而更幸运。”我说。

“亲爱的朋友，你说得没错。她要是明白这一点就好了，可惜聪明的女人太少了。”

十五

我刚回到伦敦，就收到了思特里克兰德太太寄来的信件，她叫我晚饭之后马上就去她家。我到达之后发现，她家里还有麦克安德鲁上校和他的妻子。他的妻子麦克安德鲁太太和思特里克兰德太太长得很像，就是年纪大了些。这个女人看上去是精明能干的那一类人，十分清楚自己的地位，表情傲慢得仿佛口袋里装着全英国似的。从举止上看，她的确是一个很有教养的女人，但同时她也具有一种优越感和针对别人的偏见：除非你是个军人，否则一个柜台的职员都比你强。她很反感近卫队军官，在她看来，这些人太自傲了；她也懒得和这些官员的妻子聊天，因为她认为她们出身卑贱，不配和她说话。她的衣服虽然不是当时流行的款式，但显然价格不菲。

思特里克兰德太太很紧张。

“现在，该把情况告诉我们了吧。”她说。

“我见到他了，但我担心他再也不回来了。”我停顿了一下，接着说，“他决心要画画儿。”

“什么？”思特里克兰德太太大叫道，显然很吃惊。

“对于他的这个爱好，你真的不知道吗？”

“这人发什么神经！”上校大声说。

思特里克兰德太太皱紧了眉头，开始回忆起来。

“我倒是没有忘记，我们还没结婚时，他就喜欢拿着一个颜料盒摆弄。但是，他的画简直不堪入目。我们还常常拿这事儿开玩笑，他完全没有绘画的才能。”

“那当然，这就是个借口而已。”麦克安德鲁太太说。

思特里克兰德太太陷入了沉思。很明显，她不明白我说的话到底是什么意思。我注意到客厅比我上次来时干净整洁了许多，不再那么冷清了。我想起在巴黎的思特里克兰德，他不像是能够重返这种环境的人。我认为，眼前的这些人应该或多或少察觉到了思特里克兰德的古怪。

“可是他想成为画家，为什么不和我说一声呢？”思特里克兰德太太最终说，“我想，如果他真的有志于此，我是不会完全反对的。”

麦克安德鲁太太却紧紧咬紧了嘴唇。我估计，她一向反对妹妹喜欢和文人、艺术家交朋友的爱好。她自己谈及“文艺”这个词，就满脸不屑。

思特里克兰德太太又接着说：

“无论如何，倘若他有才能，我会当第一个支持他的人。比起一个证券经纪人，我还更喜欢嫁给画家呢。我最希望的就是孩子能够幸福，别的我都可以不在乎。哪怕不住这间房子了，住到一间破旧的画室里也无所谓，因为我会感到同样的快乐。”

“亲爱的，你再这样执迷不悟我就真的要发火了，”麦克安德鲁太太大叫道，“你是说，你真的相信这些瞎话？”

“可我觉得这是真的。”我说。

她看了我一眼，耸了耸肩膀。

“对一个四十岁的人来讲，就算是想当画家，也绝不会抛妻弃子，除非有一个女人蛊惑了他。我认为他大概是迷恋上了你的某个艺术界的朋友。”

思特里克兰德太太的脸上突然浮现出一丝红晕。

“她是一个什么样的人？”

我沉默了一会儿，我料想他们听了我的回答一定会大吃一惊。

“他没有女人。”

果然，麦克安德鲁上校和他的妻子都惊讶得大叫起来；连思特里克兰德太太都坐不住了，她一下子从椅子上跳了起来。

“你真的没有见过她？一次都没有吗？”

“真的没有这号人，自始至终都只有他一个。”

“这简直是闻所未闻。”麦克安德鲁太太喊道。

“早知如此，我就自己去一趟巴黎了，”上校说，“你们信不信，我绝对能搜到那个女人的藏身之处。”

“我也愿意你亲自去看看，”我有些生气地说，“这样你就会知道自己错得多么离谱了。他住的旅馆非常寒酸，一点儿也不时髦。他过的也不是纸醉金迷的生活，他的经济情况不怎么样。”

“他有没有可能是做了什么亏心事，又怕被警察逮住，所以独自躲起来避风头？”

这倒是一个思路，我看到他们脸上都浮现出迟疑的神情。但我还是觉得这纯属无稽之谈。

“要真是这样，他就不会犯下低级错误，把自己的真实地址告诉他的合伙人。”我不客气地驳斥道，“无论如何，我敢担保，他并不是同某个女人一块儿走的。他没有爱上谁，他从未考虑过这种事。”

他们都沉默了。

“好吧，姑且如此吧，”麦克安德鲁太太最后开口说，“其实事情比我开始想象的要好得多。”

思特里克兰德太太没有说话，她的脸色霎时变得很苍白，眉头紧锁着。我不知道她想到了什么。

“阿美，可以去巴黎找他啊，”上校开始想办法了，“你们两个人可以一起在那儿住上一年。不用担心孩子，我们会帮忙照看的。

我相信他很快就会厌倦这种独居的生活，早晚有一天他迟早会改变主意，重返伦敦的，到时候就不会有问题了。”

“要是换成我，才不会那样做，”麦克安德鲁太太说，“随他的便好了，我才不想管呢。反正他总有一天会想通，然后回来好好过舒服的日子。”这时候，麦克安德鲁太太转头对她妹妹说，“你和他过了这么多年的日子，应该放聪明点才对。男人都是奇怪的生物，你必须懂得如何驾驭男人的道理。”

麦克安德鲁太太的这一观点迎合了大部分女性的看法。她们都认为，男人们是没心没肝的蠢蛋，他们对真心爱着他们的女人熟视无睹。他们犯下了错，就只会责怪无辜的女人，却不反省自己。感情总是理智无法理解的[1]。

思特里克兰德太太把视线投向我们。

“他不会回来了。”她轻轻地说。

“啊，亲爱的，千万不要忘了刚刚我说的话。他已经习惯了有人伺候的生活。现在他到了那种环境，能忍受几天？何况他没带多少钱，一定很快就会回来的。”

“他要真是和女人私奔，我倒是觉得他总有一天会回来的，因为我对这种事一向不看好，他迟早会厌烦她的。可是如果不是这样，那就全完了。”

“哎，你说的都太玄虚了，”上校说，作为一个军人，他显然无法理解这种人性，所以他用“玄虚”这个词来指称它，“别迷信，他一定会回来的。就当他在外面胡闹一段时间好了，不会有问题的。”

“他最好别回来了。”她说。

“阿美！”

思特里克兰德太太突然发怒了，只见她的脸色煞白，毫无血色，接着她飞快地说出了下面的话。

---

① 原文为法语。

“他如果是对某个女人痴迷到要和她私奔的地步，那我可以原谅他。毕竟这种事是很自然的，无法勉强。我也不想责备他，我会认为他是被骗走的，毕竟男人容易心软，女人做事总是会不择手段的。但现在呢？我真恨他，我是不会原谅他的。”

于是麦克安德鲁上校他们开始劝慰她。他们很吃惊，还说她这样和发疯没有什么区别。思特里克兰德太太感到了绝望，因此将目光转向了我。

“你能理解我吗？”她喊道。

“我不好说。你是说。你可以接受他为了女人而抛弃你，但你无法接受他为了理想而抛弃你，对吗？因为你认为，自己可以和一个女人较劲儿，而且对取胜有一定的把握，但你没办法战胜一个发自内心的理想，是吗？”

可能是我说中了思特里克兰德太太的要害，所以她瞪了我一眼，继续说道：

“我从来没有这样恨过一个人。我一直安慰自己说，他最终会选择我的。我本来想，只要他临终前肯见我一面，我就会去见他。我会好好地照看他，就像一个母亲那样。我还会对他说，我不计较这些旧事，我会永远爱着他，永远包容他。”

我一直不能理解，女人为什么总是喜欢在人们面前表现出宽容的品质，尤其是在她们的爱人临终的时候。我怀疑她们压根不希望男人活得长，以免让她们表演的这出好戏拖延得太久。

“瞧瞧现在——全都完了。我已经对他不再抱有任何感情了，我真想诅咒他临死前过着孤独穷困的生活，我真想看到他染上恶疾、不堪病痛折磨的样子。我和他彻底掰了。”

我忽然想起了思特里克兰德的建议。

“那么你想和他离婚吧？他和我说过，可以为你想个合适的离婚理由。”

“但我为什么要给他自由呢？”

“当然，我觉得他现在已经很自由了，不需要这种形式上的自由。他可能是觉得这样对你也公平一些。”

思特里克兰德太太显示出一副很不耐烦的样子，我觉得自己看错她了。那时候年轻的我不知道人的性格具有多面性。在我以前的印象中，她应该是温柔可爱的，而不是这样有报复心的，所以我感到很失望。然而今天我已经意识到当年的我对人性的看法是多么片面了。其实，一个人可以兼具卑鄙与伟大、邪恶与善良。

我想帮助她，但我不知道还能做些什么。总之，我应该尽力试一试。

“我无法确定你丈夫目前的行为是否出于他自己的意志。在我看来，他已经不是他自己了。似乎有一种力量牢牢地抓住了他，逼着他去实现理想。他宛如被蜘蛛网捕获的昆虫，失去了挣扎的力量。我不禁想起一个关于灵魂的说法：一个人失去了原先的灵魂，剩下的躯体被新来的一个灵魂所占据。人的灵魂很玄妙，它在躯体里面会发生我们所不知道的变化。总之，如果按照过去的说法，我们或许可以说查理斯・思特里克兰德是被魔鬼附体了。”

麦克安德鲁太太慢悠悠地整理好她的衣摆，才开口说话：

“你说得也太离谱了，”她讽刺地说，“我承认，阿美以前总是专注于自己的事，可能对她丈夫有些放任。但如果思特里克兰德有什么反常的举动，她不会注意不到的。要是阿莱克心里藏着什么事，一年的时间也足够我发觉了。”

上校睁大了眼睛，茫然地看着空中。

“结论很明显，查理斯・思特里克兰德就是一个无情冷酷的浑蛋。”她严肃地说，然后看向我，“你不用再为他说好话了，我完全可以告诉你他离开妻子的理由——因为自私，仅此而已。”

“好吧，至少人们更愿意接受这个解释。”我说。不过我心里想：这个解释根本说明不了什么。没多久，我找了个借口便告辞了。思特里克兰德太太没有开口留我多坐一会儿。

十六

当时我还不知道，思特里克兰德太太其实很坚强，并不软弱。她习惯把受到的委屈掩藏在心里，什么也不说出来。她是个聪明的女人，深知一个道理：她如果总是把不幸挂在嘴边，摆出一副可怜相，反而会招人厌烦的。所以当同情她的朋友邀请她去做客时，她总是表现得十分得体。比起诉说自己的不幸，她更愿意倾听别人的心事。如果有人问到了她的丈夫，她就会说自己很同情他。刚开始，我不能理解她对他的这种态度。直到有一天她说：

“你曾经向我说查理斯独自在巴黎，但你肯定搞错了。别人告诉我——我不能说是谁告诉我的——他并非一个人离开英国的。”

“如果真是这样，那他算是个天才，竟然没有露出一点蛛丝马迹。”

思特里克兰德太太没有直接看着我。

“我想说的是，要是别人和你说他是与一个女人私奔的话，你默认就行了，不要辩驳。”

“没问题。”

于是她结束了这个话题，似乎我们刚刚谈论的不过是天气而已。没过多久，我从她的朋友们那儿听到了一个说法，她们说查理斯·思特里克兰德是和一个法国的女舞蹈家私奔的。他们第一次见面是在帝国大剧院，他对舞台上表演芭蕾舞的她一见钟情，两人一块儿离开了英国。这个故事忽然间流传起来，人们更加同情和尊重思特里克兰德太太了，这给她以后的生活带来了许多好处。麦克安德鲁上校以前说过她手上没有钱，这话不假，所以她必须早点找到谋生的路子。她认识很多作家，因此她开始往相关行业发展。她学习了速记和打字，这两样她干得都很不错。朋友们同情她，也会帮她一把。

麦克安德鲁夫妇生活条件很好，刚好又没有孩子，就帮助她抚养孩子，所以思特里克兰德太太暂时不用负担孩子的生活了。她变卖了家具，把那套大房子租了出去，自己搬到了威斯敏斯特。她的新住处是两间小房。她是个能干的女人，把生活打理得井井有条。

十七

五年之后，我厌烦了伦敦的生活，决定去巴黎待一段时间。在伦敦的日子一成不变，就像一潭死水，没有半点新意。就连和朋友会面也是那么无趣，我已经听腻了那些所谓的桃色八卦。我们就像是被安排的电车，起点和终点都是规定好的。这种波澜不惊的生活简直太可怕了，所以我果断地把伦敦的未尽事宜处理好，打定主意要立马投入巴黎的怀抱。

临走之前我去了一趟思特里克兰德太太家，向她道别。我有段时间没拜访她了，这次见面我发现她的变化不小。她看起来老了，身材更瘦了，额头上多了些皱纹，就连性格也发生了一定的变化。她的事业进展得很好，在昌塞里街有一个事务所。她虽然打字很快，但自己很少打字，因为她雇了四个女打字员，所以她的主要工作就是校对她们的打字稿。她对待这些稿件很认真，先用红色和蓝色的字装饰这些稿件，再用浅色的粗纸装订起来，做得非常精致。她打的稿件不仅非常整齐，而且十分精确，很少出现错误，因此她的生意很好。然而，她还是有些自卑，毕竟她以前是一个不用操心生计的阔太太，现在却得自食其力。她与别人交流时，不但要表明自己出身高贵，还会谈到那些有头有脸的大人物，令人不敢轻视她。不过，她不大好意思谈到自己这些年来做生意的见识。她的儿子在剑桥大学上学，她对这件事引以为荣，非常乐意和别人聊这方面的话题。她还很喜欢和别人聊起自己女儿热衷于参加舞会的事。有一次和她交谈时，我还说过一句没脑子的话。

“需要叫她来你的打字所帮忙做事吗？”

“啊，不用。她最好别做这个。”思特里克兰德太太回答，“她很漂亮，将来嫁个好人家才是最重要的。”

“你说得对，那样帮助更大，我竟然忘记了。”

“有人建议她走演员这条路，可我反对。我认识所有出名的戏剧家，只要我愿意开口，就能轻轻松松地帮她接个戏，但是我绝对不同意她和这样不三不四的人搅在一块儿。”

思特里克兰德太太的这种态度让我有些紧张。

“你知道你丈夫的近况吗？”

“没有，没有任何信息，也许他早就死了。”

“我要去一趟巴黎，有可能在那儿遇见他。要是我知道了他的事情，你需要我告诉你一声吗？”

她犹豫了几分钟。

“好吧，要是他穷得活不下去了，你就告诉我，我会帮助他的。到时候我就给你打去一笔钱，如果他需要的话，你可以分几次给他。”

一般人认为，在灾难面前，人性就会格外高贵起来。但我知道，她说要帮助他，这绝对不是因为她是个宽容仁慈的人。高尚之举的背后，可能是一颗狭隘之心。灾难往往会让人们的报复心更强。

十八

我到巴黎的第二个星期，就见到了思特里克兰德。

我很快就在达姆路租到一间小公寓，它位于五楼。旧货店里的家具很实惠，只花了我三百法郎。我布置好房间后，就和守门人商量了一下，她同意每天帮我煮咖啡和收拾房间。处理好这些事，我就动身去拜访我的朋友戴尔克・施特略夫。

戴尔克・施特略夫的形象对人们来说是因人而异的。当提起他时，有的人会露出鄙夷的神情，有的则摊手表示疑惑。他生来就像是一个笑料，他虽然是一个画家，但画得不怎么样。我与他初次见面是在罗马，在那里我见到了他的画，令我终生难忘。他的画告诉我，他甘愿平凡庸俗。他极其热爱艺术，曾经模仿过斯巴尼亚广场贝尼尼式楼梯上的那些作品，把它们画得很美，以至于看起来有些假。他有一个属于自己的画室，里面收着很多作品，但每一张画的都是头戴尖顶帽、长着小胡须的农民，衣衫褴褛的街头孩童，以及穿着鲜艳的女人。画中的他们姿态各异，有时是孩童在晴空下嬉闹玩耍，有时是女人和男人在喷泉边说笑，有时是农民悠闲地赶着牛车，背景是一望无际的田野。他画的这些人物非常生动，细节也处理得很好，连摄影师的照片也不及这些画来得逼真。有一位画家住在梅迪其别墅，他称呼施特略夫为“巧克力糖盒子的大画师”。你要是看了他的画，就会忘记莫奈、马奈等所有印象派大师的名字。

“作为画家，我和那些巨匠差远了，这我很清楚，”他说，“我没有米开朗琪罗那么伟大，但是我也有自己的特色。有很多人要买我的画，我的画里面有一种迷人的浪漫情调。不仅仅在荷兰，还有挪威、瑞典和丹麦，我的画很有市场，那些买主大部分是做生意的商人，他们很有钱。你大概无法想象那些国家的冬天是怎样的情况，无尽的寒冷与压抑。他们大概是对我画中的意大利感兴趣，那符合他们对意大利的憧憬，当然，那也是我过去对意大利的憧憬。”

我认为这是他无法抛弃的执念，这种执念幻化成一个虚假的景象，蒙蔽了他的双眼，令他不能看到真实的情况。他总是美化意大利，将意大利描绘成一个过分浪漫优美的城市，而忽略了严酷的事实。意大利承载着他的理想——尽管他的理想相当庸俗，甚至还有几分陈旧，但仍然是个理想。我认为，正因为如此，他的性格才令人着迷。

这就是为什么我不像别人那样挖苦嘲笑戴尔克·施特略夫。尽管他被他的一部分同行瞧不起，但是他很会赚钱。而这些同行很会占他的便宜，将他的钱包当成自己的财产，随意使用里面的钱。他不是个小气的人，当他的同行向他哭诉自己遭遇了不幸，需要向他借钱时，他总是好心肠地把钱借给他们，但那些卑鄙无耻的小人却转头在背地里狠狠嘲笑他。他太重感情了，一点小事都能把他深深打动。善良过头就是愚蠢，从那些受他恩惠却反咬一口的人身上就能看出这一点。在他们看来，找他借钱就好比抢走小孩子的玩具一样简单，所以他们都看不起他。我觉得，要是一个钱包不幸被女主人落在了车上，然后又被扒手顺走了，这个女人多少也会感到气愤的。话说回来，施特略夫生来就仿佛是一个笑料，按理说性格迟钝能够在最大程度上保护他，可是他同时又是一个敏感的人。一方面，他很介意别人挖苦他，并为此感到非常痛苦，但另一方面，他自己又总是做出那些令人嘲笑的事，尽管那只是因为他太善良。不过，介意归介意，他不会恨那些人，他就像是善良而愚笨的农夫，见到地上有一条受伤的蛇，他就会怜悯地将它捡起来，被蛇咬了也不会吭声，如果有下次，他还会拾起蛇，把它小心地揣在怀里。照此来看，他的生活既像一出喜剧，又像一出悲剧。我从来没有嘲笑过他，因此他对我心怀感激；他知道我善于倾听，所以他常常向我倾吐烦恼。可悲的是，那些令他委屈的事本来就十分滑稽，所以当他一脸惨相地跟你讲这些烦恼时，你反而会被逗笑。

虽然施特略夫的画技不是多高明，但他对艺术的鉴赏力却是一流的。每次和他一道参观画廊，我都感到是一种莫大的享受。他热爱艺术，对画的见解总是很深刻。作为一个天主教徒，他心胸宽广，既能欣赏古典派的大家，也同情现代派的年轻画家。他很欣赏有实力的新人，经常赞美他们。他看问题很全面，给出的意见总是很中肯。和大部分画家相比，他更有艺术修养，不仅仅是熟悉绘画而已。他还擅长音乐和文学，能够把它们和绘画融会贯通。对年轻的我来说，他是一个十分可贵的导师。

我和他在罗马分别后，一直和他保持书信联系。每隔两个月，他就会给我寄来一封长信。值得一提的是，他写的词句总是怪里怪气的，我仿佛能透过信纸看到他谈话时激动得举手挥舞的神情。我到巴黎之前，他刚刚结了婚，妻子来自英国，他们俩在蒙特玛特尔区的一间画室里住了下来。算起来，我们分别了四年。我不曾参加他的婚礼，因此没有和他的妻子见过面。

十九

我没有把自己要来巴黎的事情告诉施特略夫。我按了门铃，然后静静地等待着。为我开门的是施特略夫本人，刚开始他显然没认出我，他仔细地打量了我一会儿，随即爆发出惊喜的喊叫，把我拖了进去。他如此热情，令我万分欣喜。炉边坐着一位女士，正是他的妻子，她当时正在做针线活。施特略夫开始向她介绍我。

“你还有印象吗？”他对她说，“他就是我常常和你说到的那个朋友。”然后他转向我说：“我都不知道你会来巴黎，你为什么不和我说一声呢？你到这里有多久了？你打算在这里待多久？你要是早来一个小时，我们还能共进晚餐呢！”

他向我抛来一大堆问题，我应接不暇。他给我搬来一把椅子，让我坐在上面休息，然后不住地轻轻拍打着我，给我递来雪茄，还端来一碟蛋糕和一瓶酒叫我享用。他忙前忙后，一刻也不停歇。他想给我拿威士忌喝，可是发现家里没有了，他还特别伤心。他还想为我煮一杯热腾腾的咖啡。总之，为了款待我，他真是做到极致了。虽然他满头大汗，但他不感到累，笑容在他脸上如花朵般绽放。

“你一点也没变。”我打量了他一阵子，微笑着说。

他的模样和我印象中的不差分毫，仍旧逗人发笑。他个子不高，身材微胖。他其实才三十岁，但是已经秃顶了。他的脸圆圆的，白里透红，皮肤很好。他还有一双圆滚滚的蓝眼睛，不过因为近视，还得戴上眼镜。他的眼镜很大，镶着一副金边。我怀疑他是否长有眉毛，因为颜色太淡了，难以辨认。他会让你联想到鲁宾斯画的那些慈眉善目的商人，他们体形微胖，笑容可掬。

我跟他说，我计划暂时住在巴黎，而且我的住处也安顿好了。他说我应该提前和他商量一下，这样一来他就能帮助我找地方住了，而且还能为我节省一笔添置家具的费用，顺便还能替我搬家。他的言语非常恳切，都是肺腑之言，看来我真是不够意思，竟然让他失去了一个为我服务的机会。在我们谈话期间，施特略夫太太没有插嘴，她只是在一旁安静地补袜子。但她也不是没听我们的对话，每当她丈夫开口时，她就会微微地笑起来。

“你知道，我结婚了，”他突然开口说，“你已经认识了我的妻子，你觉得她怎么样？”

他笑了起来，深情地注视着她，推了推鼻梁上的眼镜。

“你让我如何回答呢？”我笑道。

“你这不是为难人吗，戴尔克？”施特略夫太太加入了我们的谈话，面带微笑。

“但你难道不认为她太好了吗？亲爱的老朋友，还等什么呢，你也像我一样赶快结婚吧，别浪费时间了。我真是世界上最幸福的男人！她只是坐在那儿，就构成了一幅美丽的图画！你看，是不是很像夏尔丹[①]的画？我见过世界上最漂亮的女人，但没有一个能比得过戴尔克·施特略夫夫人呢。”

“不要再胡言乱语了，戴尔克，否则我就出去了。”

“我的小宝贝。”他说。

她脸红了——完全招架不住他言语中洋溢的热情。从施特略夫那些寄给我的信件中，很明显就能看出来他很爱他的妻子，现在我亲眼看到了，发现果然是这样的。只见他的目光紧紧地黏在她身上，一刻

① 让·西麦翁·夏尔丹（1699—1779），法国画家。

也没有离开。

我刚刚认识她，对她的了解很少，因此也不好说她是不是也非常爱他。要知道，我的这个朋友一向不是很有女人缘。不过我能看出，施特略夫太太看着她丈夫时，目光里有一种温柔的体贴。虽然她表现得很安静，不像她丈夫那样把爱挂在嘴边，但她可能是真心爱他的。她并不是那种令人眼前一亮的大美女，但风姿秀丽，端庄娴雅，很有气质。她身材高挑，衣着朴素，身段秀美。可能服装商不会对她这种体形感兴趣，但是对雕塑家来说就不一样了。她的头发是棕色的，更衬得她肤色白皙。她的相貌称不上美艳，她和美人只有一步之遥，但是就因为这一步，却使她和漂亮无关了。说起来，施特略夫谈到夏尔丹的画还是很有道理的。她的相貌会让人联想到他的名作——那个身穿围裙、头戴帽子的主妇。我可以从那幅画想象出她平日的样子——她在厨房忙碌着，处理一些家务事，把这些日常琐事打理得很好，仿佛它们具有崇高的意义一样。我想，她大概不是一个头脑很好或者性格幽默的人，她应该是一个严肃、认真、稳重的女性，这种性格同样也很吸引人。我不清楚她和戴尔克·施特略夫结婚的理由。她和我都是英国人，而我却无法看透她。我不知道她的出身、她受过的教育，以及她的职业。她很少说话，不过她的声音很动听，行为举止也很得体。

我问施特略夫现在画画怎么样了。

“画画？我现在的画技进步了，比以前好多了。”

说这话时我们正在他的画室里，我能看到周围画架上摆放的许多作品。他向我指了指其中的一幅，虽然它还没有完成，但也足够令我震惊了。

在这幅画上，有一群农民正在罗马大教堂的台阶上谈天，他们的表情十分悠闲。

“这是你近期的画吗？”

“是啊。巴黎也有模特儿。”

“他画得很美，不是吗？”施特略夫太太对我说。

“我的妻子总觉得我是个了不起的大画家，傻得可爱。”他说。

他发出爽朗的笑声，可见心里很高兴。他凝视着自己的这幅画，很专注的样子。说来真是奇怪，他对别人的画总是能一针见血地指出各种问题，对自己的作品却很少能够发挥出平时的鉴赏力。

“你还有别的画，不妨给他看看。”她建议道。

“人家想看吗？”

戴尔克·施特略夫用开玩笑的口吻说道。别看他总是被别人嘲弄，但他和很多人一样，喜欢将自己的作品展示给别人看。他最喜欢受人夸奖，一言半语的夸奖就能让他心满意足。他取来一幅画给我看，上面是两个头发卷曲的意大利孩子正在玩手中的玻璃球，从衣着看，他们的家境不怎么样。

“多有趣的孩子们。”施特略夫太太称赞道。

然后他又向我展示了更多的画。看完后，我发现他现在的画和以往相比有了很大的不同。在罗马时，他总是倾向于画那些表面上梦幻花哨的想象之作，它们的美只是停留在表面，十分肤浅，就如同橱窗里的装饰。但是现在，他的画却变得迥然不同，它们表面上仍旧花哨浮华，但是内里却朴实无华，蕴含着作者真挚诚实的感情。这该多么矛盾啊！谁能解释这种转变呢？

我忽然开口问他道：

“我想问，你是否曾经见过一个画家？他叫查理斯·思特里克兰德。”

“你也认识他？”施特略夫大喊道。

“这是个缺乏教养的人。”他的妻子马上说。

施特略夫哈哈大笑起来，说道：“可怜的宝贝。”他走过去，执起她的手，亲吻了一下，继续说，“她讨厌他。说来真巧，你竟然也认识思特里克兰德。”

“我最讨厌的就是不懂礼貌的人。”施特略夫太太说。

戴尔克又笑了好半天，才向我开口解释。

“有一次，我画了几幅画，然后邀请他来看。他来了之后，我就向他展示了自己的画作。”这时候，施特略夫突然关上了话匣子，犹豫了半天。我猜想他大概是不知道怎么继续讲述下去。“他注视着我的画，一言不发。我心想，他八成是要把画浏览完再一块儿评论，所以我最后告诉他，画都在这儿了。没想到他开口说：‘我想找你借二十法郎。’”

“戴尔克竟然还真的借钱给他。”施特略夫太太很气愤。

“我被他的话吓了一跳，但我没有拒绝他。他将钱收好，装在口袋里，向我道了一声谢，还朝我点了一下头，就离开了。”

讲到这里，戴尔克·施特略夫一贯傻气的脸庞上忽然浮现出一种惊讶的表情，令人觉得滑稽。

“他要是狠狠地批评我的画，说我画技糟糕，说实话，我是不会介意的，但他完全没有批评我的画——什么也没说。”

“你还挺扬扬得意的，逢人就说这个故事，戴尔克。”他的妻子说。

很可惜，在我看来，凡是听到这个故事的人，第一反应都是哈哈大笑，而不是对思特里克兰德的举动感到气愤难忍。

“我不想再看到这个人了。”施特略夫太太说。

施特略夫又笑了起来，然后耸了耸肩膀，从刚才的状态中恢复过来。

“说真的，他是一个非常了不起的画家。”

“思特里克兰德？”我惊讶地大喊道，“我们说的是一个人吗？不会是同名的人吧？”

“他的身材很魁梧，胡子是红色的。查理斯·思特里克兰德，一个英国人。”

“但我不记得他留有胡子。不过，如果他有胡子，应该就是红色。要知道，五年前他还是个绘画新手。”

“是他没错，他是个很棒的画家。”

“这绝对不可能。”

“你知道，我什么时候看错过人？”戴尔克反问我。“我可以确信，他是一个难得的天才，我绝对不会看错。百年之后，他的名字还会被许多人铭记，而要是有人知道咱俩的名字，那也是因为咱们沾了他的光。”

我既吃惊又兴奋。这时，我的脑海中出现了最后一次见到他时的情景。

“我想看看他的作品，你知道在哪儿能看到吗？”我问，“他当初还是个默默无闻的画者，现在呢？他住在哪里？”

“他现在也没什么名气，我估计他的画没有一张卖得出去。当人们提及他的画时，总是一脸嘲讽。但是我很清楚，他是个伟大的画家。世人总是嘲笑伟人，马奈、柯罗都曾经被人讥笑过。至于他住在哪里，我也不清楚，但是我能带你去找他。克利舍路有一家咖啡馆，他钟情于那儿的咖啡，每天晚上都会过去。如果你方便的话，咱俩明天就能出发。”

“我不晓得他是否愿意和我见面。如果他见到我，可能会想起他的过去，一段他不想提起的日子，但是我确实想见他一面。我能从他那儿见到他的画吗？”

“估计不行，他不会主动给你看画的。有一个小画商那儿倒是有几张他的画，刚好我和他很熟。如果你要去见他，务必要叫上我；你不了解绘画，大概看不懂多少，我要亲自给你解说一遍。”

“戴尔克，我简直无法忍耐了，”施特略夫太太忽然开口说，“他对你很不好，你为什么能当作什么都没看见？还像这样若无其事地谈论他的画！”然后她对我说：“你知道吗？有不少人专程来到这里，就是为了买一张戴尔克的画。可是，戴尔克呢？他却对他们说买思特里克兰德的画更好，恨不得思特里克兰德立刻把画拿来，他真是个傻子！”

“你认为思特里克兰德的画如何？”我笑着说。

“很糟糕。”

“啊，亲爱的，你也对绘画一窍不通。”

“哼，你别忘记了，你的那些荷兰同乡非常生气。他们觉得你是在说笑话。”

这时，戴尔克·施特略夫将鼻梁上的金边眼镜取了下来，慢条斯理地擦拭了一遍。他兴奋得脸色涨红。

“你怎么会认为美——世界上最珍贵的财富——和沙滩的碎石无异，能够被恰巧经过的行人拾起来？美既美妙又奇特，它的产生不是一蹴而就的，需要经过艺术家精细的雕琢。对，艺术家要经受灵魂的考验，才能创造出一件稀世之宝，这就是美。美诞生于世，本来也不会被所有的人认识。要想认识它，就必须经历一番同样的冒险。对于别人演唱的一段优美旋律，你要是想好好品味一遍，就必须具备相关的知识、敏锐的洞察力和丰富的想象力。”

“戴尔克，我总认为你的画很美，这又是什么道理呢？你的画我只用看一眼就觉得棒极了。”

施特略夫一时间说不出话来，过了一会儿，他才终于开口。

“太晚了，去休息吧，亲爱的。我和我的朋友久别重逢，今天要多聊聊。我们出去散一下步，马上就回来。”

二十

由于戴尔克·施特略夫和我说好，第二天晚上会来找我，带我去找到那家思特里克兰德每天光顾的咖啡馆，所以白天我就在住处安心等待着，没有出门。晚上，我们很快就找到了地方。真的很有意思，我发现这家咖啡馆我曾经来过，就是五年前我和思特里克兰德喝苦艾酒的那一家。没想到这么多年过去了，他仍然喜欢夜里来这里休闲放松，可见他是一个本性难移的家伙，这正是他个性的体现。

“他在那儿。”施特略夫指着一个方向对我说。

这个时候已经是十月份了，不过晚上还没有多少寒意，咖啡台子依旧摆在人行道上，坐得满满的。但我望来望去，并没有发现思特里克兰德。

“往那边的角落看，他就坐在那儿，正在下棋呢。”

只见一个头戴大毡帽的人几乎趴在棋盘上，他的一把红胡须十分引人注目。我们快步走过去，在他面前停下。

“思特里克兰德。”

他闻声抬起了头。

“嗨，胖子。你有事吗？”

“我的老朋友想见一见你。”

思特里克兰德朝我看了一眼，没有说话，应该是没有认出我。他的眼睛又回到棋盘上。

“请坐下吧，不要发出声音。”他终于说。

他走了一步棋，非常专注地望着眼前的棋盘，把我们晾在一边。施特略夫看向我，目光里写满了焦虑，但是我觉得没什么不好的。我点了一杯喝的，在一旁等着思特里克兰德把棋下完。这是一个仔细观察他的绝佳机会，我很高兴。观察了一会儿，我发现，幸亏我不是一个人来的，不然我肯定不会认为眼前的人就是思特里克兰德。首先，他的胡须太长了，覆盖了大半张脸。他的头发也很长，但是这还不算什么，最明显的变化还是他的身材。他以前身材高大，现在却极度瘦削，这就使他的大鼻子和颧骨更明显了。他的眼睛看起来也更大了，太阳穴下边还有两个深坑。总之，他现在太瘦了。他的衣服变化不大，还是五年前的那一套，不过已经破旧不堪了。这套衣服五年前他穿起来起码还算合身，现在则显得宽大多了，不知道的人见了可能还以为是别人的旧衣服。他的两只手不算洁净，指甲很长。好在他的手形十分完美，骨节分明，宽大有力，但他的手以前好像不是这样的？我不大记得了。

他专心下棋的姿态，给我一种错觉——他的身体里似乎蕴含着一种非凡的力量。我不知道这种错觉从何而来，大概和他的瘦削有关。当他走完一步棋时，就会把身体往后靠，盯着对手的一举一动。他的眼睛里流露出心不在焉的情绪。他的对手是一个身材肥胖的法国人，胡须很长。这个法国人观察了一下棋局，忽然开口大骂了几句，然后把棋子收起来，一股脑儿地扔进棋盒。他骂了半天，用词相当粗鲁，直到骂过瘾了才叫来侍者，付清了酒账，就走了。施特略夫搬动椅子，坐近了一些。

“我认为我们现在可以开始交流了。”他说。

思特里克兰德看着他，目光里闪现着一丝嘲笑。我猜他正在寻思着怎么挖苦他才好，只是暂时还没想好，所以先不说话。

“我的这位老朋友，他想来见一见你。”施特略夫好脾气地重复了一遍。

思特里克兰德默默地打量着我，这期间我也沉默着。足足一分钟之后，他才开口说话。

“我从来没见过他。”他说。

我不知道为什么他要这样说，因为从他的眼神里我敢肯定他是认识我的。如果是五年前的我，一定会感到难为情，但是现在的我不会了。

“前不久，我见到你的妻子了，”我说，“你一定不介意我和你聊一聊她的近况的，对吧？”

他笑了笑，眼睛里闪闪发光。

“我没忘记，咱们俩曾一起度过了一个愉快的夜晚，”他说，“那是几年前了？”

“五年了。”

他又点了一杯苦艾酒。施特略夫将前因后果都解释了一遍，包括他和我的重逢，还有我们决定来找思特里克兰德的事。在施特略夫讲话期间，思特里克兰德几乎一直在沉思，除了有几次抬起头来看了看我，因此我不能确定他认真听了多少。多亏施特略夫是个话匣子，否则相对而坐的我们多半要冷场。过了半个小时，施特略夫终于说完了，他低头看了下表，告诉我们他得回家了。他询问我是否想和他一起离开，我盘算了一下，五年前只有我们两个，要是我在这里再待一会儿，说不定能够知道更多关于思特里克兰德的事情，所以我对施特略夫说他一个人走就行了，我等会儿再走。

于是只剩下我们两个了，我开口说：

“戴尔克·施特略夫对我说，你是个伟大的画家。”

“他想怎么说就怎么说吧，我才不在意呢！”

“我想看看你的画，你答应吗？”

“为什么我会答应给你看？”

“也许我想买一两幅。”

“也许我还不想卖呢。”

“你过得应该挺不错的吧？”我笑着说。

他发出一阵夸张的笑声。

“我看起来像是过得不错吗？”

“你像是天天吃不饱饭的那种人。”

“的确，我就是吃不饱饭。”

“那咱们去吃点东西吧。”

“你想请我吃饭？为什么？”

“不是因为善良仁慈，”我的语气忽然变冷了，“你的肚子饿不饿，和我才没有关系呢。”

他的眼睛又闪闪发亮起来。

“行啊，那咱们走吧，”他马上站了起来，“我很乐意好好吃一顿大餐。”

二十一

我让他指定一家餐馆，他答应了。半途中，我购买了一份报纸。在菜还没上的时候，我想到这份报纸，就把它拿出来看。后来，菜上齐了，我们就开始吃饭，谁也不说话。我的余光注意到，他时不时看我一下，但是我没有搭理他。我决定保持沉默，非逼他自己先开口不可。

“报纸上说了什么新闻？”当我们的这顿晚餐快要结束时，他终于开口了。

不知道是不是我的错觉，我觉得他似乎是沉不住气了。

“我更喜欢读戏剧的杂评。”我说。

然后我把摊开的报纸叠好，收了起来。

“这顿晚饭很不错。”他说。

“那咱们就在这里喝咖啡吧，如何？”

“好吧。”

我递给他一根雪茄。我抽着烟，仍旧一言不发。我注意到他偶尔注视着我，目光中仿佛有几分笑意。我依然等待着。

“自从五年前我们分别后，你都做了什么？”最后他问道。

我的经历其实很好概括。我只是每天辛勤工作而已，我的生活平平常常，没有发生什么奇事。当然，我也尝试去往不同的方向发展，在这个过程中我慢慢积累了许多经验，既有书本上的理论知识，也有为人处事的道理。在讲述的过程中，我故意不问他这几年是怎么过的，仿佛对这个话题一点兴趣也没有。没过多久，我的计划果然成功了。他开始主动谈起自己的经历。可惜的是，他的口才不佳，因此他把自己这五年来的遭遇讲得零零碎碎，留下了许多没讲清楚的地方，都需要我自己充分发挥想象。所以我对他只有一个大致的了解，多么可惜啊！我对他本人是那么感兴趣。这种遗憾就仿佛是读一篇精彩的残卷，令你天天惦记着后续的内容。总之，他给我的总体感觉有矛盾之处。一方面，这个人一直在与种种艰难困苦抗争，生活得很辛苦；另一方面，对于大部分人来讲，这些事情可谓极其痛苦了，但是在他眼里却不怎么苦。

和大部分英国人不同的是，思特里克兰德全然不在意生活的安逸舒适。哪怕是住在一间破茅屋里，他也不会觉得不满足，在他的眼里似乎看不到美丽的装饰品。我还记得第一次拜访他时的那个小破屋，墙纸破烂不堪，空间狭小拥挤，但我估计他不会在乎这些东西。比起躺在安乐椅上逍遥，他反而更喜欢坐在硬靠背椅上。他的食欲很好，但他不怎么关心食物，或许对他来说只要吃的东西能够缓解饥饿就行了。他有时候吃不上饭，就只好忍着，于是练就了一门挨饿的功夫。他最贫穷的时候，每天只吃一顿面包，喝一瓶牛奶，就这样熬过了半年之久。他其实很喜欢吃喝享受，但又不在乎这些。他不觉得忍饥受冻是一种苦难。比起物质生活的享受，他更注重精神世界的完满。可以说，他的世界里精神生活占据了全部，你不得不被他感动。

他来到巴黎后不久，身上的钱很快就花得差不多了，但他从不感到气馁。他没有卖出去一张画，我认为他在这方面太不上心了。为了生活，他不得不开始考虑挣钱的事情。他告诉我他对巴黎的夜生活非常熟悉，所以有段时间他甚至考虑过从事这方面的工作，比如当一个向导，专门为那些来巴黎旅游的伦敦人服务。不过，他自己倒是一个喜欢嘲讽别人的人，因此这个职业其实挺符合他的脾气的。对于巴黎那些上不了台面的地方，他起初也不大了解，但很快就熟悉了。他曾经在马德莲大马路上徘徊，就是希望能遇到个想去这些地方的英国同乡，最好他还是个醉汉。这样一来，如果幸运的话，他就能大赚一笔。可惜，由于他的衣服破破烂烂的，把那些想参观的冒险家吓跑了。就在这时，机缘巧合之下，他有了一份工作。工作内容是将专卖药的广告翻译成英语，以便这些药能够进入英国医药市场。有一次遇上停工，他还去当过油漆匠。

尽管日子过得艰难，但他从未放弃过对艺术的热爱。他一直都在练习画画，刚开始他总是去画室画，后来他就不再去了，只一个人在屋子里默默地画着。由于他没什么名气，所以他经常买不起画画最重要的两样工具——画布和颜料。其实这些都是次要的，最重要的问题是他在绘画之路上遇到了瓶颈。因为他始终是一个人埋头画画，没有接受别人的指点，因此和别的人比起来，他只得花更多时间去摸索，遇到了困难也只能自己解决，可能因此走了许多弯路。这些问题对一个初学者来说很常见，要是换作其他画家，早就不是问题了。我认为他在画画上有一种说不清道不明的追求，也许他自己还没意识到。他和那次给我的感觉一样：不像是一个正常人，像是被什么东西蛊惑了一样。他还不愿意将自己的作品展示出来，大概是因为他真正的兴趣不在这些画上。他生活在自己制造的梦境里，丝毫不关注现实。在我看来，他画画就像是在给那张画布赋予自己的强烈个性。当他沉浸在绘画的过程中时，他会忘记周遭的一切事物。等到绘画结束——我不是指画完一幅画，而是指他的创作激情燃尽之后，他就不再关心这幅画本身了。对他来说，他的画只是抒发心灵的工具而已。

“你为什么不将自己的画给更多人看呢？比如送到展览会上。”我问他说，“别人会评论你的画。”

“你想听吗？”

他露出鄙夷不屑的表情。

“难道你不愿意出名吗？大部分画家都这么希望。”

“真无聊，为什么要在意一群人的想法？”

“并非所有人都是理性动物！”我笑着说。

“哪些人算是出名的人？评论家、作家？还是证券经纪人、女人？”

“你想想看，当那些素不相识的人见到你的作品，被你的作品深深地打动，你不觉得欣慰吗？人人都渴望权力，要是你的画能够叫人体会到或惊惧或哀伤的心情，岂不也是一种特殊的行使权力的方法吗？”

“笑话。”

“那你为什么要在意画得怎么样呢？”

“我并不介意，我只是想画出所见所感。”

“要是我流落到一个荒岛上，身边没有一个人在，也没有人阅读我的作品，那我恐怕很难坚持写作这件事。”

思特里克兰德沉默了半晌，但是他的眼睛却熠熠生辉，有一种炙热之情正在缓缓地涌动。

“我曾经想过，置身于一个荒无人烟的小岛上，被烟波浩渺的大海包围，与世隔绝。我栖居在幽静的山谷中，树木郁郁苍苍，脚下溪流潺潺，我过着悠闲宁静的生活。如果我能在那样的地方生活，我就能追逐到心中渴求的事物了。”

他的原话并不是这样的，他的用词干巴巴的，一点也不生动，还打着手势。我用自己的话将他的意思重新表达了一遍。

“想想你过去五年的经历，你觉得自己这样做有意义吗？”我问他道。

他愣了一下，静静地看着我。我猜他没听懂我的意思，就继续说：“你本来有一个幸福的家庭，有妻有子，工作尚可，生活优越。但你放弃了这些东西，独自来到巴黎，现在混到连饭都吃不起的地步。如果再给你一次机会，你还会坚持五年前的选择吗？”

“是的，我的选择不会改变。”

“你来到这里，对你的妻子和孩子不闻不问，从来没有打听过他们的消息，难道你一点也不想念他们吗？”

“的确。”

“该死的，能不要每次只说一个词吗？你给他们造成了多么大的痛苦，你一点都不难过吗？”

他咧开嘴笑了，摇了摇头。

“依我看，你仍然对过去有所留恋。我不是指几年前你离开家的事，而是说更早之前的事情。你和你妻子第一次见面时，你就对她心生好感，而后向她求了婚，你们很快就结为连理。你难道忘记和你妻子相处时的喜悦心情了吗？”

“过去的事我已经不再回想了，我要抓住现在，只有现在才是永恒的。”

我思考他的话。虽然他没有点明，但我明白他的意思了。

“这些年你感到高兴吗？”我问。

“当然。”

我不再说话，静静地看着他。他也凝视着我，眼神里流露出些许讥笑的味道。

“你是对我有意见吧？”

“这个问题没有意义，”我马上说，“对于蟒蛇的习性我没什么意见，吸引我的是它的心理活动。”

“也就是说，你是单纯对我的职业感兴趣？”

“是的。”

“好吧，我应该早点知道你不会反对我的，毕竟你的性格我实在喜欢不来。”

“或许这就是你在我面前不感到拘束的原因。”我说。

他笑了笑，没有回答。我很想把他的笑容描述清楚。他的笑容也许不算特别好看，但是只要他笑起来，脸就变得生动起来，一改原来阴沉的脸色。而且，他一旦笑起来还会自然浮现出一种刻薄的神情。他的笑往往是从眼角眉梢开始。除此而外，他的微笑还带有一种色欲感，它不会令你联想到仁慈或残忍，而会让你想到掌管森林的天神所独具的兽性。看到他的笑容，我想起了一个问题。

“你来到巴黎之后，谈过恋爱吗？”

“我没这个时间。要知道，生命太短暂了，恋爱和艺术，我无暇同时顾及。”

“但你的长相可不像是苦行僧。”

“我很反感这种事。”

“人性很难舍弃，就像是个讨厌的包袱，是吗？”我笑着说。

“你为什么要傻笑？”

“因为我才不相信你。”

“那你就是个大蠢蛋。”

我没有作声，而是目不转睛地看着他。

“你干吗要骗我？”我说。

“你到底想说什么？”

我淡淡地笑了。

“我来解释吧。下面都是我的猜想。你连续几个月都一心扑在艺术上，丝毫没有想到这件事，但其实你只是在不断告诫自己，你和这件事毫无牵扯了。你以为自己获得了自由，于是你昂首阔步，仿佛漫步于云端。但是你突然受不了了。你终于发觉原来你一直深陷泥潭，从未真正出来过。所以你忍不住想去找个女人，最好是粗俗、鄙陋、性感的女人。你恨不得化身为豺狼，立马把她扑倒。但现实却是你只能在这儿喝闷酒。”

他静静地听我说完，目光落在我身上。我一边用低沉的语音陈述着，一边和他对视。

“我想说，你听了我下面的话可能会觉得我是在瞎扯，但我仍然要说：在那之后，你会认为自己一尘不染，非常洁净。你的灵魂仿佛从肉体中抽离了出来，飘浮在虚空中。你似乎能够触摸到美。换言之，‘美’仿佛变成了实体。你似乎可以和大自然进行沟通，包括微风、树木、流水，你能读懂它们的语言。你会感觉自己就是造物主。你知道这怎么解释吗？”

他审视着我，待我把话讲完，才开始说话。说完后，他扭过头，脸上的神情很奇怪，就像是经受了千刀万剐一样。于是我知道，我们的这次交流到此为止。

二十二

我开始过上了在巴黎定居的生活。我手头上有一个剧本要构思。我过着规律的生活：早上工作，下午出门散步，一般是去卢森堡公园转转。我还经常去卢浮宫参观，这是我最喜欢的巴黎画廊，在这里，我能够凝神静思。有时候，我也会去塞纳河边漫步，这里有许多旧书摊，我时而翻上几页，认识了许多作家，但从来不买。晚饭后，我常常去看望施特略夫。有时候他留我吃一顿晚饭。施特略夫最擅长做的菜是意大利菜，这一点我完全赞同。和画画相比，他做意大利通心粉的水平更高。吃着一大盘满满的通心粉，配上香喷喷的西红柿，再喝点红葡萄酒，偶尔吃两片自制面包，这一顿饭真是圆满到极点了。没多久，我和勃朗什·施特略夫也成了朋友。大概是因为我们同为英国人，她在这里的朋友不多，所以她很欢迎我的到来。她是个善良单纯的人，虽然很少说话。我总觉得她有什么心事，但那也可能仅仅是因为她性格内向才不愿吐露。相比之下，她丈夫施特略夫倒是个心直口快的人，他的心里藏不住事情，什么都能跟你聊。他妻子对他的这种性格常常感到难为情，不过我只见她发过一次火。那一次施特略夫一直在跟我讲他服泻药的事。他说得很起劲，将那件事描述得活灵活现，害我笑得前俯后仰。而施特略夫太太羞愧得抬不起头来，气得脸色发红。

“你这样简直像个傻瓜。”她说。

施特略夫吓了一跳，才发现他妻子是真的在发脾气，不由得瞪圆了眼睛。

“亲爱的，你生气了吗？我保证不服泻药了。我之前都是有原因的，每天坐着，缺乏运动，肝火太旺，你知道，我一连三天都……”

“闭上你的嘴！”她狠狠地打断了他，眼泪都被气了出来。

他立刻低下了头，噘起嘴来，像是个挨骂的孩子般可怜地望着我，请求我给予帮助。但我被他的神态逗笑了，一句话也说不出来。

有一天施特略夫带我去了一个画商那儿，他觉得那里应该有两三张思特里克兰德的画。可是，当我们到达那里时，画商说，画已经没有了，是思特里克兰德亲自取走的。我们询问他原因，画商也不知道。

“别以为我会生气。事实上，看在施特略夫先生的面上，我才接受了他的画。虽然我承诺过会尽力帮他销售几幅，然而——”说到这里，他发出一声无奈的叹息，“施特略夫先生，我很欣赏年轻人的才华，可是你也清楚，这些年轻人都是平庸之辈，哪里有天才呢？”

“我敢保证，他是最有天才的一个。我希望你相信我的判断。你可能还不知道，你损失了一笔多么赚钱的生意！你看看你店里的画，有一天，它们加起来也不会比他的这几张画更值钱。莫奈就是这样的，以前他的画一张都卖不出去，但是你看看现在？”

“你说得不错。但是你不要忘了，除了莫奈，还有数百个画家，画得都不差，他们过去卖不掉自己的画，现在也卖不掉。这又是什么道理呢？你以为画家只要画得够好就能出名了吗？别异想天开了。何况，你的这位朋友到底画得怎么样也不好说呢。到现在为止，夸奖他的也只有你——施特略夫先生，如果他画得好，为什么始终得不到别人的赞赏呢？”

“那你觉得，怎样才能判断一个人的画画水平？”戴尔克压抑着怒火，咬牙切齿道。

“标准只有一个——只要出了名就是画得好。”

“功利！”戴尔克喊道。

“以前的大艺术家——拉斐尔、米开朗琪罗、安格尔①、德拉克洛瓦②，无一不是出了名的大画家。”

“走吧，”施特略夫对我说，“再不走我恐怕就要忍不住揍他一顿了。”

① 让·奥古斯特·多米尼克·安格尔（1780—1867），法国画家。

② 费迪南·维克多·欧仁·德拉克洛瓦（1798—1863），法国画家。

二十三

我经常去找思特里克兰德下棋，所以我们时常能见上一面。他的脾气变化无常，有时会一个人静静地沉思，谁也不搭理，有时又会主动和你闲聊起来。他不说那些富有深意的话，但他挖苦别人很有一套。另外，他还是个直言不讳的人，不会隐瞒自己的真实想法，这一点和戴尔克·施特略夫一样。他说话从不会考虑别人的感受，如果他的话让别人受了伤，他就会露出得意的笑容来。他和施特略夫似乎不对盘，总是说出刻薄的话来讽刺他，每次都把施特略夫气得转头离开，并发誓拒绝再和他讲话。然而思特里克兰德身上好像却有一股强烈的吸引力，使这个荷兰人不得不心甘情愿地围绕着他转，就像笨拙的小狗一样。虽然他也明白，他马上就会被思特里克兰德狠狠贬损一番。

我和思特里克兰德以前发生过矛盾，但他始终不跟我计较，我不知道为什么。我们的关系似乎有些不同寻常。有一天他找到我，希望我能借给他五十法郎。

“我从未想到会有这一天。”我对他说。

“为什么没有想到？”

“这件事并不好笑。”

“我穷得快饿死了，你知道的。”

“反正我管不着。”

“难道我饿死了，你也不管吗？”

“可我为什么要管呢？”我反问道。

他认真地看着我，用手将乱糟糟的胡子捋了捋。我始终微笑地看着他。

“你笑什么？”他有些生气地说。

“你做事太欠考虑了。别人没有帮助你的义务，你不懂得这个道理。”

“要是我因为没钱交房租而被赶了出来，被逼得走投无路，最后上了吊，你不觉得愧疚吗？”

“完全不觉得。”

他哈哈大笑起来。

“不可能。要是我真的上吊了，你绝对会后悔一辈子的。”

“你可以试一试，就会知道我后不后悔了。”

他的眼睛里闪现出零星的笑意。我注意到他一下子安静下来，沉默地搅和着苦艾酒。

“你想下盘棋吗？”我问他说。

“我不反对这个主意。”

于是我们动手摆起了棋子。他低头看着眼前的棋盘，兴致高昂。我很理解这种感觉，当你布置好阵地，一场厮杀即将来临时，你会体会到什么叫振奋人心。

“你刚才是不是真的以为，我会把钱借给你？”我又提到了那个话题。

“说实话，我想不出来你拒绝我的理由。”

“你真让我惊讶。”

“为什么？”

“我没有想到你竟然还是很富有人情味的，这让我大失所望。如果你放弃那种天真的做法——试图通过唤醒我的同情心来打动我，那我对你的失望就会少一些。”

“如果你真的被我打动了，那我反而会看不起你的。”他说。

“那就没问题了。”我笑了。

我们开始专注于眼前的棋局，谁也没有说话。直到下完了一盘棋，我才开口说：

“既然你需要钱，那我给你一个建议吧，让我欣赏一下你的画，好吗？如果看着不错，我会掏钱买一幅的。”

“去你的！”他对我吼着，然后气势汹汹地站起来，一副抬腿要走的样子，我连忙起身拦住了他。

“酒账还没有结清呢。”我笑道。

他冲我骂了一句，将钱一把撂在桌上，气冲冲地离去了。

过了很久，我都没在咖啡馆看见他。有一天夜晚，我以为他仍旧不会出现，就一个人坐在那儿看报纸。出乎意料的是，思特里克兰德出现了，他径直向我走来，坐在我的身边。

“原来你还好好地活着呀，我还以为你上吊了呢。”我开玩笑道。

“没有。我有一幅画要画，是别人请我画的，报酬是两百法郎。我最近在忙画画的事，要给一个铅管工画一幅像，他刚刚退休。”

“你是怎么接到这个活儿的？”

“一个卖面包的女人介绍的。所以我还得另付二十法郎给她，作为介绍费。”

“那个铅管工长什么样？”

“简直太完美了。他的脸又大又红，和羊腿没什么区别；右脸上还有一颗明显的痣，上面立着一根又粗又长的毛。”

这一天思特里克兰德显然很高兴，所以当戴尔克·施特略夫走过来坐下时，思特里克兰德立刻开始对他冷嘲热讽。他一向很会数落这个倒霉蛋的毛病，而且句句直戳他的痛处，技巧十分高明，让我佩服得五体投地。不过这一次，他倒没有像往常那样讥讽他，而是直接谩骂了。他的攻击像是炮弹一样突然，令施特略夫晕头转向。他就像是一只被野兽追逐的羊羔，为了躲避身后的危机，漫无目的地逃窜着。最后，他甚至哭了出来，眼泪流淌得都能浇花了。但是最糟糕之处在于，作为一个旁观者，尽管你会对思特里克兰德的刻薄感到气愤不已，尽管你会对施特略夫的遭遇感到万分同情，但你还是会忍不住笑出声来。世界上有一些人就是这样的，他们很不走运，当他们真情流露的时候反而会使人发笑。戴尔克·施特略夫就是其中之一。

这是我来到巴黎定居的第一个冬天，戴尔克·施特略夫在我的回忆中占有重要的地位，他给我带来了无穷的欢乐。他有一个温馨的小家庭。他和他的妻子就像一幅有魅力的画。他深爱着自己的妻子，尽管他在多数时候扮演的是一个滑稽可笑的角色，你还是会被他对待感情的态度深深打动。我完全可以明白他的妻子为什么对他毫无办法，她也是拿一颗真心对待他的。她要是看到她的丈夫将她视若珍宝，小心地捧在手里，她一定会被他感动。他对她忠贞不渝，就算有一天她会年华老去，美貌不再，他仍然会觉得她的风姿不减半分。在他看来，她始终是世界上最美丽的女人。尽管他们的房子不大，除了一个画室，就只有一间小厨房和一个卧室了，但他们两个人过着无比安详的生活。

家务事全部都是施特略夫太太自己操办的。当戴尔克专心绘画时，她就外出去购置物品，回来做午饭，缝补衣服，每天都不辞辛苦地忙碌着。当他们享用完晚餐，她就继续忙着家务事，而戴尔克会开始忘情地演奏乐曲。

他们的生活就像是一曲牧歌，颇具美感。虽然戴尔克·施特略夫的滑稽之举使这曲牧歌的音调变得有些奇怪，宛如一个刺耳的不谐和音，但是这反而令它更添了些人情味。

二十四

圣诞节将至，戴尔克·施特略夫热情地邀请我去他家一同欢庆。每逢圣诞节，他的情绪总会变得感伤（他的性格就是如此），他还想邀请几个朋友一起来。那时，我们俩都有大半个月没有见到思特里克兰德了。我是因为忙于接待几个来巴黎旅游的朋友，施特略夫是因为上次和他发生了矛盾，气得再也不想和他说话了。但是节日就要到了，施特略夫又没有那么讨厌他了。他坚持说，不管怎样也不能让思特里克兰德独自在家里闷着。他相信思特里克兰德肯定也是这样想的，毕竟这是个喜庆热闹的节日，孤零零的实在是太可怜了。他布置了一棵圣诞树，把它放在了画室里。我觉得或许他还会把小礼物放在树枝上，人手一份。然而他不大愿意自己去找思特里克兰德，因为他觉得轻易原谅他会让自己失了面子，所以他希望去找他和届时我也在场。

我们一块儿来到了克利舍路，但是思特里克兰德不在这里。天气太冷，我们便走了进去，找了张桌子坐下。咖啡馆里很闷热，四处烟雾缭绕。我们张望了一下，看到那个和思特里克兰德下棋的法国画家也在，我和他偶尔也会联系。他看到我们，就朝我们走了过来，坐在我们旁边。施特略夫询问他近期是否见过思特里克兰德。

“他生病了，”他说，“你不知道吗？”

“严重吗？”

“听说很严重。”

施特略夫一下子紧张起来，脸色都白了。

“他怎么不告诉我？咳，我干吗还和他吵架？咱们快去看看他吧，他一个人住也没有人照顾他。他住在哪里？”

“我不好说。”那个法国人说。

我们这才意识到没有人知道他的住处。施特略夫更加难过了。

“也许他已经死了。没有一个人清楚他的事情。太糟糕了，我已经坐不住了，咱们得快点把他找到。”

我希望施特略夫理智一点，巴黎这么大，寻找一个不知道住处的人是多么难的事情。我们应该先制订一个可行的计划。

“你说得没错。但是可能我们还没来得及制订出计划，他就已经咽气了。那样的话一切就太迟了。”

“先冷静一下，再好好想想怎么办。”我的口气有点不耐烦。

我还记得比利时旅馆，但是思特里克兰德早就不住在那里了，应该不会有人记得他。他不会把自己的住址告诉别人。而且，他住在那里也已是五年前的事了。但是我认为他应该就住在附近一带，因为他过去住在比利时旅馆时就常常会来这家咖啡馆，既然他现在还经常来这里，可见他很喜欢这家咖啡馆。我忽然想到那个给他介绍过一笔画像生意的卖面包的女人，或许那家面包店的人会知道他住在哪里。于是我拿来一本电话簿，开始翻查附近的面包店，发现一共有五家，现在也只能挨家去打听一遍了。施特略夫撇了撇嘴，不情愿地跟在我身边，他本来想把附近几条街上的所有公寓都打听一遍。事实证明，我的计划很管用，第二家面包店的一个女人告诉我们她知道这个人。对面有三座楼房，她很肯定地告诉我们，他的住处就在其中的一座。我们马上跑过去询问，非常幸运的是，第一座楼房的门房就说他住在最顶层。

“他也许生病了。”施特略夫说。

“也许是吧，”门房的语气很冷淡，“说实话，我好几天都没看见他了。”

施特略夫抢先跑上了楼梯。当我刚到达顶层时，他就已经在敲门了。门内一个身着衬衫的工人向他指了指旁边的门，告诉我们有个画家住在那里。施特略夫正打算去敲那扇门，但他立刻转头看我，打手势告诉我他现在紧张得不知如何是好。

“如果他死了怎么办？”

“他不会死。”我说。

我上前敲了敲门，没有人开门。于是我转动了门柄，发现门是开着的。我走了进去，施特略夫紧紧地跟在我身后，他非常紧张。屋子里没有开灯，一片黑暗。我依稀分辨出这是一间阁楼，因为天花板不是水平的。天窗上投射下来一束光线，没有给屋子带来多少亮光。

“思特里克兰德。”我呼唤他的名字。

但是没有人回答我，我感到很奇怪。我回过头一看，发现施特略夫似乎正在发抖。我正在思考，是否要划亮一根火柴。这时候，我的眼睛适应了黑暗，看到墙角有一张床。我想走近去看看，又担心看到一具尸体。

“笨蛋，难道你没有一根火柴吗？”

思特里克兰德的声音让我吓了一跳。

施特略夫惊叫了一声。

“天啊，上帝，幸好你还没死。”

我马上找出一根火柴，将它点燃。借助火柴的光芒，我打量着这间屋子的陈设。这个屋子很小，既是住房又是画室。除了一张床、一张桌子和一把椅子，剩下的都是画画用具——一些画幅、一个画架、调色刀和颜料瓶等。屋子连地毯都没铺，火炉也没有。我在桌子上翻找半天，才找到半截蜡烛头，于是我点燃了蜡烛。我看到思特里克兰德蜷缩在狭小的床上，我估计他很不舒服，因为他的眉头紧紧地皱着。被子上还盖着衣服，他正在发高烧，脸色很差。施特略夫轻轻地走到床前，说话时声音都哑了。

“可怜的朋友，你出了什么事？我完全不知道你生病了。你为什么不和我说一声？你知道的，我愿意为你做任何事。你还对我说的话耿耿于怀吗？我并不是真的想和你绝交。我错了，我向你道歉，我当时不该生你的气。”

“去你妈的！”思特里克兰德说。

“能讲点道理吗？我会让你舒服一些的。有人照顾你吗？”

他一边说着一边朝四处张望着。屋子里太邋遢，他也不知道该从哪里做起，于是他只好整了整思特里克兰德的被子。思特里克兰德大口喘着气，什么也没说，但我知道他肯定在拼命忍耐发火。他生气地瞪着我，我沉默地望着他。

“如果你也想帮点忙的话，就帮我买点牛奶吧，”最后他开口说，“我关在这里足足两天了。”

我注意到床边有一个空瓶，应该是用来装牛奶的，还有一张沾了少许面包屑的报纸。

“你吃了什么吗？”

“什么都没吃。”

“你像这样躺了多久？”施特略夫大喊，“你有两天不吃不喝了吗？太糟糕了。”

“我还喝了水。”

他的目光落在一个大水罐上，这是一只他触手可及的水罐。

“我这就去，”施特略夫说，“你还需要别的什么吗？”

我告诉他最好买一只热水瓶、一些面包和葡萄。施特略夫自告奋勇，主动揽下这个活儿。

“真是个傻瓜。”思特里克兰德小声地说了一句。

我伸手摸了一下他的手腕。他的脉搏很快，也很虚弱。我又向他提了几个问题，他没有搭理我。我一逼问他，他就转头面向墙壁，一副和我赌气的样子。我发觉自己帮不上什么忙，便沉默地等着施特略夫回来。十分钟后，施特略夫满头大汗地回来了。他不只买了我建议的那些东西，还买来了蜡烛、酒精灯和肉汁。他办事很稳妥，立马给思特里克兰德煮了一杯热牛奶，把面包放进去浸泡。我给思特里克兰德量了下体温，一百零四华氏度，他病得很严重。

二十五

没过多久我们就走了，戴尔克要回家吃晚饭，我要去找一位医生为思特里克兰德看病。当我们重新走上街头——立马感受到外头的空气比阁楼里清新得多——这位荷兰人让我去一下他的画室。我看出他有不肯告诉我的心事。我想，既然他要我陪他回家，而且即使先请来医生，我俩暂时也帮不上别的忙，就答应了他的请求。我们到达他家后，发现晚饭已经准备好了，勃朗什·施特略夫正在摆桌子。戴尔克走向她，紧紧地握住她的双手。

“亲爱的，我有一件事要请求你答应。”他说。

她神情严肃地望着他。施特略夫一副激动不安的样子，脸上的汗珠闪闪发亮，虽然此时他的表情略显滑稽，但眼睛里闪动着热切的光芒。

“思特里克兰德病得快死了。他独自一人住在一个邋遢的阁楼里，没有照看他的人。我要将他带到家里来住，我真心希望你答应我这个请求。”

她飞快地缩回了手——我是第一次见到她这样敏捷——脸色涨得通红。

“啊，不行。”

“亲爱的，不要这么快就拒绝吧。他一个人在那儿住真的不行，我会一直惦记着他的，寝食难安。”

“你可以暂时搬过去照顾他。”

她的语气很冷淡。

“但是他会死的。”

“那就让他死去吧。”

施特略夫不可置信地望着她，抬手擦了下脸上的汗水。他向我看过来，希望我能帮助他，但是我也没有头绪了。

“他是个伟大的画家。”

“那又怎么样？我非常讨厌这个人。”

“不，我亲爱的宝贝，你真的这样想？我求求你，答应我的请求吧。有我们在，他会过得舒服一些的。我们可以救他一命。而且他不会给你惹麻烦的，有什么事我来做就行，你不用费心操劳。画室里可以再放一张床，他睡在那儿就好。我们不能让他死掉，像条无家可归的野狗一样。他太可怜了。”

“他为什么不去医院？”

“你说医院！没有爱抚的手来照顾他怎么行呢？他需要最体贴的护理。”

听了他的话，勃朗什・施特略夫的情绪很激动。她没有停下摆餐具的动作，但她的双手却一直在颤抖。

“我简直受不了你了。如果生病的人是你，你觉得他会照顾你吗？”

“无所谓啊，我有你的照顾啊。他不帮忙也没关系。何况，他比我重要多了。”

“你这样任人欺负，真是太没有血性了，就连一只杂种小狗都比你有骨气！”

施特略夫笑了起来。他还自以为明白他妻子的想法呢。

“啊，可怜的宝贝，你是不是还在计较上次他来看画却向我借钱的事？没有关系啊，就算他觉得我的画不好，这也没什么大不了的啊。不过那天我真不应该给他看我的画，因为我的画确实一般。”

他沮丧地看了下画室的四周。画架上有一幅没画完的油画——一个神情喜悦的意大利农民手里拿着一串葡萄，举在一个有着黑色眼珠的小女孩头顶上。“就算他不喜欢你的画，至少也得表现出礼貌啊。他那样侮辱你、鄙视你，你却像条乞怜的小狗一样冲他摇尾巴。天啊，我讨厌死他了。”

“亲爱的宝贝，他是一个天才。不要以为我是天才，我倒希望我是呢。但我一眼就能看出来别人是不是天才。我尊重天才，因为世界上没有什么比天才更奇妙了。可是身怀天分也是一种负担，我们必须包容他们，耐心地对待他们。”

我静静地站在一旁，觉得十分尴尬。我不知道施特略夫为什么要叫我一起来，我感觉自己帮不上什么忙，他的妻子都快泪如泉涌了。

“但是我请求你答应我将他带到咱们家来。不只是因为他有天分，我要带他来是因为他是个人，是因为他生着严重的病，因为他身无分文。”

“我坚决不接受你的请求，他别想踏进咱们家一步——永远别想。”

施特略夫转头看向我。

“你跟她说一说吧，这件事人命关天，说什么我也不能让他一个人待在那里孤独地死去。”

“事情很明了，他住到这里来更有利于身体的恢复，”我说，“但是当然了，这也会影响到你们俩。最好还是有一个人负责照顾他。”

“亲爱的，我了解你的性格，你应该不会插手不管吧？”

“要是他过来住，我就搬走。”施特略夫太太发火了。

“你怎么变成这样了？你不是个心软的人吗？”

“啊，老天啊，求求你别逼我了，我快被你逼疯了。”

最后，她一下子瘫倒在一把椅子上，掩面低声哭泣着。戴尔克轻轻地搂着她，一边亲吻，一边呼唤她的名字。他也泪流满面。过了一会儿，她挣脱了他的怀抱，抬手擦了擦眼泪。

“让我静一静吧。”说完，她转头看向我，露出一个勉强的笑，“让你见笑了，我刚才那样，真不知道你会怎么看我。”

施特略夫望着她，一副很困惑的样子。他的眉头紧锁，嘴巴噘得高高的，这副滑稽的样子真的很像一只惊慌失措的豚鼠。

“亲爱的，你终于答应了吗？”他说。

她精疲力尽地挥了挥手。

“这个画室连同这个家都是你的，我怎么拦得住呢？”

施特略夫马上绽开了笑脸。

“你真的同意了？噢，亲爱的，我就知道你会答应的。”

但是她立刻又克制住了自己。她用一双暗淡无神的眼睛望着他，十指交叠着按在胸口，仿佛心跳得叫她受不了似的。

“噢，戴尔克，我还从未求过你做什么事呢。”

“你知道，只要你开口，我肯为你做任何事。”

“那我求求你，不要让思特里克兰德到这里来。谁来都可以，小偷、醉鬼、流浪汉都可以，我会尽力服侍他们，但唯独他不可以。我恳求你，千万不要带思特里克兰德来。”

“可是为什么呀？”

“我害怕他。我也说不好理由，反正我怕他怕得要死，他会给我们招来祸害。我很清楚，因为我能感觉到。如果你把他带来，不会发生好事的。”

“这真是毫无道理。”

“不，不，我相信我的直觉，咱们家会出事的。”

“为什么？因为咱们做了件善事？”她大口呼吸着，神情非常恐惧。我不明白她的想法。她似乎被恐惧抓得紧紧的，毫无反抗之力。

要知道，她是个沉稳的女性，现在的情况真叫人不安。施特略夫看着她，同样十分疑惑。

“你是我的妻子，我的无价之宝。如果你不同意，我不会带别人到家里来的。”

她双目紧闭，我怀疑她要晕倒了。我有点不耐烦了，没想到她是一个如此神经兮兮的女人。施特略夫打破了短暂的沉寂。

“你想一想，自己是不是也曾经陷入过危难，恰好被别人帮了一把？你应该知道，在危难关头得到的帮助是多么重要。如果你看到别人正处于悲惨的境地，你难道不会伸出援助之手吗？”

他的这番话纯属老生常谈，我简直要笑出声了。

但是我没想到勃朗什·施特略夫竟然会听得进去。她动了动身体，长久地望着施特略夫。施特略夫的目光仿佛是黏在地面上一样，显得非常困窘。施特略夫太太的脸上先是浮现出薄薄的红色，然后忽然失去了血色，变得惨白，双手也同样没有一点血色。她浑身抖动个不停。画室一片寂静，空气都像是凝固了，我感到很奇怪。

“戴尔克，把思特里克兰德带来吧，我会尽量照看他。”

“我亲爱的宝贝。”他笑了。

他想给她一个拥抱，但是她却轻轻地避开了。

“不要当着其他人的面这样做，戴尔克，”她说，“太难为情了。”

此时她已经恢复自然了，令人完全看不出她刚刚激动的样子。

二十六

第二天我们去帮思特里克兰德搬家。由于他病得非常重，没有力气反对我们的决定，倒是给我们省下了劝说的工夫。他的咒骂声毫无攻击力，我们充耳不闻，只一心服侍他，为他穿上衣服，带他下楼，安放在马车里，最终把他带到了画室。他的病已经整整拖了一个半月，有几天他看起来马上就要挺不过去了。我敢肯定，如果没有这个荷兰画家的精心照料，他一定撑不过一周。他是我见过的最难伺候的病人，虽然不会抱怨或诉苦，总是一言不发，但是你能从他的反应看出来他特别痛恨被别人照顾。当我们问他是否有什么需要时，他要么对你冷嘲热讽，要么对你扬声恶骂，绝不会好好回答你。经过一段时间的相处，我认为他是个讨人厌的人，所以等他身体稍好了些，我就向他说了我的这一看法。

“我只想告诉你，去你妈的。”他狠狠地回敬我。

戴尔克·施特略夫把所有的工作搁置在一边，尽心服侍他，体贴入微。他很会照顾人，做事非常利索，从不拖拉，总把事情处理得很好。他不怕麻烦，主动担下许多琐事。他的收入一般，只够他们夫妻两人生活，所以他花钱很省，但是现在他却不再节俭。为了让思特里克兰德更有食欲，他主动去买各种价格高昂的美味。他劝说思特里克兰德好好吃饭时的耐心让我深深折服。尽管思特里克兰德经常对他发脾气，施特略夫也从来不跟他计较，总是一笑置之。

后来，思特里克兰德的身体渐渐恢复了。他有时候为了寻开心会讽刺施特略夫几句，而施特略夫就会故意做出滑稽可笑的行为，专门给他送上挖苦自己的机会。他还会冲我眨眨眼，告诉我病人更有精神了。施特略夫真是个善良的大好人。

但是勃朗什的行为更使我惊讶。她践行了自己的诺言，而且做得更好，这是我没有想到的。她是一个非常能干的护士，和当初强烈反对她丈夫把思特里克兰德带到家里来时的样子简直判若两人。她无微不至地照看病人，顾及到了方方面面。她能够在换床单时不发出声音，以免吵醒病人。我对她的能干赞不绝口，她微笑着告诉我，她以前在医院做过事。尽管她心里非常厌恶思特里克兰德，但她从来不会把厌恶之情显露在脸上。她很少和思特里克兰德说话，但她总是很快就能明白他的需求。一连半个月，她和她丈夫彻夜不眠地照顾他。我很好奇，她在守夜的时候会思考些什么。毕竟那时候的思特里克兰德卧在床上，双眼大睁，兴奋地望着空中，也不知道在看什么，模样十分吓人。

“夜里他跟你说过什么吗？”有一天我问她。

“从来没有。”

“你还厌恶他吗？”

“比以前更厌恶。”

她静静地看着我，神情安详，我无法联想到她曾经怒气冲冲的样子。

“你为他做了许多事，他跟你道过谢吗？”

“没有。”她微笑着说。

“这人太没有礼貌了。”

“是的，真是太可恶了。”

施特略夫对她很满意，她认真履行照顾思特里克兰德的责任，他很感激她，但是他不理解自己妻子和思特里克兰德的相处方式。

“有一次我看见他们在一起坐了几个小时，可是谁都不说话。”

有一次我也在画室里，这时思特里克兰德恢复得差不多了，再等两天就能下床了。戴尔克在和我聊天，施特略夫太太在缝补思特里克兰德的一件衬衣。思特里克兰德静静地躺着，抬头望着半空。我有一次注意到他正在看勃朗什·施特略夫，脸上的表情像是嘲讽。勃朗什发觉到自己正被他注视着，抬起头来，他俩互相看了对方一会儿。她的表情我无法形容，像是在害怕。然后思特里克兰德立刻转过头，不再看她，而是若无其事地看向天花板。但是她没有动，仍然盯着他，我也不知道她在想什么。

过了几天，思特里克兰德可以下床了。他整个人瘦得不成样子，胡须乱糟糟的，头发变长了不少，鼻子和眼睛都显得比原先更大了。他现在的长相看起来非常古怪。

我不知道该如何形容，他的身材笨拙，让人感受到一种隐约的压迫。你能轻易看到他的精神世界，但这还不是最让人留意的一点。无论什么人，第一眼看到他时一定会被他脸上的那种欲念吸引。然而奇异的是，这种欲念似乎有一种空灵之感。他身上好像蕴藏着一种原始性，你会联想到希腊文化中的半兽人，比如生长着羊角和羊腿的农牧之神，他们具有大自然的强大力量。每当我注意到他的外表，我就会想起马尔塞亚斯——这个可怜的吹笛人，竟然妄想胜过天神阿波罗，导致被神杀死。思特里克兰德的心里似乎有什么奇妙的东西存在。我有一种预感，他未来应该会面临无数痛苦和绝望。我又开始觉得他被魔鬼附身了，但这个魔鬼未必邪恶，因为它代表的是一种在宇宙还未诞生时就已经存在的原始力量。

虽然他的身体日渐好转，但他仍然很虚弱，无法画画。他每天一言不发地坐在画室里，谁也不知道他在思考什么。他偶尔也会看看书。但他爱看的书都很奇怪。有一次，我发现他在看马拉美[1]的诗。

① 斯台凡·马拉美（1842—1898），法国象征派诗人。

他读书的方式是张嘴慢慢地拼读，就像孩子一样。我不知道他读到那些富有韵律美而含义晦涩难懂的诗句时会产生怎样的想法与感情。除了诗集，他还会阅读侦探小说，比如嘉包里奥[1]的一些作品。从他对书籍的选择来看，他的性格的确非常怪诞。我觉得自己的想法很有意思。虽然他的身体不如以往强健，但他还是和以前一样，对舒适的要求非常低，对他来说只要能够满足基本的需求就行了。体贴周到的施特略夫为了他的身体着想，力图把画室布置得温馨舒适，于是买了一把柔软的扶手椅，还安置了一张大小适宜的长沙发。但思特里克兰德从来都对这些好意视而不见，我从来没看见他坐在这些好椅子上。你可能会怀疑他是不是为了气我们，故意跟我们对着干，但事实并不是这样的，他是真的不喜欢这些能让生活更舒适的物件。有一天我来画室看他，那时只有他一个人在，我来之前也没有告诉过他，所以他不知道我的到来。那时候他正坐在一只破旧的三脚凳上。大概对他而言，他更倾向于连扶手都没有的硬背椅。他的这种习性总是把我气得要死，我无法理解他为什么对生活环境总是这样漠不关心。

① 艾米尔·嘉包里奥（1835—1873），法国最早的侦探小说家。

二十七

又过了大半个月。有一天早上，我忙完了手头上的工作，决定给自己放一个假，去卢浮宫待一天时间。我来到了画廊，在这里慢悠悠地走着，墙壁上的名画让我心动不已，头脑中思绪纷飞。我欣赏了半天，忽然发现前面站着一个熟人，正是施特略夫。我马上笑了起来，因为每次见到他那胖胖的身材、仿佛受惊小鹿一样的圆眼睛，我都会笑出声来。可是这一次，我发现有什么地方不对劲。他不像往常那样乐呵呵的，而像霜打的茄子一般愁容满面。他看起来非常沮丧，但同时也很滑稽，仿佛一个刚刚遭受落水之灾的人担心别人嘲笑他那被打湿的衣服。我叫了他的名字，他回过头，眼神呆呆的，像是在看我，又像是没在看我。虽然他的镜片很大，但是仍然遮挡不住从他的圆眼睛里流露出来的忧伤。

“施特略夫。”我又叫了一声。

他被我吓住了，发现叫他的人是我后，他勉强露出了一个笑容，但这个笑容很难看。

“你怎么了？为什么在这里游荡？像是丢了魂一样。”我尽量用活泼的语气问他。

“我好久没来卢浮宫了。今天我想来这里参观一下，也许他们有了新的展览品。”

“但你以前不是告诉过我，你要画一个星期的画吗？”

“思特里克兰德在画室里呢，他要画画。”

“哦？他怎么在那儿画画了？”

“是我建议的。他还没有完全恢复健康，所以无法回到原先住的地方。我本来认为，我们两个人可以一起使用那间画室。你知道，在拉丁区有很多画室都是出租给双人的，这样更省钱，所以我本来觉得这个主意不错。而且，如果一个人画累了，还可以和身边的人聊会儿天什么的，我觉得这样肯定很有意思。”

他慢吞吞地说着，说一句话就得停下来歇一会儿，完全失去了以往的流畅度。他注视着我，温柔而略显傻气的圆眼睛似乎在向我诉说着无尽的忧伤。

“你说的到底是什么意思，我不明白。”我说。

“思特里克兰德不能在身边有人的情况下专心画画。”

“见鬼，那又怎么样？那个画室自始至终都是属于你的啊。他想画画就应该自己解决场地问题。”我气愤道。

他用悲伤的表情看着我，嘴唇血色全无。

“到底发生什么事了？”我有些不耐烦了。

他犹豫了半晌，脸色憋得通红。他的视线越过我，落在墙上的一张画上，我看得出来他的心里在挣扎。

“他不让我在那儿画下去，他让我出去另想办法。”

“你为什么不把他赶走呢？”我气得火冒三丈。

“他把我赶了出来。他是个病人，我不能和他打架啊。然后他将我的帽子一下子扔了出来，最后从里面把门反锁了。”

我真是被思特里克兰德的做法气得要死，但是我知道自己也有责任，如果不是我的劝说，或许施特略夫的妻子就不会同意她丈夫打算收留他的请求。总之，这一次戴尔克·施特略夫依旧被人当成了傻瓜，我气得反而想笑。

“那你的妻子是什么反应？”

“她不在。她外出买东西去了。”

“他会不会也把她拒之门外？”

“我不知道。”

我不明白施特略夫的回答是什么意思。他呆呆地立在那儿，低着头，像是一个挨骂的小学生。

“那我来帮助你把思特里克兰德赶走，好吗？”我问。

他瑟缩了一下，脸色更红了。

“不要，你最好不要这样做。”

他轻轻地说着，然后朝我点了下头，就匆匆离去了。显而易见，他不太想和我仔细商量这件事，我不明白这是为什么。

二十八

过了一个星期，我终于知道了答案。这一天我独自在外面吃过晚饭，然后回到我住的地方。夜里十点左右，我正在看书，忽然听见门铃声。我走出起居室，将门打开，愕然发现按门铃的人是施特略夫。

“我能进来吗？”他轻声问道。

当时因为光线不足，我没有看清他的表情，但听见他的声音非常沙哑，像是喝醉了酒一样，这令我很吃惊，因为他喝酒很有节制，从来不会喝多。我把他带到起居室，让他坐下。

“感谢老天，我终于找到你了。”他激动地说。

“发生什么事了？”我问。

室内开着灯，所以我能仔细观察他。他以前是一个注重仪表的人，总是把自己收拾利索了才肯出门见人，但这次却不同寻常，他看起来邋里邋遢的，衣服显得皱巴巴的。我觉得他肯定是喝醉了，于是我笑出声来，想揶揄他几句。

“我无处可去，”他忽然说道，“之前我来过一次，但你不在。”

“我出门吃晚饭去了。”我向他解释。

这时我忽然意识到：他不是因为喝醉了酒才变得这么反常的。要知道，他的脸色平时总是很红润，现在却变成红白相间的样子，看起来十分奇怪。而且他的双手一直抖个不停，像是在惧怕什么。

“怎么了？”

“我的妻子和我分手了。”

他说出这句话像是耗费了全部的力气，大口喘着气。他的眼泪缓缓地从面颊上流下来，我从来没有见到他如此伤心的样子，不知道要怎么安慰他。我思考了一下，觉得事情应该是这样的：她丈夫对思特里克兰德的关心似乎超过了对朋友的关心，导致作为妻子的她无法忍受。而且思特里克兰德对她丈夫的态度很差，所以惹怒了她，她下定决心要将他赶走。我看得出来，勃朗什其实是一个外柔内刚、性格执拗的人。如果施特略夫始终坚持收留思特里克兰德，那么她很有可能在冲动之下离开家庭，并放话永远离开他。无论如何，我都认为这件事仅仅是出于一个女人的嫉妒心，其实问题远没有他想象的那么严重。不过看到他伤心欲绝的样子，我实在不好意思嘲笑他的单纯了。

“亲爱的朋友，别伤心了。她一定会回到你身边的。女人们总是喜欢口不择言，说出叫听者伤心的气话来，你不要太当真。”

“你不明白。她爱上思特里克兰德了。”

“你说什么！”我被吓到了，但是在我认真思考他的话之前，我潜意识里就排除了这话的可信性。

“你是傻了吗？难道你在吃思特里克兰德的醋？”我觉得十分好笑，“你又不是不清楚，她很厌恶思特里克兰德。”

“你还是不明白。”他小声地说。

“你真是一头顽固的蠢驴，”我不想再和他纠缠，“你需要喝一杯威士忌苏打，这样你就能清醒了。”

我觉得——人们总是喜欢自己给自己找麻烦——戴尔克的怀疑根本是无稽之谈，一定是他做了什么愚蠢的事情把他妻子气得要死，所以她要报复他，故意告诉他自己爱上了思特里克兰德。

“听我一句劝，”我对他说，“带我去你的画室看看吧。如果是因为你做了什么傻事惹怒了你妻子，那你现在最好去负荆请罪。我觉得她应该会原谅你的。”

“你叫我现在怎么回画室呢？”他叹了口气，说，“他们在那儿呢。我把画室留给他们了。”

“你的意思是，不是她离开了你，而是你把她丢在那儿了？”

“求求你，别这样说吧。”

我依旧无法相信他。我觉得他肯定是误会了什么，但是他的表情却清楚地告诉我，他非常痛苦，这是装不出来的。

“好吧，既然你为了向我倾诉专程跑到了这里，那你就把事情的全部经过告诉我吧。”

“今天下午，我实在是忍无可忍了，就对思特里克兰德说，他的身体已经大好了，完全可以回到自己的住处去，因为我需要用我的画室。”

“恐怕世界上不会有人比思特里克兰德更不通人情世故了，”我说，“然后他说了什么？”

“他笑了起来。你也知道他笑起来的样子，让人觉得自己是全世界最傻的傻瓜。他说他立刻就走，然后就开始收拾东西。不知道你还有没有印象，我从他的住处拿了一些我认为的必需品。接着，他说他要打包，就叫来勃朗什帮他拿一张纸和一条绳子。”

说到这里，施特略夫停顿了一下，大口喘着气，身形不稳，一副要晕倒的样子。我此时还不知道他为什么要讲这个不相关的事情。

“她取来了纸和绳子，但脸色变得苍白。思特里克兰德沉默地收拾东西，时而吹几声口哨，没有和我们两个人说一句话。他的目光中含有讽刺的意味，令我感到很难受。我觉得自己的心变得非常沉重，像是变成了一块铅。我有一种不安的感觉，他的样子让我觉得自己不应该赶他走，我很懊悔。他没有找到自己的帽子，就向四处看了看。这时候勃朗什忽然开口了：

‘我要和思特里克兰德一起走，’她平静地说，‘戴尔克，我无法再与你继续生活下去了。’”

“我很震惊。我想开口说话，但什么也说不出来。思特里克兰德仍然没有说话，他还吹着口哨，就好像眼前的情况和他完全没有关系一样。”

施特略夫又停住了，他缓缓地擦去脸上的汗。我沉默着，现在我终于相信他的话了。我很惊讶，但依然无法理解。

这时候他用颤抖的声音告诉我接下来的事情：他靠近她，想把她轻轻地搂住，但她避开了他的拥抱。他苦苦哀求她不要就这样离开自己，他对她说自己一直深爱着她，叫她不要忘记自己的真心。他还讲到了他们结婚以来的幸福日子。他甚至说自己不会生她的气，因为他会永远包容她的一切。

“请你让我走吧，戴尔克，”她说，“我爱思特里克兰德，你不知道吗？无论他要去哪里，我都会跟随着他。”

“但是他不会让你幸福的，我希望你能明白这件事。为了你自己着想，我建议你还是不要跟他一起走。如果你跟他走，你可能不知道会面临些什么。”

“但错误完全在你，是你不顾我的反对，执意要带他来的。”

施特略夫转头看向思特里克兰德。

“求求你，为她考虑考虑吧，”他哀求说，“你知道，她不能做这种事情。”

“她想怎么办就怎么办，”思特里克兰德说，“我没有强迫她跟我离开。”

“我不会改变主意的。”她的语气很呆板。

思特里克兰德始终这么冷静，就算是好脾气的施特略夫也忍无可忍了，他怒气冲冲，失去了理智，一下子朝着思特里克兰德扑了过去。思特里克兰德被他的举动吓了一跳，还没反应过来，只得急促地后退了一步。虽然施特略夫使出了全身的劲儿，但思特里克兰德本来就比他更有力气，所以施特略夫立马被掀翻在地上。

“你是个滑稽的小丑。”思特里克兰德骂道。

施特略夫费了半天工夫才从地上站起来。他偏头一看，发现自己的妻子就站在一旁，没有一点反应。施特略夫觉得自己当着妻子的面出洋相非常丢脸。在与思特里克兰德打斗的过程中，施特略夫的眼镜掉在了地上，所以他感到眼前一片模糊。勃朗什把眼镜从一个角落里捡了起来，伸出手递给他，但一直保持着沉默。一瞬间，他忽然意识到自己是多么不幸，他忍不住大声哭了出来，用手捂住了脸，他也清楚在这种时候哭出来反而会让自己更丢脸，但他真的是憋不住了，他已经忍了太久。那两个人就站在一旁沉默着，什么也没说。

“啊，亲爱的，”最后他低声喃喃道，“你为什么这样残忍地对待我？”

“我也没办法控制自己，戴尔克。”她回答。

“你知道，我非常崇拜你，我比世界上任何人都崇拜你。如果是因为我犯了什么过错，才让你产生离开我的想法，那你为什么不告诉我呢？如果你开口，我会立马改过来的。我可以为你做任何事。”

她没有回答他，她的脸上没有任何表情。但他能感觉得到，如果自己再纠缠不清，只会让她更厌烦自己。他明白自己最好选择放她离开，但是当他看到她套上一件外衣，手里拿着一顶帽子，一副准备离开的样子时，他立刻舍弃了脸面，一下子扑过去，跪倒在她面前，紧紧抓住她的双手。

“啊，不要走，亲爱的。没有你，我就无法活下去，我会自杀的。如果我做错了事，求求你原谅我。我会让你幸福的，求你给我一次机会吧。”

“戴尔克，站起来吧，你太丢脸了。”

他踉跄着站了起来，但还是紧紧地攥着她的手，不让她离开。

“你要去哪里啊？”他连忙问道，“你没见过思特里克兰德的住处，你不知道那个地方是多么糟糕，你会受不了的。那儿的环境太可怕了，你一定会待不下去的。”

“我连自己都不在意了，你又何必在意我呢？”

“你能再等几分钟吗？让我把话说完——这只是一个小小的请求，你会答应我的，对吗？”

“那又怎么样？我会坚持我的想法，你是说服不了我的。”

他的心脏跳动得非常厉害，他只好抽出一只手按在胸膛上。然后他深吸了一口气，过了一会儿才缓缓开口。

“我不是想说服你改变主意，因为我了解你的性格。我只是想求你听我说几句话，这是我最后一个请求。”

她沉思着，看了他一会儿。他觉得她的目光非常冷漠，没有一点温柔。她转身走回画室，在一张桌子旁站定。

“那你现在说吧！”

施特略夫努力平复着心情。

“你千万要冷静地听我说完下面的话。不管怎样，你是要过日子的，但你很清楚，思特里克兰德穷得连饭都吃不起，他根本没能力养活你。”

“我知道。”

“你跟着他一定会饿肚子的。难道你想遭这份罪吗？为什么他花了这么长时间才恢复健康？就是因为他过得太落魄了啊！”

“没关系，挣钱的事情交给我就行了，我可以养活他。”

“你想怎么挣钱？”

“现在还不知道。但我总会想到办法的。”

这个荷兰画师忽然想到了什么可怖的事情，他颤抖了一下。

“你是疯了吗？你到底被什么迷住了？”

她无奈地耸了耸肩膀。

“你说完了吧，那我能走了吗？”

“再等等。”他感到心很累，勉强打起精神来，环顾四周。这间画室之所以这么美好，是因为有她在。他深情地注视着这个屋子里的一切，闭上了眼睛。然后他盯着她看了半天，像是要把她的样貌深深地留在记忆深处似的。他一下子站起身，戴上了帽子。

“不，还是我走吧。”

“你？”

她吓了一跳，不理解他的话。

“我无法忍受你住在那样一间糟糕至极的阁楼里。无论如何，这间画室是我们两个人的，它既是我的家，也是你的家。如果你住在这里，至少不会遭受那些罪，能够过得舒服些。”

他拉开桌子的抽屉，从里面取出几张钞票。

“这里面有我的一些钱，你拿一半吧。”

说完他把那些钞票放在桌子上。那两个人一句话也没有说。

这时他忽然想到了一件事。

“你能帮我把衣服整理一下，然后放在下边门房那里吗？我明天会过来取走的。”他露出一个苦涩的笑容。

“再见，亲爱的。你曾经给予了我太多的幸福，我很感谢你。”

接着，他缓缓地走了出去，还顺手带上了门。此后的情景我完全可以想象到，思特里克兰德摘下头上的帽子扔到桌子上，然后坐在他常坐的那张凳子上，开始默默地吸烟。

二十九

听他讲完，我沉默了半天。我仔细思考着这件事，感到很生气。施特略夫的懦弱真叫我忍受不了，他也明白我很反对他的做法。

“你也清楚，思特里克兰德太落魄了，他一个人几乎都活不下去，”他颤抖地说，“我不能眼睁睁地看着她在那种环境里吃苦受累——我真的不能。”

“这是你的事。”我说。

“如果你遇到这种事，你会怎么应对？”他问。

“她是睁着眼睛自己走开、自己选择离开你的，又没有人强迫她这样做。如果她放着安稳的日子不过，非要去吃苦头，那也是她活该。”

“你说得对，但那是因为你不爱她，才能轻易地说出这样理智的话。”

“难道你现在还爱着她？”

“啊！是的，我爱她，比以前更爱。思特里克兰德是不会让女人幸福的，她跟着他是没有前途的。我一定要叫她明白，我才是不会让她失望的那个男人。”

“你是说，你还打算收留她？”

“我不会犹豫了，到时候她一定会明白我才是适合她的人。想一想，她会被他抛弃，痛苦万分，无处可去，真是太可怕了。”

施特略夫竟然如此包容她，完全不生气。可能因为我只是个普通人，所以无法理解他的这种奉献精神。他明白我的想法，说道：

“我知道自己不讨女人喜欢，因为我不是男子汉，人们总觉得我是个滑稽的角色，所以我不强求她爱我。如果她真的倾心于思特里克兰德，我也无法生她的气。”

“你真是我见过的最没有自尊心的一个人。”我说。

“我爱她胜过爱我自己。我认为，在爱情方面是不应该考虑自尊心的问题的，否则就只能证明一件事：其实你最爱的人还是你自己。无论如何，一个已婚男人也有可能爱上别人，一旦他没有了新鲜感，就会回到妻子的身旁，然后和妻子复婚。这种事时常发生，人们已经见怪不怪了。既然有这样的男人，那么也会有这样的女人吧？”

“你说得很有道理。”我笑着点头，“但是很多男人并不是这样想的，他们不会像你这样处理这件事。”

在和他分析这件事情时，我总觉得有一点很奇怪，那就是这件事太突然了。难道没有一点蛛丝马迹？难道他一直不知情吗？我真的无法想象。我忽然想到我曾见过的勃朗什·施特略夫注视着思特里克兰德的奇怪眼神，或许她那时已经隐约意识到了什么，只是被吓住了。

“我问你，你之前难道一点也没有怀疑过他们两个人的关系吗？”我说。

他没有立刻回答我，而是拾起桌子上的铅笔，拿来一张吸墨纸，在上面随意画画。过了一会儿，我辨认出那是一个头像。

“你要是讨厌这个问题，就直接告诉我吧，别闷在心里了。”我说。

“我还是直接把话说出来反倒舒服些。哎，如果你能明白我心里的痛苦就好了，”说着，他扔下了铅笔，转头看着我，“没错，半个月前我就知道了。那时候她自己还没察觉自己的感情。”

“那你为什么不赶走思特里克兰德呢？”

“我不敢相信。我觉得我的感觉是错误的，一定是有哪里搞错了。我真的无法相信这种事，而且这也太奇怪了，毕竟她曾经那么厌恶他。我本来以为，也许是我在嫉妒他。你知道，我很容易嫉妒别人。不瞒你说，她认识的所有人我都嫉妒过，就连你也不例外。但是我尽量将嫉妒心隐藏起来，以免被别人疏远。她虽然爱我，但这份爱并没有我爱她那么深。我不仅不怪她，还很理解她。只要她允许我继续爱她，我就心满意足了。我强迫自己离开画室，让他们独处，那是因为我对自己竟然怀疑她感到万分羞愧，所以我要自己惩罚自己。但是当我回到画室，却发现我成了一个不被需要的人——当然，思特里克兰德本来就不需要我，这倒没什么，重要的是我发现勃朗什不需要我。当我亲吻她时，她就开始不停地颤抖。最后我终于明白我的猜测都是真实的，我无计可施。我很清楚如果我大发脾气，他们只会更看不起我。如果我假装什么也不知道，继续糊里糊涂地过日子，这件事情也许就不会引起更大的波澜了。所以我决定瞒着她，悄悄地叫他搬出去，以为这样就能避免一场吵架了。哎，如果我把心里的痛苦早点告诉你就好了！”

然后他又说了一遍请求思特里克兰德搬走的事，不同的是这一次他侧重于对心理活动的描绘。他打定主意要赶走他，还选择了一个他认为恰当的时机。他在陈述自己的请求时，尽量装出一副亲切的样子，以免引起思特里克兰德的怒火。但他的演技并不算太好，所以他的吐词不那么流畅，而且他无法完全控制住自己的心情，说出口的话语中隐约有嫉妒之火。但是出乎他意料的是，思特里克兰德没有反对，而是立刻就同意了。但他万万没想到，他的妻子竟然要跟思特里克兰德一起离开。总之，他非常后悔，宁愿自己继续忍受着妒意，也不想和她分开。

“我要打败他，结果反倒让自己出了洋相。”

他一言不发，又静静思索起来。过了片刻，他终于说出了心里话。

“如果我没有那么心急，过一段时间再让他搬走，也许就不会这样了。我简直是个傻瓜。啊，可怜的宝贝，逼走她的人是我啊！”

我无奈地耸了耸肩膀。老实说，我根本不同情勃朗什·施特略夫，因为是她有错在先，但是我也明白，我不能将这番话告诉戴尔克，不然他会更加痛苦，所以我只好沉默不语。

这时候他明明没有什么精神了，却把以前告诉我的那些事又复述了一遍又一遍，丝毫不知疲倦。我不怪他，因为我明白这场风波对他的打击太大了，他已经无法控制自己的思绪了。过了很久，夜色渐深，我们俩都疲倦得快睁不开眼了。

“你现在有什么打算？”最后我开口说。

“我还能怎么办？我只能等着她招呼我回去。”

“你为什么不离开巴黎，出国旅游散散心呢？”

“不，不行。万一她需要我呢？我要随时待命，不能让她找不到我。”

他第一次遇到这样的事，完全不知道怎么应对，所以毫无计划。我跟他说，如果没有什么计划就先去睡会儿觉，但他说他无法入睡，坚持要去外面走一走，一整晚都不回来。作为他的朋友，我当然无法放手不管。我坚持留他在我这里过夜，他好不容易才答应。我让他睡我的床，我可以去睡起居间的长沙发。他当晚说了那么多话，已经没有力气反驳我了，所以还是乖乖地上了我的床。我让他服用了少量药物，这会让他睡得更香。我想，或许当时我能为他做的事情也只有那么多了。

三十

但是当天晚上我却失眠了，因为这个临时床铺太不舒服了。我静静地思索当天施特略夫告诉我的事情。其实认真想想的话，勃朗什·施特略夫的行为还是能够解释的，她一定是因为肉体的诱惑才会那样做。她对她丈夫本来就感情不深，以前我曾经认为她深爱着自己的丈夫，但是我想错了，她对他只是一种被动的感情。他让她吃穿不愁，生活无忧，还给予她一份珍贵的爱情，她习惯了这些，自然就会报之以感情。但是她回报给他的感情不具有唯一性，换言之，对方也可以是其他人。一个女人嫁给一个说得过去的男人，而她心里又暂时没有对别的什么人产生感情，那么只要他们相处一定的时间，她就会对他产生感情，并自认为这就是爱情，而且大众的看法也是这样的。但是，这种感情难道真的是爱情吗？我认为，它是一种综合物：包括对安稳生活的满足、对家庭财产的骄傲，对被人需要的欣喜，以及对组建家庭的得意。女人们天性善良、爱慕虚荣，所以她们认为这种感情很有意义。但是，事情并不是这样的。这种感情可谓苍白无力，根本无法抵挡真正的爱情风暴。是的，爱情是冲动的热情。想到这里，我有了一个怀疑，勃朗什·施特略夫最初非常厌恶思特里克兰德，可能就是因为无意中被性诱惑了。然而性本来就不是一个简单的问题，许多大师都无法解答这个问题，我又怎么能解答得出来呢？也许施特略夫只能点燃她热情的火苗，但无法令她的热情熊熊燃烧起来。正是因为她隐约感觉到了思特里克兰德有满足她的能力，所以她才会对他非常厌恶。当施特略夫提出要带思特里克兰德过来时，她吓得要死，并竭力劝阻他，还说自己很害怕他，我相信那时的她还是一个真诚的妻子。她还认为思特里克兰德会给这个家里招致灾难和不幸，当时我觉得这个女人太神经质了。现在重新想想，她是将对自己的恐惧投射到了思特里克兰德身上，所以才会深深地恐惧他。思特里克兰德不仅长着一张粗野狂放的脸，还具有壮实、高大的体格。他的眼睛深邃冷漠，嘴形让人联想到肉欲。也许她跟我的感受一样，都觉得他身上潜藏着某种特殊的气质。这种气质就像宇宙形成之前就已经存在的半兽人，令人联想到邪恶。如果我的猜测没错，那么思特里克兰德必定会激发起她心中强烈的感情，要么是爱，要么是恨。当时，她明显感觉到的是对思特里克兰德的强烈恨意。

然后我又开始想象，她作为一个护士与病人日夜厮守，时间久了自然会产生不一般的感情来。病人需要吃东西，她就用手托住病人的头，小心地把食物喂给他，她的手上能感受到沉甸甸的重量；病人吃完饭后，她会帮他揩抹他那厚实的嘴唇，还可能会在无意中碰触到他的胡子。病人需要擦汗，她就拧干毛巾，细致地为他揩拭四肢。他的大腿和手臂上有浓密的汗毛，而且他还有一双像艺术家的手，手指很长，当她碰到它们时，不知道会在心里产生怎样的波澜。虽然他是一个虚弱的病人，但她依然能感受到男人的力量。他平时只是一个静静地躺在床上的病人，什么也不说，就像一只栖息在森林的野兽，具有狩猎的激情，但更需要好好休息。当他夜里做梦皱紧眉头时，她也许会对他产生好奇，他梦到了什么呢？他有没有梦到一个美丽的森林女神在森林中奔驰过去，而森林之神塞特尔正在后面紧紧追着她？她飞快地跑着，想摆脱他的追赶，但是他们俩的距离在逐渐缩短，没过多久，她甚至能感觉到他喷在自己脖子上的粗重呼吸声。她始终一言不发，继续向前拼命跑着，但最终还是被他一把抓住了。当她瑟瑟发抖的时候，蔓延在她心底的感情到底是恐惧还是狂喜呢？

勃朗什・施特略夫被一种狂热的欲念紧紧抓住了。她还憎恨着思特里克兰德，但是相比起渴望得到他，这种恨又实在算不了什么。她忽然觉得以前她过的生活是多么没有意义呀！她不再是原先那个性格复杂的女性了。她成了迈那德[1]，仿佛被欲念之神附体。

然而以上种种都只是我单方面的主观臆测，也许她只是单纯厌倦了自己的丈夫，毕竟他们结婚也有一段时间了。也许她只是对思特里克兰德感到好奇。或者她对他并没有产生什么不一般的感情，她只是寂寞难耐了，才会幻想自己与思特里克兰德都对彼此产生了感情。她不是一个把感情外露的人，我怎么能猜测得出她的内心想法与感情世界呢？

人是无法捉摸的动物，所以我们很难知道别人的真正想法。尽管如此，我们还是可以对勃朗什・施特略夫的举动做一些说得过去的解释。但是，从另一方面来看，思特里克兰德对我来说却是一个难懂的谜。经过这次事件，我才发现我根本不了解他，他这一次的表现推翻了以前我对他的认识。我思索了大半天，仍然无法解释他的行为。一个朋友在他危难之时伸出援助之手，热心帮助他，但他却辜负了朋友的信任，而且一点也不感到愧疚。只是因为自己一时的兴趣，就给别人带来无尽的痛苦，这就是他的性格，这一点我很清楚。他是一个忘恩负义、铁石心肠的人，大部分人具有的感情，诸如同情、感恩等等，他都没有。如果你责怪他不应该舍弃这些最基本的情感，指望他能听进去，就大错特错了，因为他根本无动于衷，仿佛天生就该是这样的。试想一下，如果你对一只老虎说它不该残暴凶猛，这岂不是很可笑吗？我想搞清楚的是他为什么突然对勃朗什・施特略夫产生想法。

我始终无法相信思特里克兰德会对勃朗什・施特略夫产生爱情。

---

① 希腊神话中酒神的女祭司。

因为在我看来，他根本不会真正爱上一个人。爱情是一种温柔的情感，但是思特里克兰德不懂得对别人温柔以待。事实上，他对自己也不懂得温柔。爱情包含着一种热情，需要体贴和关心别人，需要让别人高兴。爱情中即便含有自私的成分，也得用无私来伪装。爱情中还有腼腆羞怯，让人变得不像自己。思特里克兰德身上没有这些特征，至少我没有发现。爱情是一件耗费精力的事情，因为它需要一方围绕另一方转。即便是最理智的人，也不会承认爱情有落幕的一天。爱情像一场虚幻的美梦，让人甘愿沉醉其中。爱情使一个人的生存空间扩大了，同时又缩小了；它使一个人心里装下另一个人后，就再也容不下其他人。为了靠近一个人，他变得不再像原先的自己。当然，爱情里也有许多哀愁和叹息，但是我认为，在我知道的所有人中，思特里克兰德是最不会为别人伤心的那一个。如果遭遇一场爱情像是患上热感冒，那么我认为他永远不会生这种病，并为某个人神魂颠倒，脸红心跳。对他来说，没有什么比满足自己的精神世界更为重要。如果有什么东西会阻止他抒发心中的创作欲望，他一定会将它不假思索地连根铲除。以上就是我对思特里克兰德的大致印象。如果我的这些印象与实际情况没有多少偏离的话，那么读者一定会认同我的最终结论：思特里克兰德是一个复杂的人，他身上兼具伟大与渺小这两种相反的性质，而且他永远不会爱上别人。

但是爱情本身就是因人而异的。不同的人对爱情这个概念都有各自不同的理解。思特里克兰德也不例外，所以他也许会有自己与众不同的恋爱方式。总之，我实在很难分析他的感情观。

三十一

第二天，我想让施特略夫住下来，但他还是谢绝了我的好意。我想去他家帮他把行李带回来，可他表示不用我帮忙，他自己回去就行了。我知道他的想法，如果他们没有收拾他的行李，他就能再见到他的妻子了，也许他还能成功说服她不要离开自己。可惜的是，当他回到家时，却发现门房放着他的许多日常用品。看来他们已经收拾好了行李，放在那儿好让他有机会把它们带走。看门人还对他说，勃朗什已经出门了。如果有可能的话，施特略夫一定会把自己的痛苦告诉看门人。他藏不住心事，希望别人同情他的遭遇，但是这只能产生反效果。

我发现他的行为有失体统。他了解他妻子外出的时间。有一天，他等她一出门就拦住了她，开始和她滔滔不绝，但是勃朗什根本不搭理他。他丝毫没有泄气，依旧没完没了地说着，他向她道歉，请求她不要离开自己。勃朗什立刻扭头就往另一边走去。我想，施特略夫一定会大口喘气地跟在她后面，会一遍又一遍地重复那些他早已说过的台词，会说思特里克兰德和她不会长久。为了留住她，他还答应她一起去旅行，但是勃朗什始终对他置之不理。事后当施特略夫告诉我这出独角戏时，我快被他气疯了。他是多么没有脑子啊！他的这些举动不仅不会叫女人回心转意，还会让她对他更加反感。女人就是这样的生物，她对待一个自己不爱的男人会比对其他人残忍得多。她完全不能忍受这个人，我仿佛能看见她的怒火在熊熊燃烧。勃朗什·施特略夫突然止住了脚步，用尽全力扇了她丈夫一巴掌。趁他被扇得晕头转向的时候，她立刻飞快地跑走了。

他跟我讲述这个故事的时候，还抬手摸了摸脸，似乎一直疼到了现在。从他的目光里，我能看出他的痛苦和迷茫。但是，他的迷茫看起来又十分滑稽，他就像是一个挨骂的小学生。我很同情他，但也觉得有些好笑。

从那以后，他就总是在路上等待着勃朗什的到来。每次他都没有勇气开口和她说话，只好静静地望着她，用眼神诉说自己的哀愁。他可能以为他妻子总有一天会被他打动，但是事实与期望相反，她没有任何反应，依旧按照原来的路线去买东西。我猜想，她这样故意折磨他，说不定是为了报复他。但我不明白，她为什么如此恨一个爱自己的人。

我想劝他不要再这样卑躬屈膝了，因为这实在是一点意思也没有。

“你这样下去又能改变什么呢？”我说，“在我看来，你还不如把她狠狠地揍一顿，说不定她反而会看得起你。”

然后我还建议他回老家待一段时间，因为他以前就常常跟我说他老家的情况。他的老家在荷兰北部的一个小镇。他父母一直没有搬走，现在还住在那里。他家的经济情况不太好，他父亲是一个木匠，收入微薄。他家的红砖房旁有一条运河，那一带环境优美，适宜居住。虽然这两百年间，那里逐渐变得荒凉，但曾经的雄伟和繁华还在。沿着运河慢慢走，你可以看到大片的原野，像是绿色的海洋。原野上有黑白相间的牛在悠闲地吃草。这是一个自然淳朴的环境，我认为如果是住在这样的地方，戴尔克·施特略夫一定可以从痛苦中走出来，但他拒绝了我的建议。

“不行，我必须待在这里。如果她需要我，我就能立刻出现在她身边，”他又重复了一遍，“否则万一有什么不幸的事情发生，而她又找不到我，那就太糟糕了。”

“你觉得还会发生什么不幸的事呢？”我问他。

“我不清楚。但是我有这个顾虑。”

我无奈地耸了耸肩膀。

尽管戴尔克·施特略夫经历了如此痛苦的打击，但你单从他的外貌是无法看出这一点的。他要是变瘦了，或者表现出一副精神不振的样子，或许人们还会同情他几分。但是他并没有变瘦，他的脸庞还像原来那么圆，面颊通红，让你不由得想到两只又大又红的苹果。他是一个注重仪表的人，不会允许自己穿得邋遢。他现在仍然是这样，外套非常整齐，圆礼帽也非常洁净。他甚至有了小肚子，看起来像是一个生意很好的商人。总之，你无法从他的外表看出他有这样痛苦的经历。真是奇怪啊！人的外表和灵魂未必是统一的，你看看施特略夫就明白了：他心中的热情如烈火一般，但他却长着一副托比·培尔契爵士[①]的外表。他仁慈宽厚，待人和善，却常常惹人发笑。他热爱美丽的事物，而且有一双慧眼，但却无法创造出美丽的事物。他性格敏感，但却总是做出粗俗的举动。他能把别人的事情处理得很好，但自己的事却总是解决不了。这是一个多么矛盾的人啊！大自然把他创造出来，让他面对这个残酷的世界，该有多么残忍啊！

① 莎士比亚戏剧《第十二夜》中人物。

三十二

我很久没见过思特里克兰德了。说实话，我从来没有像现在这样讨厌过他，我很想把自己的想法跟他说一说，但是我认为这根本不值得，我何必费这个工夫呢？我不是不想为别人的事情打抱不平，但我觉得没有必要将这种正义感特地显示出来，因为别人会觉得你太喜欢显摆自己，而且他会把当事人的悲惨遭遇当成笑话来看。不到万不得已的地步，我是不会动怒的。何况思特里克兰德又擅长挖苦嘲讽别人，所以我得更加小心，免得他觉得我是在装腔作势。

然而有一天，我路过思特里克兰德经常光顾的那家咖啡馆（最近这段时间我尽量避免经过这里），一下子被思特里克兰德撞到了。勃朗什·施特略夫也在他旁边，他们两人正准备往思特里克兰德常坐的那个角落走去。

“好久没有看见你了，你去哪里了？”他问我说，“我还以为你离开巴黎了呢。”

我明白他的意图，他主动问我问题刚好说明他其实知道答案。我不想搭理他，因为觉得没有必要和他客气。

“没有，”我回答道，“我没有去别的地方。”

“那你为什么好久没来这里了？”

“这儿又不是巴黎唯一的咖啡馆，我还非得来这儿不可啊？”

这时候，勃朗什伸出一只手向我问候。我本来以为她肯定会发生什么变化，但她的样子并没有什么变化：她还穿着以前经常穿的那件灰色外套，露出光洁的额头，眼睛还是那么无忧无虑，和以前她还未离开施特略夫的时候没有什么区别。

“我们来下盘棋吧。”思特里克兰德对我说。

我知道我应该立刻回绝他，但是当时不知道怎么回事，我竟然没有说出拒绝的话来。我把闷气憋在心里，跟着他们走了进去。我们坐下来，他叫侍者为我们取来棋具。我没有想到会遇到他们两个，他们一直很平静，似乎并不意外，我也只好装作平静的样子。

我趁着下棋的间隙，目光往旁边望去，发现施特略夫太太在一旁面无表情地看着，我无法看出她此刻的想法。她沉默不语，那是因为她本来就不爱说话。我的目光依次扫过她的嘴、眼睛和前额，但一无所获，她的面孔就像是一副面具，让我找不出一丝破绽。她的双手放在膝盖上，两只手互相握着。从我对她的了解来看，她是一个性情暴躁、铁石心肠的人。戴尔克对她如此深情，甚至抛弃了自尊，而她呢？她却给了他一巴掌。但同时，她主动放弃原本安稳的生活，要去追随一个身无分文的男人，承担未知的风险，这说明了她性格中具有喜欢刺激、肯吃苦的一面。当然，她过去专注于操持家务就已经说明她不怕吃苦这一点了。由此可见，她有着复杂的性格。但从她的外表来看，她是一个端庄优雅的女人。她的外表和内在形成了强烈的对比。

无意中遇见思特里克兰德和勃朗什两个人，令我十分兴奋，我的思绪飘到了很远的地方。但是我尽量集中注意力，希望能战胜思特里克兰德。因为如果有人输给了他，他就会非常鄙视对方，露出自得满意的神情，令对方抬不起头来。如果输的人是他，他倒是不会发火。也就是说，我不能输给思特里克兰德，赢的人必须是我。有一种观点是，我们要是想知道一个人的性格，最好是和他对弈一局。我觉得这个观点其实很有道理，思特里克兰德本人就证实了这个观点。

我们下完一局棋，时间已经不早了。我叫来侍者，把酒账付清后便匆匆离去了。这是一次非常简单的会面，没有什么让我印象深刻的地方。即便我有满满的猜测，也不能怎么样，因为毫无根据。我唯一确定的就是：我的好奇心更重了。对我来说，这两人的关系是一个值得研究的未解之谜。我简直想化作一只幽灵，飘浮在画室的空中，观察他们两个人私下的相处方式。我可以发挥无穷的想象力，但倘若没有一丝一毫的根据，我的想象力就毫无用武之地。

三十三

过了几天，戴尔克·施特略夫专程来找我。

“我听说你和勃朗什见过了？”他问。

“你是从哪里知道的？”

“有人告诉我了，他看见你和他们一起坐在咖啡馆里。你怎么不和我说一声呢？”

“我担心这会让你更加痛苦。”

“那又怎么样？你懂的，我想知道她的事情，不论多么微小都行。”

我知道他要提问了。

“你能说说她现在的样子吗？”他首先问。

“完全没变。”

“依据你的观察，你觉得她现在看起来幸福吗？”

我无奈地耸了耸肩膀。

“你为什么觉得我会知道呢？当时我们是在咖啡馆里，我还在和思特里克兰德下棋。我没有与她谈话，因为没有机会。”

“啊，好吧。但是你难道看不出她的表情是否幸福吗？”

我摇了摇头，只好向他讲了一遍当时的情况：她当时面无表情，我无法从她的脸色判断。而且她的两只手握在一起，一动不动，完全没有泄露任何感情。她是一个很有自制力的女人，戴尔克应该清楚这一点。听了我的话，他非常激动，双手紧紧地握着。

“啊，我非常担心。我敢肯定，一定会发生一件非常可怕的事，我想阻止它，却无能为力。”

“那是一件什么事？”我问道。

“啊，我也不清楚。”他抱紧了头，喃喃道，“我只能预见一个非常可怕的灾难即将发生。”

施特略夫本来就是一个情绪激动的人，他现在的样子就像是从精神病院跑出来的。我想和他讲道理，但他根本听不进去。我觉得勃朗什·施特略夫大概是看出来自己无法和思特里克兰德一起继续生活了，如果你以为她会自食苦果那就大错特错了。有句俗话叫“自作自受”，看似很有道理，实际上根本不是这样。在实际生活中，我们会发现，那些自己做了错事从而招致灾祸的人，都明白责任全在自己，却总是尽力逃避追责，不想承担后果。也许勃朗什和思特里克兰德大吵了一架，她发现自己只能离开他了，但她丈夫却不计前嫌，时刻打算收留她，等待她回到自己身边重新开始。我一点也不想同情勃朗什。

“我知道你不喜欢她的做法。”施特略夫说。

“总而言之，没有证据能证明她过得不好。就现在的情况来看，也许他们两人相处得不错呢。”

施特略夫瞪了我一眼，像是要阻止我说下去，但他那对凄清的眼睛丝毫没有威慑力。

“好吧，对你而言这当然是无所谓的，但是这件事对我很重要，没有什么事能比它更重要了。”

我想我当时的表情应该有点不耐烦。

“你愿意帮我做一件事吗？”施特略夫问我。

“愿意。”

“我想给勃朗什寄一封信，你能替我写吗？”

“你为什么不自己写呢？”

“我写了，我写了多少封连自己都数不清了，但她一封也没有回。我早就猜到了，她不会看我写的信。”

“你忘了吗？女人天生具有好奇心。对于你写的信，你觉得她会不好奇吗？”

“我知道的，她对我没有好奇心。”

我惊讶地看了他一眼，他低下了头，没让我看到他的眼睛。他的回答令我觉得奇怪，他竟然变得自暴自弃起来了。看来他已经预料到了她的反应，那就是没有反应，即便是他亲手书写的文字，也无法唤起她对他的半分情意来。

“你坚信有一天她会回到你身边吗？”

“我想告诉她，如果她发生了什么不幸的事情，起码她还能依靠我，而不会走投无路。我想让她明白的就是这一点。”

我找到一张信纸。

“你需要我写什么内容？”

下面是我写的信：

亲爱的施特略夫太太：

戴尔克让我转告你，不管什么时候，只要你一句吩咐，他就会心甘情愿地帮助你做任何事情。至于已经发生的事，他对你毫无责怪之意，并且对你的爱情不会减少一分。下面附上他的地址，你随时都可以和他联系。

三十四

我和施特略夫一致认为，思特里克兰德和勃朗什一定会分手，到时候可能会有一场灾难发生。但我们完全没想到，这件事的走向竟然是一出那样的悲剧。夏天到了，天气变得闷热起来，一丝风都没有。夜里也没有凉风，走在街头，还能清楚地感觉到白天的闷热。行人拖着身子，有的甚至光着脚，缓缓地在街上挪动着，十分疲惫。自从那次与他们不期而遇，我就再也没有见过他们了，算来应该有大半个月的时间了。我不去那家咖啡馆是因为繁忙的工作让我无暇顾及他们的这个破事儿。戴尔克每次见到我都要抒发一下心中的郁结，时间久了也让我感到心烦，所以我尽量避开他。我觉得整件事有悖于常理，我不想再费神思索了。

有一天清晨，我还在埋头工作，连睡衣都没换下。但是我没有把精力集中到手上的工作，而是开始浮想联翩。我仿佛一下子飞到了布里坦尼的海滨，欣赏美丽的海景，享受温暖的阳光浴。而现实是，我依然坐在这里，身旁放着看门人给我准备的早餐——咖啡牛奶和一块小面包。我没有什么胃口，所以没吃完。我听见隔壁传来看门人帮我放掉浴盆里的水的声音。这是一个平常的早晨。突然，门铃响了起来，我拜托看门人帮我去开门。过了一会儿，我的耳朵里传来施特略夫的声音，他正在向看门人打听我是否出了门。于是我高声让他进来。施特略夫走进来的时候，神色十分慌张。

“她死了。”他用沙哑的声音说道。

“什么？”我大吃一惊。

他动了动嘴唇，一副想说什么的样子，然而他噼里啪啦说了一通毫无意义的废话，完全抓不到重点。我的心剧烈地跳动起来，我毫无理由地冲他发起脾气来。

“老天啊，拜托你镇静下来行不行？”我说，“你在胡言乱语些什么？”

他的双手摆了个表示绝望的手势，仍然语无伦次，仿佛因为受惊过度变成了个哑巴。我怒气冲冲，紧紧地抓住他的胳膊，想使他镇静下来。我也不知道我为什么生气，大概是前几天没休息好，导致神经脆弱了吧。

“让我先坐下来。”最后他一边喘气一边说道。

我拿出圣加米叶酒，为他倒了一杯，递到他手边。但他好像没有意识到，没有接，于是我只好直接端到他嘴边，喂他喝下去。我觉得自己仿佛是在喂一个孩子。他喝了一口，还漏出来好多酒。

“到底谁死了？”

我也不明白我为什么会说出这句废话，我明明知道他指的人是谁。他尽力克制住自己，好半天才终于平静下来。

“昨天晚上他们两个吵架了，于是他走了。”

“那她已经死了吗？”

“没有，她被送到医院了。”

“那你到底在讲什么？”我已经不耐烦了，“你为什么说她死了？”

“别生气，我的朋友。如果你总是这样喊叫，我就无法跟你讲话了。”

我攥紧拳头，努力压抑着心中的怒火，尽量使自己笑出来。

“我错了，对不起。你别急，慢慢说吧，我等着你。”

我看到他那双藏在他镜片后面的圆眼睛，此刻由于极度恐惧而瞪得大大的。

“今天早上，看门人去给他们送信。她按了半天门铃，都没有人来应门。她听见屋子里有呻吟声，刚好门没有锁，于是就走进去了。她发现勃朗什正躺在床上，情况很糟糕，旁边的桌子上还放着一瓶草酸。”

说到这里，施特略夫抬手把脸捂住了。他的身形一晃，都快站不稳了，我连忙扶住了他。

“她那时候已经失去意识了吗？”

“不，还有意识。她那时候该是多么痛苦啊！老天，我真的受不了。”

他高声叫着，一声又一声。

“去你妈的！你怎么会受不了？”我忍无可忍道，“她完全是自作自受。”

“你为什么这么残忍呢？”

“然后你做什么了？”

“他们把医生叫来了，也叫了我，还通知了警察。我以前跟看门人通过气，如果她发生了什么事就立刻告诉我。”

他静静思考了一会儿，说出下面的话：

“我匆忙赶过去后，她不理我。她和他们说，她不想看见我，叫我快点离开。我马上对她发誓，表示无论如何我都会原谅她，但是她听不进去。她要将头往墙上撞去，这时医生让我最好不要出现在她身边，才让她停了下来。她口中大叫道：‘叫他走开！’我没有办法，便只能先去画室待着。后来救护车来了，他们救护人员将她抬上担架，并告诉我可以先躲到厨房去，这样她就会以为我走了。”

然后施特略夫要我和他一起去医院，我便开始穿衣服。他还说，为了她的健康着想，他在医院给她安排了一个单间病房。在路上，他又告诉我，他需要我和他一起去的理由：因为她有可能还是不愿意见到他，但她可能愿意见我。他恳求我告诉她：他仍然爱着她，他不怪她，只想为她做点什么有用的事；他对她完全不求回报，她拥有绝对的自由，想去哪儿就去哪儿，他不会再劝说她回到自己身边来。

我们终于到达了医院，心情都很沉重。我们进去后，先后跑了几个办公室，累得气喘吁吁。楼梯似乎永远也数不尽，走廊似乎永远也走不到头。费了半天工夫，我们终于找到了主治医生。但是医生告诉我们，病人的情况很糟糕，这一天都无法接见前来看望的人。我细细地打量着这个医生，他身材矮小，留着一把胡须，对我们的态度很差。他对待焦躁的家属如同对待什么麻烦的事物一样。作为医生，他早已见惯了这种事情，在他看来，这件事情非常好理解，不过是一个和爱人吵架的女人在冲动之下服毒报复的故事。他刚开始还以为戴尔克是那个和她吵架的男人，所以对他的态度更糟糕一些。后来我告诉他戴尔克不是罪魁祸首，只是一个包容她的丈夫而已，医生看他的目光一下子改变了，我似乎看见他目光里的一丝嘲笑。从外表上看，施特略夫就是一副任老婆欺骗的懦弱丈夫。医生耸了耸肩膀。“她暂时没什么危险，”他说，“目前还不清楚她吞服的剂量。也可能没什么大问题。女人们总是因为爱情而想不开，甚至为此轻视生命自寻短见，但是她们通常会注意分寸，以免真的导致自杀。她们往往只是希望引起别人的同情。”

他用冷漠的语气说出上面的话。我知道这个医生很忙，他显然不会为了我们而浪费宝贵的时间。在他看来，勃朗什·施特略夫只是一个自杀未遂的女性。最后他和我们说，我们可以第二天找个时间过来一趟，那时候可能勃朗什的情况会好一些。

三十五

我快忘记这一天我们是如何度过的了。施特略夫必须有人陪着，我一直在费心劝解他，整个人也累得要死。我和他一起去了卢浮宫，他一直盯着墙上的那些图画，一副认真欣赏的样子，但是我一眼就看穿了他的伪装，他那危在旦夕的妻子占据了他全部的注意力。我看他不吃不喝，没什么精神，就强迫他进食。待他吃过午饭，我又劝他好好休息一下，但是他始终睡不着，我就让他在我那里住一段时间，他欣然同意了。

我觉得看书会让人心情变好，就找来几本书给他看，但他只是随便翻了一下就把书放在一边了。他两眼空空地望着半空，神情凄惨。晚饭后，我拉着他和我一起玩了几局牌。为了不让我失望，他勉强提起一丝精神。最后为了他能睡个好觉，我让他服用了一些药水。

第二天，我们又去了医院。有一个女护士和我们说，勃朗什的气色好多了。我们请求她帮忙，她应允了。于是她先走进病房去询问勃朗什的意见，看她是否愿意见自己丈夫一面。过了一会儿，护士走出来遗憾地表示，病人拒绝会见任何来客。我们跟护士说过，要是病人拒绝见戴尔克，她就问她是否愿意见我，但是病人的答案还是否定的。我看着我的朋友，发现他的嘴唇忍不住颤抖起来。

“她病得很严重。”护士说，“我不敢违背她的意愿。等两天说不定她会愿意会客的。”

“那她有没有说想见其他的什么人？”戴尔克压低了声音问道。

“没有，她只说自己不想被任何人来打扰。”

戴尔克摆了一下手，做出一个奇怪的手势，仿佛两只手脱离了身体的控制一样。

“那么请你能转告她一句吗？要是她有想见的人，我能够把他带过来达成她的心愿。我想让她高兴。”

护士用慈祥的目光看着他，因为曾经见到过世间最可怖的景象，所以她的眼神是如此的清澈。

“我会转告她的，在她心情变好的时候。”

戴尔克立刻恳求她。

“但或许这能让她好得更快。求求你，不要耽搁时间了，现在就去问吧。”

护士露出怜悯的笑容，走了进去。她和勃朗什小声说了些什么，然后有一个奇怪的声音说：

“不，不，不。”

然后护士从病房中走出来，向我们微微摇了摇头。

“刚才说话的人是她吗？”我问，“声音完全变了。”

“好像是酸液烧坏了她的声带。”

戴尔克痛苦地叫了一声。我借口要和护士聊一聊，便打发他去医院门口等着我。他什么也没有说就默默离开了。他现在仿佛失去了精神支柱，像一个小孩任人摆布。

“她有没有和你说过她自杀的原因？”我问护士说。

“没有，她一直没有开口说话。她静静地躺在床上，望着半空，一连几个小时都维持着同样的姿势。但是她的眼泪没有一刻不在流，枕头都被沾湿了。她太虚弱了，连使用手帕擦干眼泪的力气都没有。”

我感到非常心痛，如果思特里克兰德出现在这里，我会毫不犹豫地杀了他。然后我向护士道别，准备去门口找戴尔克。

戴尔克正独自站在门口的台阶上。我走近他，他一点反应也没有，就像是没看见我一样。我轻轻地碰了下他的胳膊，他才反应过来。我们两个在回去的路上都没有说话。我一直在思考这件事，真的无法想象她到底是为什么才做出伤害自己的事情来。我猜测思特里克兰德不可能对这件事一无所知，因为警察局的人为了调查这件事肯定找过他。我不知道去哪里才能找到思特里克兰德，也许他现在已经回那个破旧的阁楼了。她居然不想见他，这太不可思议了。当然，或许她知道他不可能会来，所以不想拜托别人把他找来。无论怎样，我非常好奇，她到底是遇到了怎样的事情，才会绝望得服毒自尽。

三十六

接下来的一个星期可以说是一场噩梦。施特略夫每天都要去两次医院，但勃朗什仍然不肯见他。刚开始，医院的人告诉施特略夫，勃朗什的身体正在渐渐恢复，这让他很高兴。过了几天，施特略夫的心情就很不好了，因为并发症出现了，勃朗什似乎没有好转的可能了。护士很同情施特略夫，但是她也无法说出安慰的话来。勃朗什终日躺在床上，目光呆滞地看着空中，似乎在静静地等待死神的来临。这个可怜的女人活不了几天了。有一天晚上，施特略夫来看我。看到他的样子，我就猜到他来肯定是为了告诉我病人去世的消息。以前总是滔滔不绝的施特略夫这一天却精疲力竭，什么话都没说。他平躺在沙发上，心情沉重。

我知道现在无论怎么安慰他都不会起任何作用，就放着他不管。我想到那本没看完的书，又怕他觉得我太冷漠，就只好独自来到窗前，点燃一根烟吸了起来。我打定主意等他先开口，我再跟他说话。

“你对我太好了，”他终于开口说，“所有人都对我很好。”

“别说瞎话。”我觉得很尴尬。

“我今天去了医院。他们让我先在外面等着。然后他们还搬来一把椅子，让我坐在那儿。后来她没有意识了，他们就叫我进去。我看到她的嘴和下巴都有很严重的烧伤，皮肤布满了伤痕，那画面真叫人难过。但她死前的表情很平静，面容安详。要不是护士跟我说她已经死了，我还以为她只是昏迷了。”

他很想大声哭出来，但是已经没有力气哭了。他瘫倒在沙发上，呆呆地看着半空，四肢没有一点力气。我本来担心他这天晚上会失眠，但我很快就发现他已经睡着了。这段时间以来，他是第一次自然睡去而没有借助安眠药。我抱来一床被子，轻手轻脚地给他盖上，然后灭了灯。第二天早上，我起来看他，发现他还在睡着。而且他的姿势也没有变，连眼镜都没有取下来。

三十七

勃朗什·施特略夫死后，关于殡葬事宜我们还有很多手续要办理。因为这件事太复杂了，牵涉的手续有很多。好在我们最终还是把事情办妥了。最后跟随柩车一道去送葬的人只有我和戴尔克，再没有别人了。不知道为什么，去的时候柩车走得慢悠悠的，回来的时候却跑得飞快，这样的情形让我感到很恐惧，就好像有死神在后面追赶着我们一样。柩车摇摇摆摆，我们坐在后面也加快了速度。我心里忽然产生一种想法，希望把这件事情永远甩掉。因为这件事本来就和我毫无关系，说实话我早就厌烦了。为了驱赶心中的烦闷，我想和施特略夫聊聊别的话题。

“你要不要考虑一下，去别的地方待一段时间？”我提出一个建议，“毕竟你没有必要再待在巴黎了。”

他没有说话。我又问：

“你以后有什么打算吗？”

“没有。”

“你要振作起来。你可以回意大利画画啊，要不要考虑看看？”

他依旧沉默不语，我觉得十分尴尬。这时候，马车夫打破了沉默。他减慢了速度，回过头来跟我说了一句话。但我没有听清，便只好探出头去询问他，才知道原来他是问我们想在哪里下车，我请他等我几分钟。

“我们一起吃午饭吧，”我对戴尔克说，“我跟马车夫说等一下就停在皮卡尔广场，怎么样？”

“不用了，我不想去了。我要回画室去。”

我有点犹豫。

“你要我陪你一起去吗？”我说。

“不要，我想一个人回去。”

“好吧。”

于是我告诉车夫接下来应该往哪里走。马车继续向前行驶着，我们依旧沉默着。我心想，自从勃朗什住了院，戴尔克就再也没踏进画室一步。这次他终于打算独自面对了，而且也没有我什么事儿了，我很欣慰。马车停在他家门口，我和他道了别，心里的大石头终于落了地，顿时感到浑身轻松了许多。我走在巴黎的街道上，感受到一股久违的喜悦。我看着街上的行人，觉得自己终于也能像他们一样继续过忙碌而充实的生活了。这一天没有乌云，阳光热烈而温暖，我的心头也暖洋洋的。我决心要忘记施特略夫和他的烦恼，好好享受生活。

三十八

又过了一个星期，我才再次见到他。那天晚上七点左右，我正准备去吃饭，他来叫我一起出去吃晚饭。他穿着一身孝服，帽子上有一条黑带子，随身携带的手帕也镶着黑边。这身打扮表示他现在连一个亲属都没有了。但他那胖胖的身材和红苹果般的脸颊与这身孝服搭配起来显得极其不协调，老天对他未免也太过残忍了。

他和我说，他决定出国了，但不是去意大利，而是去荷兰。

“我明天就出发，或许我们以后再也不会见面了。”

我安慰了他一句，他扯出一个勉强的笑。

“最近五年，我一直没回过老家。不知道家里的情况现在如何了，我都不好意思再回去探望老屋了。但是除了那儿，我没有别的地方可去。”

施特略夫经历了这么大的痛苦，心里早已伤痕累累，我明白他迫切需要回到故乡寻求慰藉的心情。这么多年来，他一直默默忍受着别人的嘲笑，但他那时候还是很有韧性的，所以才能始终面带微笑。但是现在，勃朗什背叛他的事仿佛是压倒他的最后一根稻草，折断了他的韧性。他无法再和过去一样了。他像是成了一个从社会中脱离出来的人。他向我讲述他的童年时光。他的童年与一所干净整洁的砖房子息息相关。他有一个喜欢干净的母亲，她总是能把厨房收拾得井井有条，锅碗瓢盆也都摆放得整整齐齐。说真的，他母亲喜爱干净的程度都有点洁癖了。我能想象出一个可爱的小老太太，终日在家里忙碌，认真打扫家务的景象。施特略夫的父亲是个诚实耿直的小老头，因为劳动了一辈子伤到了手的骨节，所以他大多数时候都是一言不发的。每当晚饭过后，他都会拿出报纸大声念起来，而他的妻子和女儿（现在已经是一个小渔船船长的妻子了）则在一旁静静地做着针线活。时代飞速发展着，这个小城却自有一派安宁，日复一日，仿佛永远不会有什么改变。

“我父亲想让我成为一个木匠，就像他那样。我们家世代都从事这个行业，一代一代地传承下来，到现在都五代了。也许生活的智慧就在于此——你只要跟着父亲的脚步走下去就行，这是最容易的事情。我小时候说过我要和隔壁家的女孩子结婚。她家是做马具的。她有一双蓝色的眼睛，头发是亚麻色，辫子长长的，很可爱。如果我和她结了婚，她也会每天辛勤地操持家务，还会给我生个同样可爱的孩子。”

说到这里，施特略夫长叹了一口气。我知道他在想象这些可能性，他也许有些眷恋这种安稳舒适的生活。

“这个世界是残酷的。我们生来就不知道活着的意义，我们死后也不知道会去往何方。我们必须向生活低下头颅，体味孤独的真谛。我们最好在生活中默默无闻，不要引起命运的关注。淳朴的爱情最动人，我们应该追求的正是这种爱情。比起知识，还是愚昧更能让爱情维持到地久天长。我们应该沉默不语，待在自己的一方小天地里，做一个性情温顺的人。生活的智慧就在于此。”

我觉得这段话充分体现了他的自暴自弃，我无法认同他这种观点，但也懒得和他争辩。

“你为什么想当画家呢？”我问。

他微微地耸了耸肩膀。

“我刚好在绘画方面有一点天赋，还在上学的时候我就得过绘画方面的奖。我的母亲为我感到很骄傲，特地奖励了我一盒水彩。她还拿着我的画给医生、法官那些有地位的人看，后来他们看了我的画很欣赏，就把我送到阿姆斯特丹去，那里正好是大学入学考试的时候。他们鼓励我试试，争取拿到奖学金，这样就能顺利考入大学了。经过一番努力，我成功了。我的母亲非常骄傲，她知道我马上就要与她分开了，虽然很不舍，但还是尽量表现出高兴的样子，以免叫我难过。她觉得自己的儿子将来会成为一个艺术家。为了给我生活费，我的父母节衣缩食，非常辛苦。后来阿姆斯特丹要举办一个绘画展览，也会展出我的一幅绘画作品，那是我第一次有这样的机会。我的父母得知这个消息后很激动，他们带上我妹妹一起来看这个展览。我的母亲站在我的画前，感动得热泪盈眶。”这时候，施特略夫也开始情不自禁地流泪，过了一会儿才继续说：“现在我的画挂满了老家的墙壁，他们还给画镶上了闪闪发亮的金框。”

他的脸上浮现出骄傲的神情，让他整个人都生动起来。我想起他的画，衣着鲜艳的农民啊、橄榄树啊之类的。我想象了一下，这些镶上了金框的画，被挂在老屋的墙上，该是多么滑稽的景象啊！

“我的母亲觉得我能成为艺术家是一件很令她骄傲的事情，但是如今看来，我还不如继承父亲的手艺，老老实实当个木匠，兴许还更好点呢。”

“然而在你深入了解艺术之后，你还希望过上一名木匠的生活吗？你想放弃艺术给予你的快感吗？”

“世界上没有什么能比艺术更伟大。”他思索了一会儿说道。

然后他打量了我一会儿，犹豫了片刻，才终于开口说：

“我见过思特里克兰德，你知道吗？”

“你？”

我很惊讶，因为我觉得他肯定对他恨之入骨，怎么可能会去见他？施特略夫似乎看穿了我的想法，微微地笑了一下。

“你知道，我不会在意自尊这种东西。”

“什么意思？”

他向我讲述了下面的故事。

三十九

我们那天送葬回来，两人道别之后，施特略夫走回自己家，心情沉重。他也不知道为什么，很想去画室看看，虽然他知道自己见到画室一定会倍感痛苦，但他还是控制不住地往它走去。他几乎是挪动着走到画室门口的。他开始还不敢进去，在外面站了很久，才推开了门。还没进去，他就感觉到身体不适，恶心得简直要把五脏六腑全吐出来。他很想立马跑下楼梯，把刚刚与他分手的我追回来，求我和他一起进去。他有一种奇怪的感觉，画室里仿佛有人。他以前走上这个楼梯，因为体力不好，总要先大喘几口气，待心跳恢复正常后才走进这个画室，但是每次又因为想早点见到勃朗什，导致心跳总是半天缓不下来。

他想永远待在勃朗什身边。每次与她见面都会令他高兴万分。他无法接受她已经死了的事实，宁愿相信他是在做噩梦，梦还没有醒而已。他幻想着当他打开门后，依旧能看到她在画室里的样子，就像往常那样伏在桌面上，身姿优美得让人联想到夏尔丹的名画《饭前祷告》里的那个妇女。施特略夫一直都对这幅画赞不绝口。他掏出了钥匙，打开了门，走进了画室，这间屋子看起来明显有人住过。勃朗什喜欢整洁，施特略夫很欣赏她这一点。他从小接受的教育就是要把物品摆放整齐，所以当他看到这个房间里的东西仍然很整齐时，他心里涌上一股暖流。从卧室的样子可以看出她才离开不久：梳妆台上按照大小摆放着几把刷子，每一把旁边都有一只梳子；床铺平平整整，一看就是被人整理过；枕头上有一个小盒子，里面装的是她的睡衣。看到这些，他更无法相信她已经无法回到这里的事实了。

他想喝口水，于是来到了厨房，厨房也井井有条的。他打量着厨房，想起了她和思特里克兰德吵架的那天晚上。餐具被摆放得整整齐齐；刀叉都收拾好了；一块吃剩的干酪被器皿扣得严严实实；洋铁盒里盛着一块面包。他了解她的习惯，知道她每天都会出门采购，而且会把当天买的食物吃完，不会留到第二天。警察告诉施特略夫，那一天，思特里克兰德在晚饭后就离开了这里，而勃朗什还照常做了些家务活儿。她的自制能力真叫人害怕。这说明勃朗什不是一时冲动才自杀的，而是提前做了周详的计划。想到这里，施特略夫心痛万分，他的双腿瘫软，差一点就要摔倒了。他回到卧室，躺在床上，深情地呼唤着她：

“勃朗什！勃朗什！”

施特略夫闭上眼睛，想象着那天晚上她是怎么度过的：她在厨房里站着——那是一间很小的厨房，还没有柜橱大——她把盘子和碗放到水龙头下面清洗，用布擦拭刀叉，待清洗得差不多时，把它们一一擦净，放回原处。然后她拿出一块抹布，把污水池仔细地擦干净，最后把抹布挂好——然后它就一直挂在那里。她环顾四周，发现都已经收拾干净了。他似乎看见她放下了袖口，接着把围裙摘了下来，顺手挂在门后，最后她慢慢地拿起了一个瓶子，里面装有草酸，就这样走到了卧室里面。

他再也想象不下去了，他仿佛感受到了万箭穿心的痛苦。他猛然从床上跳了起来，一头冲了出去。他跑到了画室。这个房间因为窗帘没有拉开，所以非常黑，于是他立刻拉开窗帘。他环顾着眼前的景象，禁不住哭了出来。屋子里面的摆设一点也没有变。思特里克兰德是一个不关心居住环境的人，他住在这里的时候不会把一个东西从一个地方挪到另一个地方。施特略夫精心设计的这间屋子很有艺术性，这是他心目中一个艺术家理想的生活环境：几块织锦挂在墙上，给墙壁增添了几分美感；钢琴上铺着一块丝织品，虽然它已经有些褪色了，但仍然不掩华美；两个墙角摆放着维纳斯的复制品，一个是美洛斯的那种款式，另一个是麦迪琪的款式；房间里面还有一个意大利式的小柜橱，它的顶上有一个产自德尔夫特[①]的陶器；柜橱上面还悬挂着一块浮雕美术品，那是委拉斯凯兹的名画《天真的X》的描本，还镶着精致的金框子，除此之外，还有施特略夫自己画的几张画，都嵌在镜框里面，陈列得很美观。施特略夫认为自己的审美能力是一流的，他非常欣赏这间浪漫美丽的画室。虽然眼下发生了这样令人悲伤的事情，但他还是想移动一下桌子，这是他极其喜爱的一张桌子。忽然，他看到墙上有一幅奇怪的画。说它奇怪，是因为它被摆反了，有画的一面是朝着墙壁的。不仅如此，他还发现这幅画很大，他自己画画通常不会用那么大的画布。他感到很奇怪，于是他走过去把它翻了一个面。很快，他发现这竟然是一张裸体的女人画像。他的心一下子剧烈跳动起来。

他立刻想到这是思特里克兰德的作品。他感到非常生气，将这幅画用力朝墙上砸去。他不明白思特里克兰德为什么把它留在这里。画重重地砸在了地上。但生气归生气，作为一个同样画画的人，他不能就这样眼睁睁地看着它躺在地上，所以他拾起了它。这时候，他对这幅画一下子好奇起来，他拿来了画架，把这幅画摆在上面，又退后了一定的距离，打算认真看看这幅画有什么名堂。

忽然，他张大嘴，倒抽了一口气。这幅画的内容是一个躺在长沙发上的女人。她平躺着身子，屈着一条腿，一只胳膊平放在一边，另一只胳膊则枕在头下。这个姿势很古典。施特略夫认出这个女人是勃朗什，他感到自己的脑袋一下子膨胀了起来。一瞬间，悲痛和妒忌

---

① 德尔夫特系荷兰西部一个小城，以生产蓝白色上釉陶器闻名。

涌上他的心头，令他的脑子变得一片空白，什么都想不起来了。他悲愤地大喊了一声，攥紧了拳头，朝着空中不停地挥舞，像是要赶跑看不见的敌人。他又抱住头开始大喊大叫，感到自己快发疯了。他望了望四周，想找出一件坚硬的东西毁了这幅画，因为他无法容忍它的存在。但是他并没有找到这样的东西。他又去翻那些绘画用品，仍然没有找到。他气得要死，恨不得立刻放一把火烧了这间画室。好在最后他找到了——一把专门用来刮油彩的大刮刀。于是他一把拿起刮刀，冲向那幅画，嘴里发出胜利的呼喊声。

施特略夫讲述这个故事的时候，仍然十分激动。他还拿起桌子上的一把餐刀，不停挥舞着，向我比画当时的情形。他猛地抬高了一只胳膊，脸上的表情很狰狞，像是要立马扎下来。紧接着，他又松开了手，刀子掉在地上，发出清脆的响声。他对我虚弱地笑了笑，没有继续往下说。

“你快说啊！”我迫切地想知道下面发生了什么事。

“我也搞不明白怎么回事。当时我正想把这幅画毁成废纸，手臂都举起来了，但那一瞬间，我好像看见它了。”

“你看见什么了？”

“那幅画。我忽然意识到，那是一件珍贵的艺术品，我不能毁了它，它让我感到很害怕。”

讲到这里，施特略夫又停住了，他紧紧地盯着我，眼睛瞪得大大的，我真担心它们会在下一秒凸出来。

“那幅绘画真是相当奇妙。我又看了一眼，立马就被它惊呆了，我这才意识到自己差点犯下一桩罪行。为了观察得更清楚，我朝它挪近了一点，结果不小心踢到了那把大刮刀，把我吓了一跳。”

我完全能体会到施特略夫当时的那种心情，他的描述已经把我深深地吸引了。我仿佛被他带到了一个崭新的世界。我就像是一个来到异国他乡的旅人，对眼前的事物惊讶万分，因为它们与过去我所见到的景象一点也不一样。施特略夫竭力向我描述那幅画的特点，但是他说得语无伦次的，我也没有听得太明白，好多地方得靠自己猜。总之，思特里克兰德已经打破了桎梏，找到了一个新的灵魂，这是一个有着无穷力量的灵魂。他的这幅画体现出一种强烈而独特的个性，他很大胆地选用了一种十分简单的线条，处理方法也很独特（尽管他把肉体画得极其肉欲），给人一种非常真实的感觉。但是，使它与众不同的最重要的原因却不在上面那些方面，而在于它具有一种纯粹的精神层面上的性质，那是一种让你觉得新奇无比的精神。跟着它的指引，你会前往从未到过的地方，来到一个空灵的世界，在那里，你会看到天上闪耀着永恒的星辰，觉得自己的灵魂正在经历一场刺激的冒险。

我在这里之所以用了太多夸张的修辞，这是因为他当时就是这么对我形容的。（大家应该都明白，当我们情绪激动的时候，总是会不由自主地运用很多修辞手法。）施特略夫想要传达的是一种全新的感觉，所以他无法用一般的语言来形容。尽管他也知道自己无法将这种感觉全面表述出来，但他仍想尝试着说明。我很清楚一件事：人们总是对美大谈特谈，其实根本不了解美的含义；“美”这个词用得太频繁，已经失去了原先的崇高含义了。人们能说出一件衣服的美，一只动物的美，一篇文章的美，人们可以用“美”来形容任何事物，但当他们见到真正的美时，却辨认不出它了。因为他们习惯了夸大那些本就不美的事物，所以感受力已经变得十分迟钝了。就像一个假内行偶尔也会认识到自己不过是在伪造某个东西的价值一样，人们早已失去了基本的鉴赏能力。然而施特略夫却不是这样，虽然他平时看起来像小丑一般滑稽，但他有着卓越的鉴赏能力。他是一个真挚的人，对于美有一颗真挚之心。如果他是一个虔诚的教徒，那么美对他来说就是至高无上的上帝。一旦他亲眼看见了真正的美，他会变得紧张起来。

“那你后来见到思特里克兰德的时候，和他说了什么？”

“我邀请他和我一块儿去荷兰。”

他的回答把我吓了一跳。我呆愣在那里，不知道该说点什么。

“我们两人都爱着同一个女人。他可以住在我的老家。我觉得，如果他和那些淳朴的人多相处相处，他会受益匪浅的，这对他的灵魂大有裨益。”

“那他是怎么回答你的？”

“他笑了一下，大概是觉得我蠢到家了，然后对我说，他不像我那么闲。”

我多么希望思特里克兰德用他常对我用的那种冷嘲热讽来拒绝施特略夫。

“他还把勃朗什的那幅画送给我了。”

我很好奇思特里克兰德是怎么想的。不过我什么都没有说。我们两人都沉默了片刻。

“你的东西怎么处理？”我问道。

“我的全部东西都被一个收旧货的犹太人买走了。我打算把我的画带回家乡。除了上面这些，就只有几本书和一些衣服了。这些东西就是我的全部财产了。”

“看到你要回老家去，我真为你感到高兴。”我说。

我认为他应该能迈过这道坎。我希望他心底的伤痛能够随着时间的流逝而减轻。我相信老天是仁慈的。他一定会振作起来的。他现在还算年轻，再过几年当他回首往事的时候，一定会感到释然。或许他以后还会爱上一个淳朴的荷兰女人，并与她结婚，他肯定会过上幸福的生活。我想到他往后还会创作出许许多多滑稽的图画来，便忍不住笑了出来。

次日他就要动身回阿姆斯特丹了，我去送了他一程。

四十

接下来的一个月里，我为了工作上的事情忙得焦头烂额，把其他事都放在一边，也没空去思考这件悲惨的事了。可是有一天，我正在街上走着，却看见了查理斯·思特里克兰德。看到他就让我想起了那件事情。我实在是厌恶这个人，如果没有他，施特略夫也不会遭受丧妻之痛。我不想搭理他，但是真的假装没看见也不大合适，于是我对他淡淡地点了下头，想快速离开。但是我还没走多远，就感到有一只手搭在了我的肩膀上。

“你好像很忙啊。”他热情地说。

思特里克兰德的特点就是如此，如果有谁不屑于搭理他，他反而会很亲切地对待他。他也看出我对他的态度很冷淡。

“是很忙。”我匆匆回答道。

“我和你一起走一程吧。”他说。

“为什么？”我问。

“因为喜欢和你在一起。”

我沉默不语，他走在我旁边，一句话也不说。我们大概走了四分之一里路，我忽然觉得这样很滑稽。当我们路过一家文具店的时候，我想到了一个甩开他的办法。

“我想进去买些东西，”我对他说，“再见了。”

“我等着你。”

我无奈地耸了耸肩膀，没有回答他，径直走进了文具店。当我走进去，才想起法国纸的质量不是很好。既然他还是非跟着我不可，那我何必再买那些多余的东西呢？这样想着，我很快就从文具店里出来了。

“你买到想买的东西了吗？”他问。

“没有。”

于是我们继续往前走，一路上仍然没有交谈。前方出现了一个交叉路口，我停下了脚步。

“你走哪条路？”我指了指前面的路口。

“和你走一条路。”

“我要回家。”

“那我去你那里抽会儿烟。”

“你至少要等别人先邀请你吧。”我的语气很冷淡。

“如果我知道我可能会被人邀请，那我早就等着了。”

“前面有一堵墙，你看见了吗？”我伸手向前指了指。

“看见了。”

“要是你有这样的眼力，你就该看出我其实并不欢迎你了。”我终于说出了实话。

“说真的，和我猜的一样。”

我忍不住笑了出来。我无法真正讨厌一个能逗笑我的人，这可能是我性格方面的一个缺陷。然而我转瞬间便收起了笑容。

“我认为你是一个非常讨厌的人。我为什么会认识你这个招人厌的东西？我怎么那么倒霉？你干吗非要缠着我？这只能让我更讨厌你、更看不起你。”

“你觉得我会在意你对我的想法吗？”

“见鬼！”我知道自己的理由也不充分，就装作很气愤的样子说，“我真不想认识你。”

“你害怕我会带坏你，是吗？”

他那种轻佻的语气让我觉得自己像个傻瓜。他斜视着我，脸上挂着我熟悉的讥讽的笑容。

“依我看，你是最近又缺钱了吧！”我的语气很傲慢。

“如果我还觉得自己能从你手里借到钱，那我就太傻了。”

“如果你强迫自己讨别人的欢心，那恰好证明你已经穷得走投无路了。”

他像孩子一样笑了笑。

“只要我经常逗一逗你，叫你开开心，那你就永远不会讨厌我了。”

我拼命忍住，才没有让自己笑出声来。虽然他说的话很可恶，但的确符合实际。另外，我还有一个缺点：不管是什么人，即便是一个道德败坏的人，只要他能够和我在语言上过几招儿，与我激烈地争辩几句，那么我还是愿意和他来往的。我渐渐发觉只靠我自己一个人很难将对他的讨厌坚持到底，这是我精神上的弱点。我面对他时经常需要装作生气的样子，单从这一点就能看出来了。而且我还明白，要是我自己注意到了这一点，敏锐的思特里克兰德一定早就看出来了。他此刻说不定正在心里嘲笑我的后知后觉呢。我无奈地耸了耸肩膀，不再说话，在这场交锋中我自愿认输。

四十一

我们回到了我的住处。我没有跟他说“请进来坐”这样的客套话，而是沉默地走上楼梯，他紧跟在我的身后。这是他第一次来到我这里，但他对我屋子的陈设一点兴趣也没有。他看到我桌子上有一罐烟草，就把自己的烟斗掏了出来，往里面装了些烟草。然后他坐了下来，身子往后一靠，让椅子的前腿不碰到地面。我注意到这把椅子没有扶手。

“如果你想让自己更舒服，为什么不搬一把安乐椅来坐？”我有些不满。

“你为什么这么关心我的舒适程度？”

“我一点也不关心，”我立刻反驳道，“我是在关心自己。不管是谁，只要他是坐在一把不舒服的椅子上，我看了都会觉得不舒服。”

他笑得很开心，但是没有换一把椅子坐。他一言不发地抽着烟斗，像是在思索着什么。他到底为什么要来到我这里，我实在感到很好奇。

对各种怪异的性格感兴趣正是一个作家的本能。虽然他在道德上并不认同这一点，但当他养成习惯之后，这种本能往往会让他很尴尬。他尤其喜欢观察这种少见的邪恶的人性，并认为他的观察只是为了艺术。但是只要他还有一颗真挚的心，就不得不承认：他的好奇心远远胜过对某些不好的行为的反感。对于创作者来说，将一个恶徒的性格做出最合理的解释是很有吸引力的事情。不过如果从法律角度来看，他应该憎恨恶徒才对。莎士比亚在月光的启发下创作了苔丝德梦娜[①]，但我猜测他在构思埃古[②]时的兴趣更大。也许作家的内心里本来就隐藏着一种天性，为了满足这种天性，才会创作出恶棍的人物形象。这种天性的自由表露在文明社会中是不被允许的，只能藏在潜意识的深处。他在创作人物的过程中，也是在表达自己被压抑的天性。

总之，对一个作家来说，了解人性是他最关心的事情，而判断人性则不是他在意的部分。

我心里确实对思特里克兰德感到非常恐惧，但同时还对他抱有好奇心：我想知道他做事的动机。他是一个令我迷惑不解的存在。那些关心他的人却因为他而发生不好的事，由此可以说他是这出悲剧的根源，我很想知道他对于这个悲剧事件的态度，便开始试探他。

“施特略夫曾经告诉过我，你给他妻子画了一幅画，它是你最好的作品，相当完美。”

思特里克兰德放下了烟斗，他笑了一下，眼睛里闪闪发亮。

“我很高兴能画出那幅画。”

“你为什么把画给了他？”

“因为我画完了。对我来说它已经没有用了。”

“你有没有想过，施特略夫因为嫉妒，差一点就要把它弄坏？”

“那幅画有很多缺陷，我对它很失望。”

他停顿了一下，然后笑了出来。

“那个小胖子来找过我的事，你也知道了？”他说。

“他对你说了许多真挚的话，难道你没有被他深深感动吗？”

“没有。他的话听起来太傻了。”

---

① 莎士比亚戏剧《奥赛罗》主人公奥赛罗的妻子。

② 《奥赛罗》中的反面人物。

“你肯定忘了，毁了他生活的人就是你。”我说。

思特里克兰德沉思了片刻。

“他是个很糟糕的画家。”

“但他是个好人。”

“还是一个好厨师。”他嘲讽道。

我从来没有见过比他更冷酷的人。我要被他气疯了，完全不想对他客气。

“你可以回答我一个问题吗？当然，我纯粹是因为好奇才问的。对于勃朗什·施特略夫的死亡，你心里有没有一点愧疚？”

我仔细盯着他的脸，想看看他的表情，他的表情始终没变。

“为什么我要愧疚？”

“我来跟你梳理一下事情的经过吧。你当时快要病死了，然后戴尔克·施特略夫因为同情你，把你接回了家，任劳任怨地服侍你，如同亲生父母一样照顾你。他为了照顾你放弃了工作、社交活动以及安稳的生活。可以说，他为你付出了太多太多，正是因为有他在，你现在才能安然无恙地活着。”

思特里克兰德耸动了一下肩膀。

“那个小胖子就是喜欢为别人服务，他的天性就是这样。”

“即便真是如此，你不需要感谢他的付出，那么你霸占着他的老婆难道就是合理的了？你还没有进到他们家之前，他们两个生活得非常幸福。你为什么非要横插一脚呢？”

“谁说他们生活得幸福？”

“这还用说吗？明眼人都能看得出来。”

“你总能把事情看透。你觉得在他做了那件事后，她会原谅他？”

“你是指什么事？”

“你不知道他们结婚的原因吗？”

我摇了摇头，觉得很诧异。

“她本来在罗马一个贵族家里担任家庭教师。他们家的少爷勾引了她。她起初以为他会娶她做妻子，结果没想到这家人却把她赶出了家门。当时她快生产了，她绝望得想要自杀。就在这时，施特略夫认识了她，于是他们结了婚。”

“施特略夫的性格就是这样，他是我见过的心肠最软的人了。”

他们这一对怎么看都没有丝毫的相配之处，我以前就很怀疑他们是怎么走到一起的，原来事情是这样的，或许这就是戴尔克对他妻子的爱情太过深沉的原因，勃朗什的拘谨沉默也有了合理的解释。我现在终于明白了，她的沉默和安详是因为背后有这样大的隐情，就像一个小岛在经历了一场猛烈的暴风雨之后，剩下的只有无边的宁静和凄凉了；她高兴的笑脸其实也只是一种伪装。思特里克兰德突然打断了我的沉思，他的发言让我非常吃惊。

“女人能够原谅男人对她造成的伤害，”他说，“但是始终无法原谅男人为她做出的牺牲。”

“我想，你这个人，肯定是不会招女人恨的，你放心好了。”我不客气地回了一句。

他微微地笑了笑。

“你宁可违背自己的原则，也要反驳别人。”他对我说。

“后来那个孩子怎么样了？”我问。

“在他们两个结婚还不到四个月的时候，那个孩子就流产了。”

这时候，我忽然向他抛出一个我最关心也最不解的问题。

“你能否告诉我，你为什么偏偏要招惹勃朗什·施特略夫？”

他沉默了很长时间，我还以为他不会回答这个问题了。

“我怎么晓得？”最后他终于开口，“她很厌恶我，尽量避开我，我觉得挺有意思的。”

“我明白了。”

他突然变得怒气冲冲的。

“见鬼，我需要她。”

然而他的怒火马上就消散了，他静静地望着我，眼睛里满是笑意。

“最初她都快要吓坏了。”

“你跟她说明了吗？”

“不需要，我什么都没有说，她都明白。她害怕极了，最后我得到了她。”

在他跟我讲述这件事的时候，不知道为什么，我觉得他的语气里面有一种奇特的东西，反映了他当时的心情，它令我感到十分害怕。在我看来，他的身体和精神像是两个互相较劲的对手一样。他通常并不在意身体方面的需求，但是偶尔他的身体却似乎要对他的精神来一次极其可怕的报复。真是奇特的生活方式啊。他内心里住着一个力量强大的半兽人，把他紧紧地攥在手心里。他在面对这个半兽人时根本毫无招架之力，只能任由它摆布。他被它控制住了，忘记了人们常有的品质——谨慎、谦逊、感恩等等。

“但是你何必非要把她从施特略夫身边拐走呢？”我质问道。

“我没有，”他皱了皱眉头，对我说道，“那时候她忽然说她要跟着我走，我的吃惊程度几乎和施特略夫差不多。后来我和她说，如果有一天我不再需要她，她就必须离开，她点头表示她甘愿冒这个风险。”说到这里，思特里克兰德停顿了一下，继续说，“她有一个非常完美的身体，那时候我刚好需要画一幅这样的裸体画。所以等我画完了画，我就不再对她感兴趣了。”

“但她对你可是全心全意的啊。”

我才刚说完，他就一下子从座位上跳了起来，在房间里来回踱着步子。

“爱情对我来说是多余的东西，我没有时间去和女人恋爱。我认为它是人性的一个弱点。然而我生来就是一个男人，偶尔我也会需要一个女性。可是当我的情欲得到满足的时候，我就得立刻去干别的事情了。作为一个男人，我无法战胜我的欲望，这令我很恼火。我非常痛恨它，因为我的精神被它禁锢住了，不得自由。我多么希望有一天，我将战胜它，不再受欲望摆布，能够专心致志地投入到我该做的事情上去，不受任何干扰。女人和男人不一样，她们只会谈情说爱，所以她们非常看重爱情，有的甚至视爱情如生命一般宝贵，为了爱情要死要活的，真是太荒唐了。她们竟然还想让男人认同她们的观点，叫他们也以为爱情就是人们生活的全部意义，简直太可笑了。实际上，爱情在生活中是最不重要的那一部分。我不懂得她们说的那种爱情，我只懂得情欲。我认为情欲是正常的，健康的，而爱情则是一种疾病。对我来说，女人是享乐的工具，仅此而已。我很厌恶她们提出的那些极其可笑的要求——事业伙伴、生活伴侣之类的。”

我第一次听见思特里克兰德对我一口气说出这么多话。他说出这番话的时候，显然非常生气。但是我想尽量保持他这番话的完整性，不想自己另外创作一段有着类似含义的话作为他原话的替代品。我知道思特里克兰德熟练运用的词汇量可谓贫乏了，而且他组织语言的能力也不算强，所以我必须要将他的词语、表情、手势这三者结合起来去理解，才能真正明白他的想法。

“照你这么说，那你是生错了时代，这个时代不适合你，你应该生活在男尊女卑的时代，在那个时候，男人是奴隶主，妇女是他们的奴隶。”我说。

“可惜我生来就是一个男人，一个正常的男人。”

他的这句回答又惹笑了我。然后他继续说了下去，边说边来回走着。我知道他很想努力表达出自己的意思，但他的语言表达能力真的有待提高。

“如果你被一个女人爱上，在你的灵魂也被她占有之前，她根本不会感到满足。女人生来软弱，因此她们对喜欢的东西具有一种强烈的控制欲。女人往往心胸狭窄，她们很厌恶那些自己无法理解的抽象事物。她们满脑子装的全是物质方面的东西，所以十分嫉妒精神方面的东西，比如理想。男人的灵魂总是渴望遨游在宇宙当中，越远越好，但女人却想牢牢地抓住它，将它束缚在一个狭小的空间——家庭收支账簿里。你应该还记得我的妻子吧？我妻子擅长的那些小把戏，勃朗什也在逐渐掌握并运用，我是后来才发觉到这一点的。她打算慢慢地把我网罗住，完全束缚住我的手脚。她希望我和她站在同样的高度。她对我本人漠不关心，只想让我依附于她。我知道她可以为了我做任何事情，然而有一件事她永远都做不到：不来打扰我。”

我沉默了半晌。

“你有没有想过，在你离开她之后，她该怎么办吗？”我开口问。

“她完全可以回到施特略夫身边，继续当他的太太，”他瞪了我一眼，“施特略夫盼着她回去。”

“你简直太不通情理了，”我说道，“和你谈论这些事根本毫无意义，就像对牛弹琴一样。”

他站在我身边，低头看着我。他的表情既轻蔑又惊讶。

“勃朗什·施特略夫是生是死，你就这么关心吗？”

我仔细地思考他问我这个问题的动机。我不想跟他说假话，我一定要表达出我的真实想法。

“如果说我对她的死一点也不在意，那我就太没有人性了。她本来可以正常地生活下去，获得生活给她的祝福与恩赐，可是她就这样死了，被死神剥夺了生命，这实在是一件可怕至极的事情。然而我也感到非常愧疚，因为说真的，我对她的死不是太关心。”

“你不敢坦承你的真实想法。生命本来就没有任何价值。勃朗什·施特略夫自杀的原因和我抛弃她没有一点关系，纯粹是由于她太傻。她就是一个精神不健全的女人。她的事我们已经谈了太多，她是个无足轻重的人物。现在我带你去看看我的画吧。”

他说出这番话的时候，仿佛是在对待一个小孩子。我非常生气，但我其实更气自己。我想到了那一对夫妻——施特略夫和勃朗什，他们两个人善良、淳朴、热情好客，本来过着无比幸福的生活。然而可悲的是，因为一个偶然事件，他们的这种生活被打破了。这件事真是太残忍了。更残忍的是，对别人来说，这件事根本没有一点影响。人们的生活照常进行，完全没有受到打扰。我估计，就连戴尔克也会很快忘记这件事。虽然他的情绪很激烈，也非常悲伤，但他对妻子的感情却只是停留在表面，缺乏深度。而勃朗什，不管她活着的时候对生活有怎样的期待和盼望，但她现在已经死了，就像是从未降临世间一样毫无意义。

思特里克兰德把他的帽子拿在手里，静静地看着我。

“你来吗？”他开口问我。

“你为什么要跟我来往？”我很不解，“你明知道我不喜欢你，甚至鄙视你。”

他笑得很开心，丝毫看不出生气的样子。

“你跟我吵架，其实是因为我不在意你是怎么看我的。”

我气得脸都红了。我发现我根本和他说不通。他的自私与冷酷总是能把人气得要死。我多么想将他冷漠的盔甲扒下来。然而我也明白，从根本上说，他说的话也有一定的道理。尽管我们可能没有意识到，也许我们对于自己影响别人的能力还是很关注的。如果我们发现自己对某个人的意见能够被他本人重视，就会得意扬扬。如果他对我们的意见根本不放在心上，我们就会不喜欢这个人。我认为，这大概会严重损伤我们的自尊心。但是我想尽量装出没有生气的样子。

“一个人一点也不在意别人，这有可能吗？”我问他道，其实我更像是在问自己，“一个人只要活着就必然会与别人的生活发生联系，他是不可能一个人独自活下去的。别看我们的身体现在还算强健，迟早有一天我们也会遭受生病的痛苦，会变成一个白发苍苍的老人，那时候你就不得不回去找个伴了，你总会有需要别人同情你的那一天。你不觉得羞愧吗？你想斩断和别人的一切联系，这是非常荒谬的事，而且也无法实现。你生而为人，就一定具有普遍的人性，它总会逼着你去与别人建立联系的。”

“别说这些了，去看看我的画吧！”

“你对死有什么看法？”

“你为什么想到了死？这和我们谈论的事情有关系吗？”

他静静地站在我眼前，我认真地看着他，他的眼睛里有讥讽的笑意。尽管他是在看着我，我却能透过他的眼神看出那个藏在他身体里的奇异的灵魂。饱受折磨的它正在热烈地追求着一个我无法说清楚的事物。我眼前的这个人，虽然衣服穿得破破烂烂的，头发也没有梳理，显得乱糟糟的，一只大鼻子也很不协调，但我忽然感觉到，我看到的只是一个皮囊，我有一个奇怪的感觉，这一切只不过是个外壳，他的灵魂已经彻底脱离了肉体。

“好吧，带我去看看你的画好了。”我说。

四十二

思特里克兰德主动邀请我去看他的画，我不明白他为什么心血来潮，但是我还是相当欣喜的。一个人的作品向来是最能表现他的思想感情的。通常来说，在进行社交的时候，人们只会让你看到他希望别人看到他的样子，所以你只能从他无意识的一些小动作、小习惯，或者不经意间在面颊上流露过的一丝情绪来对他进行推断和揣测。一个人倘若将面具戴久了，可能就摘不下来了，久而久之就会变成和自己的面具一样的人。但是在他的作品里，是没有办法做丝毫隐藏的，一切都会被赤裸裸地展现出来。如若想装腔作势，那只能被人看穿他空虚的本质。他那些涂满了油漆想要假装自己是块铁板的木条最终还是会被人发现只是木条。假装自己具有独一无二的特性并没有办法掩盖平庸的本质。一切的隐秘在目光敏锐的观察者面前都会暴露无遗，就连随手拈来毫不起眼的作品也不例外。

我一定要说的是，当我走上思特里克兰德住处那不知尽头的楼梯的时候，我感到异常兴奋。我仿佛马上要经历一场奇幻的冒险。我在他的屋子里像孩童般好奇地四处打量着，这间屋子感觉比我上次来的时候更小了，家具也更少了。这让我想到了我的一些画家朋友，他们必须要在宽大的画室里才能作画，一定的客观条件在他们的创作中是必不可少的前提，我十分好奇他们对于这间画室会有怎样的评价。

“你最好站在这儿别动。”他给我指了一块地方，他可能觉得这是一个最合适的观赏他画作的角度。

“我觉得你并不愿意我发表过多的评论。”我说。

“废话，他妈的。你最好一个字都不要说。”

他开始把一张又一张的画轮换着放在画架上，每张画给我差不多一两分钟的时间观看，最后我觉得大概一共有三十几张。这些画都是他这六年以来所有的作品，他全部都自己保留着，一张也没有卖。稍微小一点的都是静物，而大的都是风景，还有差不多一半的作品是一些不知道是谁的人物肖像。

“这些就是全部的画了。”最后他说。

我认真地幻想过如果我当时就能发现这些画作的美和它们所具有的伟大的独一无二的风格的话，该是多么完美。这其中的一些画作我在很多年之后又有幸观摩过，还有一些画我在见过各种复制品后也对它们越来越熟悉。我想不通的一点是，为什么我第一次看这些画作的时候居然会相当失望。我当时一点也没有感受到艺术品本应该能带给我的那种莫名的激动。我在看到思特里克兰德的画的时候只是感受到了深深的不安，并且说实话，当时我根本没有任何想要购买哪怕一幅画的愿望，这件事我到现在都不能原谅自己。我无疑错过了一个千载难逢的好机会。这些画最后大部分都被博物馆买走了，剩下的小部分就变成了有钱的艺术家们奢侈的收藏品。我努力地想给自己找一些像样的借口。我觉得自己还是有一些艺术鉴赏能力的，可惜缺乏创新和主见，没有形成自己的一套观点。

还有就是，我对于绘画的了解原本就不是很透彻，我一直都是跟着前人的经验和脚步走下去的。当时有两个我特别钦佩的印象派画家，一个是西斯莱，另一个是德加，他们都是法国人。我非常渴望收藏一两张他们二人的作品。除此之外我还相当崇拜马奈，他的那幅《草地上的午餐》曾让我无比动容。我觉得在当代的绘画中再也不会有人能创作出超越他们的作品了。

我并不想描述和评说思特里克兰德让我看到的那些画。对艺术作品进行描述并不是一件十分有趣的事情，并且所有对这些艺术作品怀有热忱的人早就对它们了然于胸。在思特里克兰德对近代绘画产生了巨大影响的今天，在他同他寥寥无几的伙伴一起将蛮荒之地的地图绘制详尽之后，人们再去看他的画必定做好了心理准备，但我却是第一次遭遇这种情况，这件事情我必须一而再再而三地重复，免得读者们忘记。我看到他的画作时第一反应是震撼，因为他的画法十分笨拙。我看了几十年类似于安格尔的那种古老画家的作品，十分崇拜他，甚至让我说他是近代世界上最伟大的画家也不过分。和安格尔的画比起来，思特里克兰德的作品实在是太拙劣了。我还记得他的作品中有一张静物画，一只并不圆也不美的盘子上放了几只不对称的橘子，我完全不能够理解，因为我认为美都是对称的。他画的人头要比真实的人头要更大、更笨重一些。要我说，我觉得它们更像是漫画，手法也是我闻所未闻、见所未见。我最不能理解的就是那些风景画了。有两三张是枫丹白露的树林，还有几张是巴黎市中心的街景。我的第一反应是，这些画好像是一个喝多了的马车夫或者不谙世事的孩童画出来的。他对色彩的使用也让我觉得很不适应，粗野又狂放，简直就像是一场没人会理解的闹剧。放到如今再来好好想想的话，便会觉得施特略夫真的是一眼能识出千里马的伯乐。他很有可能在第一眼看到思特里克兰德的时候，便发现了这匹能取得非凡成就的千里马会对世界绘画史造成的影响，直到今天人们才予以赞扬的这位伟大的天才，他在很早的时候就已经发现了。

虽然我当时无法理解思特里克兰德的画所表达的意思，但是不能说我没有受到一点点的触动。尽管我对他的绘画技巧一无所知，但我仍然能从他的作品里感受到一种原始的努力在不断地发酵。我感到莫名的激动，对这些画充满了好奇。每一张画里好像都有一个非常精彩的故事，神奇又充满意义，但是直到最后我都无法参透那些隐秘。

这些画作里的故事如果想用文字去描述就会变得苍白无力。我的内心告诉我，思特里克兰德看到了客观事物背后的一些不可言喻的精神意义，他努力想把这些东西记录下来，却发现自己无能为力。就好像是他在混沌的宇宙中找到了一颗星星的运行轨迹，他竭尽全力想把看到的路线整理得更清晰明白一点，但是无奈的是，没有任何途径让他在一片混沌中找到一个可以作为方向标的东西，于是他把痛苦和不甘心全部发泄到了画上。这是一张拼命寻找出路的灵魂的写照。

“你是不是在表达方式上存在着什么问题？”我问。

“你想说什么？”

“看得出来你是想要阐述一些东西，尽管我并不是十分了解，但是我觉得你应该还有其他的方法可以来表达它，画画可能不是你最佳的选择。”

我一直觉得如果我看了他的作品，可能会对他有更进一步的了解，然而事实并不是如此。在看过他的画后，我觉得关于他的疑团更多了，更加令人困惑不解了（他总是让我困惑不解）。我只能隐隐约约察觉到一件事情：他似乎正在拼命地想要逃脱一个坚不可摧的牢笼。这个牢笼是怎样的，他又如何才能挣脱出来，我仍旧无法想象出来。人生而孤独。每个人都与众不同并且孤立无援，就像一座孤岛想要与外界取得联系的话就必须从瞭望台发射信号；这些信号大多是没有任何共通意义的，每个信号都独立又模糊，时而存在时而消失，相当不稳定。我们总是尝试着想要把自己岛上的宝藏赠送给人们，但是大部分人好像并没有能力来接收这些宝藏。所以我们大部分时间都是独自度过的，哪怕身边就有人陪伴也依旧是孤独的个体，既无法融入其他人的生命里，也无法坦然地接受别人的融入。好像互相都是陌生人一样。哪怕有再美妙再神奇的事情正在发生着，我们仍旧只能自己感受而无法向旁人诉说，若是非要想办法表示出来，那你所表示出来的东西也一定是相当庸俗且了无生趣的。每个人的脑子里对于这个世界都充满着各种看法和观点，但是最终说出口的却只有“屋子里有一把园丁的姑母的伞”这类的家长里短，毫无新意。

他的作品带给我的最大震撼就是那股拼命想要表现出什么的劲头。我觉得，要想找出来为什么他的作品能让我如此困惑，还是要从这个出发点去思考。思特里克兰德在使用色彩和表现形式方面独具匠心。他似乎有一些什么话好像拼了最后一口气也要说出来告诉世人，这就是他绘画的意义。他想最大限度地靠近他心中的追求，为了达到这个目的，他愿意使用任何夸张的表达方式，哪怕是极其简单粗暴的线条。他在乎的不是外在客观的形象，而是那些看起来毫不相干的事物背后深藏的联系和灵魂。他觉得既然他已经看清了事物的本质，就有义务把他们揭露出来。这些画一方面使我摸不着头绪，一方面又使我深受触动，我感到我被一种真挚的热情时刻围绕着。我在看过这些画之后对思特里克兰德产生了一种十分复杂的情绪：同情。我此前从未想过会有同情他的一天。

“直到现在我才终于明白你为什么会跟勃朗什·施特略夫好上了。”

“为什么？”他问我。

“我觉得你是怕了。你肉身的欲望使你的精神变得软弱。你被爱情控制了，并任由它摆布。它带着你冒险，它让你疯狂，它让你的前路变得无比孤寂，你想寻找到那个让你有所依靠不再漂泊的目的地，你想把自己从这种情绪里解放出来。这就像苦行僧希望能凭借自己的双脚到达西天一样不可思议。我根本看不到你所谓的美好的目的地，你能看到吗？你心中的渴望就是知晓真理和得到绝对的自由，在放纵的须臾里你或许能够感受到那种自由。你现在很疲惫，所以你想要找一个可怜的女人去拥抱，你乞求能得到片刻的安宁，但是一旦你的需求得不到满足，你就不再需要那个女人了。你对谁都很残忍，对那个可怜的女人很残忍，对你自己更残忍。你想要让她消失是因为你无法接受那个被囚禁的自己，你可以看看自己因为害怕而不停发抖的样子。”

他扯了扯自己的胡子，无奈地笑了。

“你绝对是一个悲观主义者。”

再次得到他的消息是一个星期后了，我得知他去了马赛。从那以后我们再也没有见过了。

四十三

仔细想想，关于查理斯·思特里克兰德的故事我写得似乎并未令人满意。我把我所了解的都写了下来，可是我并不了解这些事发生的真正原因，所以我写得并不明了。思特里克兰德为什么决心要做画家这件事简直让人毫无头绪。虽然肯定能从他的生活环境中发掘出原因来，可我对此并不了解。我甚至没有从与他的谈话中获得任何有价值的讯息。其实我可以编造出一些理由来解释他生活中的这一重大变化，可是我并不是在写小说，而是在描述一个我所认识的性格怪异的真实人物。比如我可以说他幼年就感到绘画是上天赋予的技能，但迫于父亲的严命或者生活的压力而不得不放弃梦想；我也可以说说他对生活的枷锁是如何厌恶的，而他对绘画的热忱和对家庭的责任让他痛不欲生，用这些剧情来吸引你们的注意力并引发你们的同情心。这样一来，思特里克兰德这个人就可以变得更加令人钦佩和欣赏了。你们可以想象出另一个普罗米修斯来，我也可以写出一个为了人类的福祉心甘情愿被苦痛折磨的当代英雄，这种立意和主旨永不过时。

除此之外，思特里克兰德的婚姻关系也有让我发挥的余地，从中找到他决心绘画的源头。这个故事我可以写出无数种可能性：他之所以能与一些文人和画家有交情，是因为他妻子喜欢交往艺术界人士，这一因素使得他身上隐藏的创作才能被迫苏醒；也可以说是不和谐的家庭氛围使他开始更加关注自身；哪怕你说他是因为爱情也不能算错，举个例子，我可以说他内心深处对艺术早就爱到无法自持的地步了，随后出现了一个女人，她一个不小心把这小小的火苗彻底点燃，最终形成燎原之势。如果这样写的话，思特里克兰德太太就不是现在这副模样了。我就必须篡改事实真相，令她需要变成一个喋喋不休、令人厌烦的女人。思特里克兰德的婚姻是一场无止境的折磨，他唯一能做的只有远走高飞。我觉得我需要着重些笔墨在思特里克兰德的软弱的性格上，他是如何宽厚善良，不愿随便丢弃那些只会给他带来痛苦的命运。这样一来，故事发展到这儿，他的两个孩子是没有出场的必要了。

为了让故事逼真且令人声泪俱下，凭空创造出一个与思特里克兰德有密切联系的老画家并不难。他可以食不果腹、风餐露宿，也可以为了追名逐利而浪费天赋，最后在思特里克兰德的身上看到了年轻的自己，随后他开始教导思特里克兰德，并对思特里克兰德起了很大的引导作用，让思特里克兰德抛弃了尘世间的富贵荣华，为神圣的艺术奉献出一生。我自然会对这位神秘的老头子多费些笔墨：家里财大气粗，仕途上顺风顺水，可是他却觉得自己真正想要的生活不是这样，纵然他无法改变已经做出的选择，但他希望思特里克兰德可以替他实现愿望，成为另一个自己；我觉得这种故事简直太具有讽刺意味了。

世事的发展永远不会如你所料。思特里克兰德从毕业起就在事务所工作，过着日复一日的平淡生活。他每天的日常生活跟他的同事们一样庸俗且平淡，有时候做几桩投机生意，偶尔赌点小钱。这种生活直到他结婚才稍稍有所改变。或许思特里克兰德在业余时间会进行一些拳击锻炼；收藏着英国演员朗格瑞夫人或者美国女演员玛丽·安德逊的写真；没事就自己读读杂志《笨拙》《体育时代》之类的；甚至还有可能参加过汉普斯台德的舞会。

有很长的一段时间我跟他是毫无联系的，但我觉得这并不重要。他致力于学习和掌握一门在我看来不那么容易的技术，长期的单调乏味是必然的，偶尔为了填饱肚子而不得不去做一些苦工，在我看来再正常不过了。哪怕我把这段生活全写下来告诉你们，也无非就是他周围的人怎样辛苦过活的流水账。我认为这段时间内他所经历的事情对他的品性没有造成任何干扰。如果我是想写一本以巴黎为故事背景的冒险小说的话，完全可以从他入手，从而引出数以万计的素材来。他是个什么样的人我想你们也有所了解了，他向来对于身外之物毫不在意；从他自己的只言片语中，我们可以得出这样的结论，那就是这几年并没有发生任何足以使他刻骨铭心的事情。大约是因为他到巴黎时已经是不惑之年，早已对灯红酒绿、花前月下丧失了兴致。我觉得他这个人有些木讷，呆头呆脑的。在我看来，他在巴黎的这段时光一定是充满了浪漫情调的，但他自己却感受不到任何波动的情绪和变幻的色彩。可如果我们感受到了生活中的浪漫，或多或少都会表现出一种愉悦感的，然而他是一个过于专注自身的人，对外界的浪漫统统视而不见。我真的找不出第二个像他那样对自己的存在那么在意的人。有一点我觉得十分可惜，那就是我没有办法向你们详细地描述他那脚踏实地艰苦奋斗从不放弃的过程。假如我有这个能力描绘出这到底是一种什么样的毅力的话，他的勤奋、他的不屈不挠、他的乐观向上或许能让你们对我笔下的这个人物形象产生更多的兴趣和同情。但是我却不能写出这些毫无事实根据的事情来蒙蔽你们。我从来都没有机会去参观思特里克兰德的创作过程，不仅仅是我，我相信这世界上没有任何一个人见过他作画。这些全都是他自己跟自己的私密话题。打个比方就是，假若他真的一个人在画室中同上帝派来的天使进行过殊死搏斗，那这份惨烈他也是不会对别人说的。

我开始讲述他跟勃朗什·施特略夫的故事的时候，发现我缺少太多的素材。要想让我的故事不那么虎头蛇尾，我就必须把这个悲剧故事是如何发展的全部说清楚，然而，我对于他们两个的同居生活一无所知，这三个月对我来说就是一片空白。我不知道他们的日常生活会做些什么，也无处参考他们两个平常会拿什么当成谈资来交流。可以肯定的是，他们不可能一整天都腻歪在一起。我来尽情地想象一下吧，太阳在渐渐西沉，勃朗什的气力也在慢慢地耗尽，然而思特里克兰德仍旧在聚精会神地创作。看到他始终对自己不理不睬，全身心地投入到绘画中，勃朗什一定非常气愤和不甘心。对于思特里克兰德而言，勃朗什从头到尾都只是一位模特而已。思特里克兰德曾向我吐露过一个不该被暴露的隐秘，他说勃朗什跟他上床其实有报复戴尔克·施特略夫的意味，因为她是在颜面无存并且恨不得去死的情况下被施特略夫救下来的。这件事实在是太可怕了，所以我不禁希望这只是思特里克兰德狂妄的假话。但是说到底，谁又能真正了解别人内心深处的那些黑暗呢？有的人只想看到高尚的心灵和美好的情感，这些人是永远都不会发现这些见不得光的秘密的。勃朗什一定能够发现思特里克兰德对她只有非常少量的热情和关注，大多数时候是身心都远离她的，她的痛苦也就随之而来。我一直觉得，哪怕只是从他们短暂的相处中，她也已经非常清楚自己在思特里克兰德心中的地位了，她只是一个供他创作的工具，而不是一个有着健全思想、有需求、有意识的人。她用尽了一切手段希望把这个“陌生人”留下。她努力过，比如给他提供舒适、安全、稳固的生活环境，但却不知道他是一个完全不在乎外界环境的人；给他美味佳肴，却看不到原来他根本无所谓吃穿；她担心他一个人独处，所以总是对他表现过分的关心和体贴，哪怕在他熟睡的时候也要想方设法弄醒他，好像这样就能掌握住他的命脉一样。她是聪明的，她的智慧告诉她，她所做的这一切就像是一根绳子会把他牢牢拴住，但如果把他逼急了，他就会毁掉这一切。但是她并不想按照她的理性思维来行动，她明知道前路就是毁灭，也无法控制自己停下脚步。爱情蒙蔽了她的双眼，让她虽然感受到了痛苦，但是依旧相信自己想象出的幻境就是真实。她对自己伟大的爱情太过自信，让她觉得好像自己有能力唤醒思特里克兰德身上早已泯灭的人性和爱情。

我这里所描写和分析到的思特里克兰德的性格其实并不全面，一是我对很多事实并不知晓，但是还存在一个更严重的问题：他和女人们的纠缠非常显眼，这其中不乏一些让人大跌眼镜的内容，我也都详尽地叙述下来了，知无不言，言无不实，但是这并不能代表他全部的生活，这些部分只是他生活中的一个不足轻重的小片段。那些故事虽然对别人造成了无法挽回的影响和伤害，但你也可以将它们单纯看成是命运对他们的嘲弄。真实的思特里克兰德是一个心怀梦想艰苦工作的人。

小说为什么不够真实正是因为这个原因。正常来说，对于一个男人来讲，爱情只不过是生活中的一个小小的片段，是日常生活中的小插曲，但是大多数爱情小说却把它描写得要死要活，夸大其词，让它高贵得甚至超过了在正常生活中它所应当占有的地位。我不得不承认，其实还是有一些男人把爱情看作是生命中一等一的大事的，这些男人连整日痴迷于爱情的女人们都对他们毫无兴趣。女人们会被他们哄得不知天高地厚，但是她们在他们身上却找不到丝毫安全感，她们其实也挺可怜的。男人们总是能一心多用的，一边谈恋爱一边努力工作维持生计是常有的事。或者是热衷一项体育运动，又或者对艺术充满热忱。经常出现的情况是，他们可以同时进行很多活动并且还能做到互不干扰，这些活动互相之间被分割得毫无联系。他们可以做到一心一意地解决一个问题而不受到其他问题的干扰，如果他们被什么打扰了，就会无比愤怒。在对待爱情这个问题上，女人跟男人最大的不同就是，女人是每时每刻都陷在恋爱的情绪里不可自拔，而男人则是有空了才会去考虑它。

思特里克兰德对于性生活的欲望非常之小，甚至可以说他是非常嫌弃有欲望的自己的。他的灵魂跟他的肉体追求的是完全相反的东西。他的情感一向十分狂热，一旦欲望控制住他的肉体，他就会自然而然地开始纵情狂欢，但他的灵魂对于这种让他不能自控的欲望是相当嫌恶的。我甚至猜想他是否也同样厌恶着那个同他进行鱼水之欢的性伴侣。在他的理智重新占领高地之后，他看到那个色欲熏心的女人的时候是否会觉得害怕和心惊。他的灵魂会脱离身体，慢慢地飘上天空，看着那身旁赤裸的女人就好像刚刚蜕变长出翅膀的蝴蝶回头一看自己肮脏恶心的蛹的壳一样。艺术的本能就是宣泄。美丽多情的女人，金色月光照耀下的那不勒斯海湾，还有意大利威尼斯派画家提香的《墓穴》，他们在我们的心底所勾起的情绪都是相似的。思特里克兰德之所以非常厌恶通过身体的性欲来发泄胸中汹涌跌宕的情绪，可能就是因为他能够通过绘画、通过艺术创作来满足这一渴望抒发的欲望，而通过身体的欲望来发泄太过直接、太过粗野，没有美感。我试图描写的这个人其实是一个自私、任性、残忍和充满肉欲的人，但是最后他竟然变成了一个有着很高的精神境界的人，我觉得无法理解，但这就是事情真相。

他是我所见过的生活最艰苦的画家了。大多数人的正常生活他不屑于去过，那些美丽、精致、可爱的东西他也无心打理。名和利都吸引不了他。我们正常人在生活中存在着太多的诱惑，面对世俗规矩，每个人都要做一些或大或小的让步。在这件事情上，思特里克兰德做得还是相当坚持的，但是你又不能说他坚持拒绝诱惑是怎么样厉害，因为在他面前从来就没有出现过诱惑。他对于身边的人只有唯一的要求，那就是不要打扰他。他只想专心地去追求自己的目标，哪怕为此付出代价也在所不惜，有的时候需要自己付出代价，有的时候需要牺牲他人的利益。他有一个属于自己的世界。

思特里克兰德是一个非常惹人讨厌的人，但是不管怎么说，我依旧觉得他是一个伟大的人。

四十四

如何评价其他大师的艺术也是非常重要的事情。思特里克兰德对以往艺术家的看法，我觉得有必要记录下来。我还担心我写不了太多东西，因为思特里克兰德的口才不太好，他无法把自己的思想用精准的语言表达出来，所以听者通常不会记住他说了些什么。他说话还缺乏幽默感，如果说我将他说的话或多或少还是记录了下来，证明他具有某些幽默感，那么这种幽默也是以讥讽的形式表现出来的。他会毫不客气地反驳别人的话，因为直言不讳，常常会让人觉得滑稽。但是你之所以能够被这些话逗笑，是因为他很少说这些话。要是他经常说这样的话，人们已经习以为常，就不会被逗笑了。

我必须说，思特里克兰德的智商和常人没有太大差异，他对绘画的看法也很平庸，没有任何独特的地方。他从来没有和我谈论过与他拥有相似绘画风格的画家，比如梵·高、塞尚。我觉得他很可能根本就没有看过他们的作品。对于印象派画家，他大概似乎没有多少兴趣，但我猜他一定记得他们的绘画技巧。在他看来，这些画家对待艺术的态度没有什么稀奇的。有一回施特略夫正在对莫奈的绘画艺术津津乐道，思特里克兰德却打断了他，说道："比起莫奈，我更喜欢温特尔哈尔特。"

我认为他是为了气施特略夫才会这样说的，总之施特略夫被他气着了。

说实话，我本来以为他对那些伟大的艺术家会发表许多荒谬的见解，然而他让我的期望落空了。我必须说，他也和普通人一样，非常欣赏这些画家。我觉得这一点与他古怪的性格十分不符。倘若他能发表一些更有个性的见解，那么他的人物形象一定会更完美了。我认为他对埃尔·格列柯根本一无所知。虽然他对委拉斯凯兹很不满，但他大多数时候还是很敬佩他的。他非常欣赏夏尔丹，也曾经被伦勃朗深深地吸引过。他跟我说起他对伦勃朗的作品的感受时，使用的是非常粗俗的语言。他最欣赏的画家竟然是老布鲁盖尔，这可能是任何人都无法想象的。对于老布鲁盖尔，我当时知道得不多，思特里克兰德的表达能力又很糟糕，所以我对老布鲁盖尔的印象不深。我还能记得思特里克兰德对他的评价是因为思特里克兰德说了一句让人啼笑皆非的话。

"他的画不错，"思特里克兰德对我说，"我觉得对他来说，画画一定是件受罪的事。"

后来我去了维也纳，在那里见到了彼得·布鲁盖尔的作品，才终于明白为什么思特里克兰德对他格外注意。这个画家和思特里克兰德一样，笔下的世界里充斥着大量的幻觉。我还做过许多笔记，打算以后为布鲁盖尔专门写一本书，可惜的是，这些笔记不知道什么时候丢失了，所以剩下的只有回忆了。在布鲁盖尔的笔下，人们的形象是非常怪诞的，他对这样的人们充满了愤怒；生活是杂乱不堪的，充斥着种种荒诞可笑的、低俗龌龊的事情，它只会把人们逗得发笑，但是他却一边笑着一边哀伤着。在我看来，布鲁盖尔是想尽力表达出心里的感情，只不过他用的手段可能不大合适，或者直白点说，他用错了手段。思特里克兰德对他充满同情，可能也是因为隐约想到了这一点。他们两个人或许应该尝试一下借助文学来表达自己的思想，这样可能会比借助绘画更直观。

此时，思特里克兰德差不多四十七岁了。

四十五

前文已经提过，我之所以想到要写这本书，是因为机缘巧合之下去了塔希提，否则我是不会动笔的。历经多年漂泊，查理斯·思特里克兰德最后到达的地方正是塔希提，他正是在这个地方才画出了不朽的画作。在我看来，一个艺术家耗尽毕生精力也无法将他魂牵梦萦的梦境全部画出来，也不可能把昼夜萦绕在他心头的梦境全部付诸实现。思特里克兰德为了学会画画，经历了许多煎熬，遭遇了不少挫折。相比其他画家，思特里克兰德的表现能力有待提高。直到他来到塔希提之后，他的绘画才变得顺利起来。他在这里获得了大量的灵感。我们可以从他晚年的画作中看出他毕生追求的事物究竟是什么。欣赏他的画，你会不知不觉地走进一个奇妙的世界，就好像是思特里克兰德的灵魂从束缚着他的肉体中挣脱出来，为了寻找能够依托的事物而四处飘荡，最终飘到了这个遥远而奇幻的土地上，进到了适合的躯体里，陷入无尽的沉睡。如果用老掉牙的语言来概括，那就是“得其所哉”。

我一来到这个小岛上，理应马上重拾对思特里克兰德的兴趣。这才是常理。但实际情况是，当时我手上的工作堆积如山，完全没有时间去思考思特里克兰德的事情。当我在塔希提住了一段时间之后，我才终于想起了思特里克兰德，那时我和他已经十五年没有见面了，距离他去世也已经过去了九年。现在想来，无论工作多么重要，我都应该立刻把它搁置在一边，然而事实却与之相反。我忙了整整一个星期，还没有把手头上的工作忙完。我仍然记得，有一天清晨，我很早就醒了。当我来到旅馆的天台上的时候，发现四周很安静。我绕着厨房转了转，发现厨房还没有开门，一条长凳放在门外，上面有一个旅馆的侍者正在酣睡，他是当地人。我估计自己暂时吃不上早饭了，于是走出旅馆，在街道上散步。在一些中国人开的店铺里，人们正在忙碌着。太阳还没有升起，环礁湖上一片宁静。我朝远处望去，莫里阿岛距离这里有十英里远，在海面上显得孤零零的，仿佛是一座巨大的圣杯，将自己的秘密封印在里面。

我简直不敢相信眼前的景象。离开威灵顿之后，我就过上了一种很奇特的生活。威灵顿是一个整齐有序的城市，它有一种浓厚的英国风韵，仿佛是英国的一个滨海城市。在那之后，我在海上度过了难忘的三天，天色阴沉，波涛汹涌，乌云密布，景象十分可怕。过了三天，狂风骤停，海面重归寂静，波光粼粼。这就是太平洋，它似乎比其他海洋更辽阔，也更荒凉，它会给一次普通的旅行增添几分冒险性，让你胆战心惊。

你大口呼吸，会感受到空气的香甜，就像甘醇的美酒，让你心醉。你精神奕奕，很想去经历一场冒险。但是你只知道你来到了塔希提，这里似乎是一块黄金的国土，除此之外，你就什么都不知道了。紧接着，你看到了莫里阿岛，它是塔希提的姊妹岛。只见它从海面中突然伸出来，绚烂多姿，就像是用魔法召唤出来的。莫里阿岛上面怪石嶙峋，仿佛是蒙特塞拉特岛的翻版。你看着眼前的景象，会情不自禁地想到波利尼西亚的武士们。他们正在举行一种神秘的宗教仪式，目的是守住某些秘密。当你与莫里阿岛的距离越来越近的时候，你会更清楚地看到山峰的形状，感受到岛屿的美丽。可是当你从它身边经过的时候，你会看到重重巨石将岛屿紧紧地包围起来，你永远无法知道这个岛屿的秘密，它像一个闺阁中的姑娘，谢绝外人的探视。如果船只靠近它，想寻觅一个入口，它就会马上消失不见，没有人会对此感到惊讶。

塔希提的景象却完全不同。它是一个绿意盎然的岛屿。那些暗绿色的褶皱代表了一道道幽深的峡谷。这些峡谷的气氛很神秘，溪流潺潺，凄冷的溪流让你能感受到历史的绵延，就好像这里的生活从过去一直延续到了现在一样。塔希提岛上不是没有那些凄凉的东西，但是你不会记得这种印象，你体会到的更多的是欢乐。正如一群人围坐在一起，观看一个小丑的演出。他们被小丑滑稽的表演逗得捧腹大笑。当然，他们也能看见小丑偶尔流露出来的凄凉的神情。小丑虽然也在微笑，但他的笑是孤独的。当他把别人逗笑的时候，他自己反而感觉到更加孤独。塔希提就像是一个对你露出微笑的美丽女性，它温柔又娴雅，将自身的美貌向你友好地展现出来。尤其是刚驶入帕皮提港口的时候，你会被它迷得神魂颠倒。帆船停泊在码头边，是那么整齐、干净，在蓝天下闪闪发亮。这座小城到处都是高大洁白的建筑，让人心情舒畅。偶尔能看见法国火焰式的建筑物，彰显出无限的热情。这些大胆的建筑仿佛不顾廉耻，你会被它们惊讶得说不出话来。当船离码头越来越近的时候，你会看到岸上有成群结队的人。他们的脸上洋溢着热情的笑容，整体望过去，就像是一片棕色的海洋。万里晴空下，色彩在飞速地舞动。人们各司其职，有的在搬行李，有的在进行海关检查，每个人都兴高采烈的。缤纷的色彩在你的眼前涌动，这是一种极具动感的美。

四十六

刚来到塔希提岛，我就认识了尼柯尔斯船长。那天清晨，我在旅馆的天台上享用早餐，他朝我走过来，对我说明了他的身份。他告诉我，当他得知我对查理斯·思特里克兰德有兴趣的时候，便主动找来，要跟我聊聊思特里克兰德的事。这里的居民在这一点上很像英国乡下人，都喜欢和人闲聊。我不过是找了几个人询问思特里克兰德的画的事情，这件事立刻就被所有人知道了。我礼貌地问他是否吃过早饭。

“我吃过了，我早上喝过一杯咖啡，”他对我说，“但是我很乐意再喝一口威士忌。”

于是我喊来旅馆里的中国侍者。

“你有没有觉得现在喝酒还为时太早？”船长问道。

“这是由你和你的肝脏决定的，我说的不算。”我回答说。

“我是个戒酒主义者。”他一边说着，一边给自己的杯子里面倒了些威士忌。

尼柯尔斯船长一笑就会露出他那不太整齐的牙齿。他的身材很瘦小，有一头花白的短发，下巴上是乱糟糟的白胡子。我看得出来，尼柯尔斯船长大概好多天都没有刮胡子了。他的脸上布满了深深的皱纹，可能是因为常年被太阳晒，所以他皮肤的颜色显得很黑。他的一双蓝眼睛小小的，眼神非常机灵，一看就知道有丰富的社会经验，然而他此时却显得那么真挚和热情。他身穿一套邋遢的卡其裤，双手上沾满了灰尘。我递给他一支雪茄烟。

“我很熟悉思特里克兰德，”他往椅背上靠了靠，为自己点燃了那根雪茄烟，继续说道，“他能来到这里还是靠我的关系。”

“你第一次遇见他是在哪里？”我问。

“马赛。”

“你在那里做什么？”

他朝我赔了个笑脸，仿佛是在讨好我。

“呃，我那时候还不在船上，过得比现在惨。”

从他的外表来看，他现在混得也不怎么样，说不定他那时候比现在过得还要更好一些。我打定主意和他交朋友——和他们这些流浪汉交朋友，虽然要付出一些代价，但至少不会上当受骗。他们很好相处，乐于与人聊天，讲话时也从来不摆架子，只要给他们一杯水酒，他们就能把你当朋友。如果想和他们混熟，完全不需走弯路，你只要耐心地听他们讲话，就能赢得他们的信任，他们会很感激你的聆听而且还会对你满怀感激。与人交谈，在他们看来就是最大的乐趣，这说明他们很有修养。他们中的大多数人都谈吐风趣，阅历丰富，还具有想象力。当然，其中总有一些不那么诚实的人，但总体来说，他们还是遵守法律的良好市民。如果你和他们玩牌，可能就会落入他们设下的陷阱。这个多人游戏本来就很有趣，再加上他们敏捷的头脑，游戏的刺激性可谓达到了最大值。我待在塔希提期间，已经和尼柯尔斯船长成了交情不错的朋友。这段经历大大增加了我的经验。尽管我为了款待他，花费了不少钱用来买雪茄和威士忌（因为他不喝鸡尾酒，所以省下了买鸡尾酒的钱），尽管他能用一副理所当然的样子找我借钱，让我失去了好几枚银币，我还是认为他给我带来的乐趣足以让我付出那些代价。他从头到尾都是我的债主。要是我从作者的角度出发，为了不偏题，只简单地介绍尼柯尔斯几句，那我会良心不安的。

我不明白尼柯尔斯船长当初离开英国的理由。他始终不肯与我谈这方面的话题。我知道，直接询问他这样精明的人明显是行不通的。从他的谈话中我可以看出来，他过去一定是蒙受了冤屈。显然，他觉得自己是执法不公的牺牲品。但我却总会把他的过去和诈骗或者犯罪联系到一起。他曾经说过，英国当局的执法太过于死板，对此我非常赞同。值得高兴的是，虽然他过去可能遭受过什么不公正的对待，但他却始终怀有一颗爱国之心。他经常对我感叹道，这个世界上最伟大的国家就是英国，他认为自己比其他国家的人都要优越百倍，美国人、荷兰人、达哥人、殖民地人、卡纳加人，他都不放在眼里。

但是我却觉得他活得并不快乐。他一直有消化方面的疾病，所以口里不得不常常含着一片胃蛋白酶药片。他早上几乎没有什么胃口，但是和一个真正的悲剧相比，这样的病痛其实根本算不了什么。他在八年前草率地决定和一个女人结为夫妻。有的男人，上天注定让他打一辈子光棍儿。可是在大环境下，有一些人还是任性地违背了上帝安排的命运。再没有谁比这种结了婚的单身汉更叫人可怜的了，尼柯尔斯船长就是这样一个人。

我见过他的老婆。从外表上看，她很年轻，应该不会超过二十八岁，但是你很难搞清楚她的真实年龄。有一些女人就是这样的，她们二十岁的时候没有比现在年轻多少，等她们四十岁的时候看起来也不会比现在老多少。她给我最大的印象就是瘦。她的脸庞长得很普通，没有出彩的地方，薄薄的嘴唇总是成一条线，她全身像是没有多少肉似的，皮肤里面都是骨头。她很少笑出来，衣服也是纤瘦的款式，但不知道为什么，明明是白斜纹料子，穿在她身上却像是黑色邦巴辛毛葛做的一样。我不知道尼柯尔斯船长为什么要和这个女人结婚，也不知道为什么他不在婚后将她甩掉。可能他已经尝试过无数次了，但悲剧的是，没有一次是成功的。哪怕他跑到天涯海角，尼柯尔斯太太总会来到他身边，仿佛这是上天注定了的一样。他无法摆脱她，就像万事万物都有因果一样。

对一个社会混混来说，他是没有阶层属性的，这一点和艺术家或绅士都一样。他不会为无业游民的粗鲁而感到窘迫，也不会为达官贵人的烦琐礼仪而感到拘谨。然而如果非要算起来的话，尼柯尔斯太太的出身是中下层的社会阶层。在这些年，这个阶层的名声还算不错。她有一个当警察的父亲，精明又能干。我不明白她干吗非要缠着船长不放手，我觉得那肯定不是出于爱情，因为她从来都没有说过话，至少我没有见过。只有她和船长两个人的时候，她可能会滔滔不绝。无论如何，尼柯尔斯船长非常惧怕她。当我和他一起坐在旅馆外面的时候，他偶尔会突然发觉她正在外面的大街上，但她一次都没有叫过他，就仿佛根本不知道他的位置似的。她只是一个人在街上走来走去，神色安详。每当这个时候，船长就会变得坐立不安，他时而看看手腕上的表，时而叹一口气。

“唉，我该动身了。”他对我说。

在这种时候，我知道我是无论如何也无法挽留住他了。说笑话和喝威士忌都不再奏效。要知道，尼柯尔斯船长是一个面对十二级暴风雨仍然可以大笑出来的汉子，只要他握着一把手枪，就有胆量一个人对付许多黑人。尼柯尔斯太太偶尔会让他们的女儿到旅馆来，她才七岁，总是面色苍白的样子。

“妈妈找你。”她用一种仿佛哭泣的语调说道。

“好的，亲爱的孩子。”尼柯尔斯船长回答道。

接着他一下子站了起来，带着女儿一起回家了。我认为他的例子很好地说明了精神是可以战胜物质的。因此别看我这个章节表面上离题千里，实际上却还是有内在的意义的。

四十七

我认真回想尼柯尔斯船长告诉我的故事，尽力想把这些关于思特里克兰德的线索都连贯起来，这样我也能按照时间的先后顺序来记录。我和思特里克兰德在巴黎最后一次见面的那年深冬，我认识了他们两人。至于这两人以前的生活，我是一无所知的，但有一点可以肯定：思特里克兰德依然过着穷困潦倒的日子。尼柯尔斯船长是在一家夜宿店里第一次见到他的。当时的马赛正被一场罢工风潮席卷，思特里克兰德连勉强维持生计的钱都挣不到了，已经拮据到了捉襟见肘的地步。

在夜宿店住宿的人多半是穷人和流浪汉，只要他们身份证件齐全并且是个能干活的老实人，就都能得到负责这一机构的修道士的允许，在这里寄宿一个星期。尼柯尔斯船长在等待的人群中注意到了身材高大的思特里克兰德。这些等待的人里，有些人面无表情地等候在门外，有些人不停地走来走去，也有些人靠在墙壁上一动也不动，还有些人就那样坐在马路边上，把两只脚伸进水沟里。后来，等待的人们排着队陆续进了办公室，尼柯尔斯船长听见检查证件的修道士操着一口流利的英语同思特里克兰德交谈着。不过船长没能跟思特里克兰德说上一句话，因为人们刚刚走到公共休息室，一位拿着厚厚的一本《圣经》的传教士就立马登上讲台开始传播布道了。可怜的流浪者们，为了能在这里住宿，他们必须耐着性子安静地听着。

尼柯尔斯船长和思特里克兰德没有住在同一个房间。第二天早上，六点钟还不到，前来投宿的人们就被突然闯进房间的一个教士叫醒了。他几乎是毫不客气地把人们从床上拽了下来。尼柯尔斯把床铺收拾好，正打算洗脸的时候，发现思特里克兰德不知道去了哪里。尼柯尔斯船长顶着刺骨的寒风来到大街上，来回走了一个小时，最后走到了维克多·耶鲁广场，许多水手经常会来这里聚会。思特里克兰德就在这里，他当时正在睡觉，身后是一座石雕像。尼柯尔斯船长狠狠地踹了他一脚，让他从沉睡中醒过来。

“我带你去吃早饭吧，亲爱的朋友。”他说。

“去你妈的。”思特里克兰德说。

我很熟悉这个语气，这的确是他会说出来的话，于是我很自然地相信尼柯尔斯船长的话了。

“我猜你身无分文了吧？”船长又问。

“一边待着去。”思特里克兰德又说。

“跟我走吧，我给你弄点吃的。”

思特里克兰德没有立刻做出决定，他思考了半天，决定还是跟船长一起行动。他们两个人朝一个救济所走去。那里会给饿着肚子的人提供一块免费面包，但是要求他们必须当场吃完，不能带走。当他们吃完面包后，又马不停蹄地赶去了另一个提供盐水稀汤的施舍汤的救济所。救济时间是每天上午十一点到下午四点，但不能连续领七天。因为这两个地方相距很远，所以一般人不会受罪跑两个地方。他们的早饭就是这样解决的，查理斯·思特里克兰德因此和尼柯尔斯船长成了朋友。

在马赛的四个月里，他们两个人一直在一起。他们的生活很平淡，没有什么新鲜事，因为他们为了讨生活不得不花费全部的精力。他们需要钱，只有用钱才能买到吃的东西来填满肚子，只有用钱才能找到一处住宿的地方让他们睡觉。如果我会画画，我多么希望自己能画出色彩斑斓的图画，让读者更清楚地看到他们的生活情景，要知道，尼柯尔斯船长叙述得太生动了，闭上眼睛你就能想象出画面来。我听着他的叙述，觉得完全可以将他们两人的故事写成一本有意思的冒险传奇。他们遇见了形形色色的人，民俗学者能够从他们的见闻中整理出有用的材料，编写成一本辞典。不过在这本书里，我没有办法用大量的篇幅去描述他们的生活。总之，他们在马赛的生活既张狂又刺激，令人非常向往。相比之下，我认为大部分马赛人总是过着平平淡淡的生活，就像一杯白开水，一点味道也没有。尼柯尔斯船长所描绘的那些生动的景象，我多么想亲眼见一见啊。

当夜宿店也将他们赶走之后，他们两个就决定去投奔硬汉子彼尔，有很多水手寄宿在他那里。硬汉子彼尔是一个混血儿，身材高大，肌肉发达。他专门为那些短期内没有工作的水手提供食宿，直到帮他们找到一份工作为止。尼柯尔斯船长和思特里克兰德在他这儿整整住了一个月，和他们共住一室的还有十几个水手，他们分别来自不同的国家，包括瑞典、巴西等。他们住的房间里没有任何家具，所以他们只能睡在地板上。硬汉子彼尔每天都会将这些水手一起带到维克多·耶鲁广场，如果有什么轮船刚好需要雇用水手，船长就会派人来这里找合适的水手。硬汉子彼尔的妻子是一个美国胖女人，她非常邋遢，从来不做家务事。在他这里寄宿的水手每天都会帮忙做家务事。由于没有钱可以付给彼尔，所以思特里克兰德为他画了一张肖像。尼柯尔斯船长觉得思特里克兰德占了天大的便宜，因为彼尔为他购置了不少绘画工具——画笔、画布和油彩，除此之外，还送了他一些走私的烟草。直到今天，这幅肖像画可能还挂在硬汉子彼尔的家里，现在大概能值一千五百英镑。思特里克兰德打算去南太平洋的萨摩亚或者塔希提，不过他得先搭乘轮船去澳大利亚或新西兰才行。我没有忘记他曾经幻想过要去一个阳光明媚、绿意盎然的小岛，周围是一碧万顷的海洋，但我没有想过他竟然会真的要去那里。我猜测，他和尼柯尔斯船长始终待在一起是因为他对这一带很熟。船长最后劝他去塔希提，因为他觉得这个地方非常舒服。

“你很清楚，塔希提是法国的一部分，”尼柯尔斯和我说，“法国人办事就不会那么死板。”

我知道他的意思，也很理解他的想法。

思特里克兰德的身上没有任何证件，但是对于利益至上的硬汉子彼尔来说，这完全不是什么大事。他帮别人介绍一份水手的工作时，会克扣别人头一个月的工资。就在这个时候，住在他这里的一个司炉去世了，他刚好是英国人，于是他让思特里克兰德拿着他的证明文件，解决了这一问题。但是思特里克兰德和尼柯尔斯船长打算去东边，那时几艘要雇用水手的船都要往西边走。有一艘货轮要雇水手干活，于是找到了思特里克兰德，然而因为货轮目的地是美国，就被他毫不迟疑地拒绝了；有一艘煤船要去纽卡斯尔，他也坚决不干。硬汉子彼尔实在是受不了思特里克兰德的这种固执，他忍无可忍，最终决定把尼柯尔斯船长和思特里克兰德一并赶走，于是他们两人又没有地方可待了。

他们在硬汉子彼尔那里其实也没有吃到多么丰盛的饭菜，每次吃完饭都像是没吃一样，肚子还是很饿，然而当他们又一次流落街头的时候，还是对那里的饭菜念念不忘。因为他们这时候才真正体会到了什么叫挨饿。施舍汤的救济所已经不再欢迎他们，他们现在只得求助于施舍面包的救济所了。夜幕降临之后，也没有一个固定的地方可以供他们休息，他们有时是在空车皮里睡觉，有时是在卡车里睡觉。更令他们难过的是，他们没钱买烟，要知道，尼柯尔斯船长没有烟就无法生活，所以他决定去那些小啤酒馆里面捡拾别人扔的雪茄头和烟屁股。

“比这里的乱七八糟的烟更差劲的烟我都抽过。”他一边对我说，一边无奈地耸了耸肩膀。然后我给他递过去一个烟盒，他从里面抽出两支雪茄，抽了一支，另一支放在兜里。

他们有时候也会赚到一点钱。如果有邮轮开进港口，尼柯尔斯船长和船员聊一聊天，也许就能干上临时装卸工的工作。要是那艘船是英国的，他们两个人就会偷偷地跑到舱房里，和在那里的水手们一起享用大餐。不过这样做并不是没有风险的。为了防止被高级船员抓住，他们必须时刻警惕着，否则可能就会挨上一脚。

“一个人只要能吃饱饭，难道还会在乎被踢一脚吗？”尼柯尔斯船长说，“对我自己来说，我根本不会为了这种小事而生气。高级船员本来就应该维护船上的纪律。”

我脑海中出现一个画面：一个怒火朝天的大副朝跳板上的尼柯尔斯船长踢了一脚，后者就滚落了下来。尼柯尔斯船长就像是一个英国人，非常赞赏这种严明的纪律。

他们两个人也可以在鱼市场里干点杂活儿。有一天，有一辆卡车需要把码头上的货一筐筐地运走，于是雇了几个人专门装车，思特里克兰德和尼柯尔斯船长也在里面，他们每个人都挣了一法郎。还有一回，他们两个人很幸运：一条来自马达加斯加的货轮外表掉了漆，露出里面的铁锈，他们两个人干了好几天涂油漆的活儿。我觉得，依据思特里克兰德喜欢嘲讽人的性格来看，他一定很乐意干这个活儿。所以我问尼柯尔斯船长，在他们两个人穷困潦倒的那段时光里，思特里克兰德有没有经常对别人冷嘲热讽。

“从来没有，他从来不抱怨，”船长回答说，“尽管他偶尔会不开心，但是在我们过得最艰难的时候，连住宿的钱都没有一分的时候，他仍然很有精神的样子，就像活蹦乱跳的蛐蛐。”

我一点也不惊讶，思特里克兰德本来就是一个不关心周围环境的人，所以即便他的处境如此艰难，他仍然能够面不改色。我不好判断，这究竟是因为心灵很宁静，还是因为心灵太矛盾。

布特里路附近开的一家鸡毛店叫作“中国茅房”，命名者是一个流浪汉。店主是一个独眼的中国人。一个人只需要花六个铜子就能在这里睡一晚上了，而且是睡在床上。如果花三个铜子，也能在这儿睡一晚，不过需要打地铺。在这里，他们两个人认识了许多朋友，他们也一样是流浪汉。当他们一分钱也没有，夜里温度又非常低的时候，如果有谁白天赚了一法郎，他们就会找那个幸运的人借点钱住一宿。他们的朋友非常慷慨，只要有钱就会拿出来与人分享。他们来自不同的国家，但是大家的关系都非常好，不会因为彼此的国籍不同就与对方客气。在他们看来，他们都是一个共同的国家——安乐乡的居民。这个国家幅员辽阔，他们都属于这片大地。

“但是如果思特里克兰德突然发火，我估计谁也惹不起，”尼柯尔斯船长陷入了回忆，“有一回，我们恰巧遇见了硬汉子彼尔。还记得他帮查理斯弄的身份证明吗？彼尔想把它要回来。”

“‘你如果想要，应该自己来拿。’查理斯冷酷地说。”

“彼尔是个肌肉发达的汉子，但是查理斯当时的样子非常吓人，一下子把彼尔震住了。彼尔不停地骂他，完全不带重样儿的。你应该听一听他骂人时的用词，一定会大开眼界。刚开始，查理斯就站在那儿听着，没有回应他，过了半天，他上前一步，狠狠地对他说了一句话：‘去你妈的，你这只猪猡。’他这句骂人的话其实很平常，没有什么特别的，关键是他骂人的样子太可怕了。硬汉子彼尔立刻不作声了，他被吓得要死。他立刻掉头离开，就好像等会儿还有一个约会似的。”

依据尼柯尔斯船长所述，思特里克兰德骂人时的原话并不是上面这段文字，但是因为这本书毕竟还是供读者打发时间的，我认为可以适当加工一下，让一些粗鄙的用词更能被读者接受。

说起来，硬汉子彼尔其实是一个有仇必报的人，绝不会窝囊地任人欺负。他很有威信，许多水手都听他的话。有一个水手告诉他们两个人，彼尔发誓一定要干掉思特里克兰德。没多久，又有一个水手跟他们说了同样的话。

有一天晚上，思特里克兰德和尼柯尔斯船长正在一家酒吧里消磨时间。这家酒吧位于布特里路，那是一条并不算宽阔的街道。平房分布在街道两旁，每所房子只有一个房间，有点像是集市里面的棚子，你也可以将它想象成马戏团的兽笼。每个房子前面都站着女人。她们有的非常悠闲，要么和路人说上两句话，要么慵懒地哼着歌曲。当然，也有的女人一副无聊至极的样子，一目十行地浏览一本书。她们来自世界各地，比如法国、意大利、西班牙、日本。她们的身材也各不相同，有的微胖，有的纤瘦。从她们涂着厚厚脂粉的脸上，你能轻易看出岁月留下的痕迹。这里有形形色色的女人，她们有的只穿着黑色内衣和肉色丝袜，有的顶着一头金黄色的卷发。将门拉开后，你就能看见屋子里铺着红地砖，一张大木床摆在里面，一只大口水罐和一个面盆摆在牌桌上。街道上有各种各样的人走来走去。这里有站在邮轮上准备抛锚的印度水手，有顶着一头金发站在瑞典三桅帆船上的北欧人，还有英国的水手、法国的巡洋水兵。军舰上的日本兵也随处可见，美国货轮上运输的黑人也让人习以为常了。在白天，这个地方肮脏不堪，可是一旦夜幕降临，迎着小屋子前昏黄的灯光，这条街道仿佛就有了某种神奇的魅力，这种诱惑还带着几分罪恶。这些散落在空气中的欲望丑恶得让人窒息，显得那样可怕。但是这些包裹着你、让你难以忘怀的景象中却总蕴含着某些神奇的东西。于是，你很厌恶这种并不熟悉的原始力量，但同时，你又被它的神秘深深地吸引。你在这里寻不到任何有关文明和体面的东西，这里只有灰暗的现实，它被一种喧嚣热闹而又悲凉惨淡的氛围笼罩着。

此刻思特里克兰德和尼柯尔斯船长正坐在一间酒吧里。自动钢琴正在演奏着，略显聒噪的舞曲在耳边响个不停。人们围在桌子旁边喝酒聊天，已经有六七个水手喝得醉醺醺的了，他们一面喝着还一面叫嚷，士兵也分散坐在屋子四周。屋子的正中央挤满了一对对跳舞的人。那些皮肤黑黑的水手长着大胡子，他们每个人都搂着只穿了一件内衫的女舞伴，正在专注地跳舞。有时还有两个水手舞伴搂着对方起舞。整间屋子十分热闹，嘈杂的声音都快把人的耳朵震聋了。这里的每一个人都在尽情地欢笑，尽情地喝，尽情地大叫；每当看到一个男人亲吻靠在膝头上的舞伴时，总能听到那些英国水手的嘘叫声，场面显得更加狂乱了。每当男人们抬起自己的大靴子迈开步子时，你总能看到飞扬的尘土。男人们叼着烟卷吐出来的烟雾也让人有些喘不过气来。在这狭小的空间里，空气十分闷热。一个妇人正坐在柜台后面给孩子喂奶。此时，一个年轻侍者端着托盘不停地走着，手里的托盘上摆满了啤酒杯子。仔细看就会发现他的个子不高，而且长了一脸的雀斑。

不久，彼尔和两个身材高大的黑人走进了酒吧。此时，彼尔已经有大半醉意了，到这里来纯粹是挑衅生事的。彼尔刚一进门就撞到了台子，打翻了啤酒。正坐在台子边上的三个士兵气急败坏地要和彼尔理论，双方争执不休。这时候，酒吧老板怒气冲冲地走出来，把彼尔叫走了。这个脾气暴躁的老板十分厌恶挑衅闹事的客人，不能忍受别人在他的地盘上打起来。看到老板发火的样子，彼尔立马就收敛了，因为担心警察找自己的麻烦，他只能弱弱地骂了一句，然后悻悻地准备转身离开。就在他转身之际，坐在一旁的思特里克兰德映入了他的眼帘。他晃晃悠悠地走到思特里克兰德身边，沉默了一会儿，突然朝着思特里克兰德的脸吐了一口唾沫。思特里克兰德也不甘示弱地拿起酒杯朝他砸过去。正在中央大厅跳舞的人听到动静都停了下来，酒吧霎时变得沉寂了。可是还不到一分钟的工夫，彼尔就一下子扑到思特里克兰德身上，酒吧瞬间又陷入了一场混乱。他们在打斗中撞翻了啤酒台子，台子上的玻璃杯纷纷落在地上，碎了一地。双方越打越起劲，女人们都害怕地躲到了门边和柜台后面，过路的行人听到响声也都涌来观望。此刻只听得一片混杂的声音，有粗野的叫骂声，也有狂放的叫喊声。正当屋子里打得乱成一团时，一队警察冲了进来，人流立刻被轰散了，纷纷往外跑去。当四周安静下来之后，只有彼尔一个人躺在地上，他已经被打得不省人事了，头上也被打出了一个大口子。思特里克兰德早已被尼柯尔斯船长拉到了街道上，他的胳膊被打出了血，衣服也被撕碎了。而救他的尼柯尔斯船长也好不到哪里去，自己的鼻子被打了一拳不说，还弄得满脸都是血迹。于是他们两个人后来又回到了“中国茅房”，清洗脸上的血污。

“趁着硬汉子彼尔还没出院，你还是赶紧离开马赛吧。”他对思特里克兰德劝说道。

“这个热闹的场景简直堪比斗鸡了。”思特里克兰德讽刺道。

我能想象出他说这句话时的样子，脸上一定带着讥讽的笑。尼柯尔斯船长了解硬汉子彼尔的性格，知道他是一个有仇必报的人，绝不会善罢甘休，所以他很担心思特里克兰德。思特里克兰德让彼尔在那么多人面前丢脸，如果他是个聪明人，就会知道必须对彼尔小心防范，以免被他报复。彼尔暂时不会行动，他一定会挑一个合适的时间来下手。迟早有一天，思特里克兰德会被人从背后插一刀，他的尸体会被人扔进污水沟里，谁也辨认不出来。第二天晚上，尼柯尔斯为了这件事，专程去拜访硬汉子彼尔，得知彼尔还在医院里住着，他妻子曾探望过他。她告诉他说，彼尔发誓说，等他一出院就会一雪前耻，一个星期后，世界上就再也不会有思特里克兰德这个人了。

过了一个星期。

“我常常感慨，”尼柯尔斯船长继续说，“如果要打人，就一定要把他打得屁滚尿流。因为这样会给你留出一些思考的时间，不至于不知道接下来该做什么。”

在那之后，思特里克兰德遇到了一桩幸运的事情。一艘轮船准备开往澳大利亚，但是他们的一位司炉由于精神错乱而投海自尽了，所以他们现在急需一位替补的司炉。

“不要耽误时间了，伙计，现在马上去码头，”好心的船长告诉思特里克兰德，“快在这里签上字。别忘了，你的证明文件是齐全的。”

于是思特里克兰德立刻就动身了。六小时后，这艘轮船就驶离了港口。黄昏的时候，尼柯尔斯船长目送轮船渐行渐远，最终在海面上消失不见。在那之后，尼柯尔斯船长再也没有见过思特里克兰德。

我想用尽量生动的语言来叙述这个故事。我还记得他住在伦敦阿施里花园的那段时光，与在马赛的这一段经历相比，当时的他忙于做证券股票交易，是一个勤恳的员工。然而我也很清楚，尼柯尔斯船长说的也未必句句属实，他本来就擅长胡说八道。说不定他跟我讲述的每一句都是谎话。如果将来有一天我发现，思特里克兰德在生前压根不认识尼柯尔斯船长，他告诉我的这段马赛的经历全部来源于一本杂志，那么我也丝毫不会感到惊讶的。

四十八

在我本来的计划里，这本书写到这里就应当收尾了。我原本打算先交代思特里克兰德最后几年的生活，还有他悲惨的死亡，接着再描述我对他早年生活的认识，我并不是因为任性才这样做。在我看来，思特里克兰德的灵魂一直在追求着什么。当他抛弃尘世牵累，终于孑然一身踏上学画的旅程时，我仿佛看见一个崭新的充满幻想的世界正在向他招手。我希望将这个具有伟大意义的启程作为这本书的结尾。我特别喜欢这样的场景：一个四十七岁的人抛弃一切，只身前往新世界。要知道大部分人在他这个岁数的时候都沉溺于安稳的生活，不愿意冒任何风险。北风呼啸，波涛汹涌，他面对茫茫的海面，回头望了一眼法国海岸，那是他熟悉的地方，然后转身决绝地离开了，再也没有回头。这一定是一个充满豪迈精神的行为，我能从中看出他的勇气。我希望人们在阅读完这本书的时候，感受到某种希望。我觉得这样也许能够突出思特里克兰德的不可征服的精神。然而我却写不好。我也不知道我为什么无法写好，我还尝试了好几遍，最终不得不放弃这个新颖的结构。我还是选择走最普通的路子——按照时间顺序开始。我打算依据事情发展的经过来将思特里克兰德的生平全部记录下来。

当然，我知道的也并不是很多，我了解的事实也只是断句残章。我就像是一个生物学家，只通过一根骨骼来推测出这个生物的外貌和习性，以及模拟出它当初的生活环境。在塔希提，人们对思特里克兰德的印象并不深刻。在他们看来，思特里克兰德是一个无家可归的流浪汉，仅此而已。他唯一的特别之处，就是他喜欢画一些奇怪的画，那些画他们根本就看不懂。在他去世多年之后，来自巴黎和柏林的一些画商专门派人前来搜寻他的遗作，直到这个时候，岛上的居民才知道，原来这里曾经生活着一个了不起的人物，而他们竟然一点都没有发现。他们这才明白，当初只需要花费一点钱，就可以买到现今价值连城的艺术品，而他们却错过了这个千载难逢的机会，实在是令人唏嘘。不过，也有人幸运地存有他的画。有一位犹太商人，他的姓是寇汉，手里就保存着思特里克兰德的一幅画。但他不是通过一般的途径得到这幅画的。寇汉是个上了年纪的法国人，他有一双温柔和蔼的眼睛，总是笑容满面。他既是商人，又是水手。他经常用自己的快艇将商品运送到包莫图斯群岛、马克萨斯和塔希提群岛，然后载回许多蚌壳、椰子干和珍珠。有人跟我说，这个法国小老头有一颗大黑珍珠要卖，所以我去寻找他。不过他的要价太高了，我实在是支付不起，这笔生意就作罢了。因为他很熟悉思特里克兰德，我就与他聊起了思特里克兰德的事情。

“你很清楚，因为他是个画家，所以我对他有很大的兴趣，”他告诉我，“我们这个岛上很少有画家会来。其实我相当同情他，因为在我看来，他画得太糟糕了。我还给他介绍了一份工作。这个半岛上有我的种植园，刚好缺一个白人监工。如果没有白人来监视他们，他们就懒得一动不动。我告诉他：‘你到我的种植园来工作吧。这样你不仅有充足的时间画画，还能挣到工资。’他当时正处于穷困潦倒的境地，我给他开了很高的工资。”

“我猜他对这个工作一定不怎么上心吧。”我笑着说。

“但是我并没有对他严格要求。因为我很同情艺术家。我们家的人从来都是如此，你也明白。然而他干的时间不长，只干了几个月。

后来他攒到了一些钱，足够他买油彩和画布了，就打算离开这里，独自去荒林里居住。不过我总是能够看到他。每隔几个月他就会去一次帕皮提，在那儿住上一阵子，随便找人借点钱，然后又消失无踪了，谁也不知道他去了哪里。有一次，他来到我家，开口找我借两百法郎。我看他的穿着，猜测他可能一周都没有吃上一顿饱饭，实在是可怜兮兮的样子，叫我于心不忍。其实我也知道，他说是借钱，但估计是不会还我钱了。然而出乎意料的是，过了一年，他又来拜访我，还给了我一幅画。这次他对我说：‘我画了一幅画，画的是你的那个种植园，专门为你画的。’我看着那幅画，什么话都说不出来。当然了，我没有忘记对他道谢。等他一离开我家，我就对我妻子说了事情的经过，拿着这幅画叫她看看。”

“他画得如何？”我好奇地问。

“你还是不要问我这个问题了，我根本就看不懂。我这辈子从来没见过这样的画。‘我们要怎么处理这幅画呢？’我询问我的妻子。‘还是不要挂出去了，’她说，‘会被别人嘲笑的。’于是她把它放在了阁楼里，和那些杂物堆在一起。我的妻子有囤积物品的习惯，除了垃圾，她不舍得扔掉任何东西。过了几年，大战爆发前夕，我那个在巴黎定居的哥哥寄了一封信给我，信上说：‘有一个英国人在塔希提住过一阵子，看样子他是个天才，一幅画能卖好多钱，你知道这个人吗？你能不能够弄到他的一两幅画？能弄到的话就赶紧寄给我，我相信一定能够赚大钱。’所以我赶紧对我的妻子说：‘你还记得那幅画吗？思特里克兰德为我画的那张。它是不是还在阁楼里面？’‘记得，’她回答说，‘你明白，我从来不扔任何东西，我一贯如此。’然后我们两个来到了阁楼，这里堆积了各式各样的陈年杂物，从我们搬进这座房子的时候一直到现在，起码有三十年了。我们也不知道那幅画具体在哪一堆杂物里。我好不容易才把它翻找了出来。我认真端详了半天，对她说：‘谁也不会想到，我的种植园里的一个监工，竟然是一个了不起的绘画大师。他还朝我借过钱呢！亲爱的，你能看出来眼前这幅画到底好在哪儿吗？’‘完全看不出来，’她诚实地说，‘根本就不像我们的种植园。何况，你见过长着蓝叶子的椰子树吗？反正我是没见过。他们巴黎人竟然会把这种画当成无价之宝，我看是发疯了吧。或许这幅画可以卖到两百法郎，刚好能抵消他欠我们的这笔钱。’无论如何，我们还是把这幅画装了起来，寄给了我哥哥。没多久我就收到他的回信。你知道他在信里说了什么吗？‘收到画了，’他说，‘我不得不说，当我看到这幅画的时候，我还以为你是在开玩笑。这笔邮寄费我真不该出。我忐忑不安地把它拿给要和我做生意的那位先生看，我担心他会觉得我是在愚弄它。可是，他却告诉我，这是那位画家的真品，他愿意出三万法郎购买它，我吃惊得都要合不拢嘴了。我认为他肯定不介意再多花点钱。不过说真的，我当时实在是太吃惊了，脑子还昏昏沉沉的，于是这笔生意就这样成交了。’”

寇汉先生接下来的发言让人肃然起敬。

“我多么希望，可怜的思特里克兰德还活着。我很好奇，如果我把卖画的钱——两万九千八百法郎亲自交给他，不知道他会是什么表情。”

四十九

我住宿的地方叫鲜花旅馆。约翰生太太是旅馆的女主人，她向我讲述了一件遗憾的事——她错失大好良机的前因后果。在思特里克兰德去世之后，帕皮提市场举行了一场拍卖会，专门拍卖他本人的遗物。她为此特地跑了一趟，因为她要去买一个早已看中的美国式煤油炉子。为了买这个炉子，她花了二十七法郎。

“我看到那里还在卖十来张画，”她对我说，“它们没有镶框，没有人愿意买。有几张售价十法郎，不过大多数很便宜，五六法郎就能买到一张。要是我那时买了那些画，现在就是一个大富翁了，多可惜呀！”

但是我很清楚，蒂阿瑞·约翰生无论如何也不可能成为一个富翁，因为她根本无法把钱存下来。她的母亲是塔希提的一个土著女人，父亲是一个白人船长。我第一次见到她的时候，她已经五十岁了，但是看起来却不止五十岁。她的身材高大壮实，浑身都是肥肉，非常威严的长相，不过好在她脸上的表情总是慈祥和善的。她的两条胳膊又粗又壮，就像是粗羊腿。饱满的乳房像圆白菜一样。她满脸都是肥肉，看起来非常不雅观，还有好几层下巴，简直要垂到胸脯上去。她最常穿的衣服是一件粉红色的薄外套。她喜欢戴一顶草帽，把头发包裹得严严实实，不过当她把草帽摘下来的时候，你能看到她引以为傲的头发——又黑又长、打着小卷。另外，她有一双明亮的眼睛，让她稍显年轻。她的笑声非常具有感染力。最初只是在喉咙里的低笑，随着声音的变大，她整个人都跟着笑声颤抖了起来。她平生最喜欢的三样事物就是酒、笑话和长相好的男人。和她相识是我的荣幸。

在这个小岛上，她算是厨艺最好的一位了。她打从心底里热爱美食，对美食也颇有研究，经常在厨房里从早忙到晚。厨房里有一把矮椅，她就坐在那上面，如同一个女王一样大声发号施令，一名来自中国的厨师和当地的几个侍女就会听从她的指挥，做出各种菜肴来。如果她很尊敬某个朋友，就会亲自为那个人下厨，这是她表达敬意的方式。她是一个热情好客的女性，从不会吝啬她的好意。所以只要有她在，这个岛上的人就不用担心会饿着肚子。如果有房客没钱付账，她也不会冷酷地把他们赶走。有一次，有一个可怜人处境艰难，刚好住在她的旅馆里，她竟然免费供他吃喝，而且不收一分钱。最后，因为他付不起在洗衣店洗衣服的钱，所以她就把自己的衣服和他的衣服放在一起，送到了洗衣店。她告诉我，她无法眼睁睁地看着这个可怜的人没有一身干净的衣服穿。另外，他也没有钱去买烟，所以她还好心地为他付这笔钱，每天给他一个法郎。她对每一个人都很和气。

她很清楚，她现在这个年纪已经不适合谈情说爱了，何况她的身材也不好。但是她对年轻人之间的恋情怀有很大的兴趣。在她看来，情欲是人的本性，不管男女都一样，她总喜欢拿自己的经验去启迪和开导别人。

“我才十四岁的时候，就谈了恋爱，而且还被父亲发现了，”她对我说，“那个年轻人是热带鸟号上的三副。他很俊美。”

她深深地叹了一口气。人们通常认为，女人永远不会忘记自己的第一个爱人，或许她是一个例外。

“我父亲很讲道理。”

“他干什么了？”我问。

“他差点儿把我打死。后来，他让我嫁给约翰生船长，我没什么意见。当然了，约翰生船长虽然年纪大一些，却也是个美男子。”

她的名字蒂阿瑞有别的含义——这是一种香气扑鼻的花，颜色是白色的。这个名字是她的父亲起的。在本地，人们相信：只要闻过这种花的香气，无论走到天涯海角，最后都会沿着香气回到塔希提——蒂阿瑞对思特里克兰德的印象非常深刻，她永远不会忘记这个人。

“有时候他会到这里来。我经常能看见他在帕皮提徘徊。我很同情他，他骨瘦如柴，口袋里面一分钱都没有。当我得知有这样一个人来到了城里，便立马派人找到了他，并把他带到我的旅馆来吃饭。我还帮他先后找过几个工作，但他总是干不长久。没过多长时间，他就又惦记起荒林了。所以有一天早上，他就消失得无影无踪了。”

在离开马赛之后，过了六个月，思特里克兰德就乘帆船来到了塔希提。他在船上一边干活，一边画画。他来到这里的时候，全部家当只有一打画布、一个画架和一盒油彩。口袋里仅存的几英镑钱还是在沿途经过悉尼时挣的。他在城外租了一间屋子。我觉得当他踏上这片土地的时候，一定有一种回家的感觉。蒂阿瑞对我说，有一次思特里克兰德告诉她：

“当时我正在擦甲板，忽然听见有一个人告诉我说：‘看，那是什么？’我马上抬起头来，远远地辨认出这个小岛的轮廓，我马上就反应过来，这里就是我毕生追求的地方。然后我们的船离它越来越近。我发觉我对这里好像有印象，就好像我曾经到过这里一样。当我在岛上随意走走的时候，周围的景象我都觉得似曾相识。我敢对天发誓，我以前一定在这里生活过。”

“这个地方确实有一种独特的魅力，让很多人流连忘返。”蒂阿瑞说，“别人曾经告诉我，有一些乘客趁着他们的船正在装货的时候，就偷偷地溜到岛上来，想暂时休息几个小时，但是他们再也没有离开这里。还有人说，有些人被公司派来这个岛上，做满一年就回去。他们刚来这个地方的时候，非常厌恶这里，当他们一年后准备离开，有的甚至发誓说再也不会回这里了，可是过了半年，他们又出现在这里。如果你问他们回来的原因，他们就会说，他们发现自己无法生活在别的地方。”

五十

我觉得有的人似乎出生在了错误的地方。上天将他们随机地抛掷到某个地方，让他们在那里长大。可是他们却一直在思念着其他的地方。他们把故乡当作异乡，就像是匆匆的过客。无论是童年时期就格外熟悉的绿树成荫的街道小巷，还是经常同朋友们嬉戏其间的热闹繁华的街市，这些对他们来说都只是人生旅途中的一个驿站。这种人虽有亲朋好友，然而总是孤独地行走着，即使在他们十分熟悉的地方也是孑然一身不问其他。或许是这种深深的失落感让他们离开故乡远走他处，只为求一处安定的容身之所。也许他们心中一直保有祖辈们的习惯和爱好，好让此刻这些彷徨的人某一天再重新踏上先祖们早已离开的那片土地。某些时候，一个人因为偶然的机遇来到某个地方，会有一种神奇的感觉，他会觉得自己找到了合适的栖身之所，这便是他一直追寻的生命家园。于是，他就在这些并不熟悉的景物里，在并不熟识的人群中安定下来，好像这里的一草一木、一人一物是他自小就熟悉的一样。在这里，他终于寻得了心灵的宁静。

我向蒂阿瑞讲述了一个故事，那是我在圣托玛斯医院时的见闻。我认识一个犹太人，他的姓是亚伯拉罕。他很年轻，有着一头金色的头发，身体健康。他待人和善，性格内向，但很有才华。他在入学时拿了一笔奖学金，头脑非常聪明。在上大学的五年时间里，如果他申请了某一项奖学金，就一定会将它拿到手。

他在医院先后当过住院内科和外科的医生。他有过人的才华，所有见过他的人都不会质疑这一点。后来领导机构看中了他，如果不出意外的话，他一定会有大好前程的。那么按照常理来说，他不久就会在事业上取得巨大的成就。在他正式上班之前，他想给自己先放一个假。由于他手上暂时没钱，于是就找了一艘开往地中海的货轮，担任医生的职位。本来这种货轮并不配备医生，不过有一个医生与轮船公司的经理是老相识，看在他的面子上，货轮才让亚伯拉罕在船上当了医生。

过了几个星期，亚伯拉罕向医院递交了一份辞呈，声明他已经打定主意不来医院工作了。换言之，他放弃了一个很有前途的工作。人们对此感到非常惊讶，一时间谣言四起。如果一个人的举动有违常理，他的朋友们就会替他想出各种千奇百怪的动机。不过，他留下的那个空缺很快就被人补上了，所以很多人都忘记了亚伯拉罕的那件事情。之后过了很久，人们再也没有听过他的消息，他被人们彻底遗忘了。

过了大约十年，有一回我要搭船去亚历山大港。在还没登陆的时候，有一天清晨，有人通知我们排成队伍，在原地等候为我们检查身体的医生。很快，这位医生上船了。他身材肥胖，穿着一身破旧的衣服。他伸手把帽子摘下来，我才发现这个人的脑袋光光的，一丝头发也没有。我觉得这个人似曾相识，就仔细打量着他。过了一会儿，我终于想起来了。

“亚伯拉罕。”我喊出他的名字。

他回头看向我，表情很惊讶。他呆愣了半天，才终于认出了我，于是马上过来与我握手。对于这次意外重逢，我们都感到很惊讶。我告诉他我打算去亚历山大港，要在那里待一个晚上，他便立刻热情地邀请我和他一起去英侨俱乐部享用晚餐。会面结束之后，我又一次感慨我们的这次重逢，我真的没有想过会在这里遇见他。如今，他的工资很微薄，穿着也很寒酸。然后他向我讲述了他的经历。在他离开伦敦、准备去地中海度假之前，他还一心想着等他度完假就离开回到医院工作。有一天早上，他乘坐的那艘货轮刚好在亚历山大港靠岸。阳光给这座城市镀上了一层金色。他站在甲板上，向岸边望去，只见码头上熙熙攘攘。他默默地看着那些人——有衣着褴褛的当地人、来自苏丹的黑人、头戴帽子的土耳其人、三五成群的意大利人等等，他们吵吵嚷嚷，非常喧闹。他抬头仰望碧蓝如洗的天空，白云袅袅，阳光明媚。忽然间，他的心里有一种奇特的感受，他无法用语言来描述这种感受。总之，这件事情太过突然，按照他的话说，就仿佛是晴天霹雳一样。不过他还是认为这个比喻不够贴切，于是又马上改口，说他当时像是听到了上天的旨意，觉得自己的心似乎是被一个不知名的事物拽了一下。就在一瞬间，一股狂喜涌上他的心头，他觉得自己获得了无限的自由，就好像回到了故乡，所以他当时毫不犹豫地决定要在亚历山大港度过余生。离开货轮很容易，不到一天的时间，他就收拾好了全部的行李，打算一个人上岸了。

“船长怎么想？他是不是觉得你肯定是疯了？”我打趣道。

“我才不在乎别人的想法呢。不是我下的这个决定，而是我体内的一种力量决定的，它强大得超出了我的意志。上岸之后，我环顾四周，打算去一家希腊人开的小旅馆住下来。我相信自己一定能找到它，就好像我知道它确实存在似的。结果，我毫不费力就找到了这家旅馆。它一出现在我的视野里，我就立刻辨认出来了。”

“你以前去过亚历山大港吗？”

“从来没有。在那次出国度假之前，我一步也没有离开英国。”

后来，他在公立医院谋了份差事，此后就一直在那里生活。

“你后悔过吗？哪怕一分钟？”

“我从未后悔过，一分钟也没有。我挣的钱不多，勉强能供我一个人生活，但是我很满足。我别无所求，唯一的愿望就是照目前的状态继续活下去，直到死去。我过得再好不过了。”

第二天，我离开了亚历山大港。我已把亚伯拉罕的事抛至脑后，直到前段时间才想起来，当时我和老朋友阿莱克·卡尔米凯尔正在一起吃饭。他也是一名医生，这次回英国是为了度假。我在街头碰巧遇见了他。在大战中，他由于工作认真，被授予爵士封号。我替他感到高兴，向他道贺。我们两人很久没有见面，需要叙旧，于是约好共度一晚。我们相约一起去他家吃晚饭。安皇后街上有一所属于他的房子，他把那里布置得富有浪漫气息，可见他的艺术鉴赏力很出色。餐厅的墙上挂着几幅画，我辨认出一张是贝洛托的作品，另外两张是佐范尼的作品。我见到了他的妻子，一位个子高挑、相貌端正、姿态优雅的女性，她穿一身金色的衣服，显得很有气质。在她离开我们的餐桌后，我对他感叹道，他现在的生活和我们学生时代的情形相比，完全不一样了。

对过去的我们来说，就连在威斯敏斯特桥大街最寒酸的一家意大利餐馆饱餐一顿都是无法想象的事情，因为太奢侈了。然而现在，阿莱克·卡尔米凯尔在六七家大医院都身兼要职，收入不菲。我推算他一年至少能收入一万镑。这次的爵士封号是他必然会得到的荣誉，它绝不会是最后一个。

“我现在生活得很好，”他说，“但是，这是因为我遇到了一个机遇。”

“我不明白你是指哪一件事。”

“你不明白？亚伯拉罕，你还记得这个人吗？本来前途无量的人应该是他。学生时代时，我每次都会败给他。无论是奖金还是助学金，他都会从我手里夺走。照这样下去的话，他应当会取得我现在的地位才对。要知道，在外科手术领域他是一个杰出的天才，没人能比得过他。那时他刚成为圣·托玛斯附属医学院的一名注册员，有望进入领导层，我就知道我又一次输给了他，这辈子恐怕只能开业行医了。你也清楚，这样的生活一眼就能望到头，但是亚伯拉罕却主动放弃了这个位子，让我捡了这个便宜，于是我后来就开始步步高升。”

“我完全认同你说的话。”

“这全凭运气。依我看，亚伯拉罕一定是心理不正常了。这个可怜的家伙已经没有救了。他在亚历山大港卫生部门找了个小差事——检疫员之类的。有人跟我说，他娶了一个外貌丑陋的希腊老婆，他们还生了一个脸上满是疙瘩的孩子。所以我认为，一个人最重要的不是头脑聪明，而是要有个性，这正是他亚伯拉罕所缺少的。”

个性？我认为，一个人仅仅因为恰巧看到了他从未尝试过的一种生活方式，还没有思考太久，就决心投入它的怀抱，不顾大好前程，这才是有个性的体现呢。一旦他踏出了这一步，就绝对不会回头，就需要更鲜明的个性了。然而我没有说出一句话来。阿莱克·卡尔米凯尔继续说：

“话说回来，如果说我对他的选择非常遗憾，那我也太虚伪了。无论如何，要是他没有踏出这一步，我是绝对不会捞到这个好处的。”他深深地吸了一口雪茄烟，继续说道，“如果不是因为他这件事和我有关系的话，我是一定会替他感到惋惜的。他白白浪费了自己的才华，毁了自己，太令人心痛了。”

我无法认同他的观点，亚伯拉罕真的毁了自己吗？他只不过是去做自己想做的事，在一个宁静的环境里，不追名逐利，过好自己的生活，这真的是毁了自己吗？反之，成为一个有名的医生，娶一位貌美的妻子，过着优越的生活，难道就是成功？我认为，关键在于他认为生活具有怎样的意义，在于他认为自己应该尽怎样的社会义务，在于他对自己是怎样的要求。不过我一句话都没有说，关于成功的定义，我怎么有资格和一位爵士争论呢？

五十一

我向蒂阿瑞讲述了这件事，她夸赞我看问题很敏锐。然后我们分别干自己的活，没有继续交谈。当时我们正在剥豆子。她一边剥豆子，一边分神看厨房里的动静。她发现，那个中国厨师做错了一件事，于是立马开始骂他，而对方也立刻回击，两个人唇枪舌剑，谁也不肯示弱。由于他们全是用当地的话骂的，所以我也没有听得太明白。总之他们两个人给我的感觉是，世界末日马上就要到了。然而过了一段时间，他们两个人又和好如初了。蒂阿瑞还给那个厨师递过去一根烟，两个人便开始吞云吐雾起来。

“我还给他找了个老婆呢！”蒂阿瑞突然说道。我看到她的脸上洋溢着笑容。

“你是说为这个厨师吗？”

“不是，思特里克兰德。”

“但他有老婆呀。”

“他也是这么说的。但我跟他讲，他的老婆可是在地球的那一面的英国啊，距离这里有十万八千里呢。”

“这倒是没错。”我回答说。

“他每隔两三个月就会来帕皮提一趟，购置油彩、烟草什么的。他每次来的时候，就像无家可归的流浪狗一样到处乱逛，看起来太可怜了。我雇了一个帮我打扫房间的女孩子，她叫爱塔。她父母双亡，因为是我的远亲，所以我收留了她。思特里克兰德有时候到我这儿来吃一顿饱饭，或者同我这里的哪个干活儿的下盘棋。我敏锐地发现，只要他一来，爱塔就会目不转睛地盯着他。有一次我问她，她是不是对他有好感。她说她很喜欢这个人。你知道，她们女孩子都倾向于找个白人。”

“爱塔是本地人吗？”我问。

“是的，没有白人的血统。于是我跟她进行了一番交流，然后找来了思特里克兰德，跟他说：‘思特里克兰德啊，依我看，你应该在这里定居。你也知道你不该和那些女人厮混，毕竟你的年纪摆在这儿。而且她们也不是什么好人家的姑娘，和她们在一起对你是有害无利。你又没有攒下多少钱，工作又没有耐性，不到两个月就会辞职。现在没有人愿意雇你了。虽然你可以选择继续和那些土著人一起住在荒林里，他们也很欢迎你，但是身为一个白人，你始终过着这样与世隔绝的生活，实在是太不像话了。我给你想了个好点子，思特里克兰德。’”

蒂阿瑞在说话的时候使用了法语和英语两种语言，听起来就像是在唱歌一样，非常婉转动听，如果小鸟能用英语和你交谈，大概就是这样的情形吧。

“‘你听我的，要不要考虑和爱塔结婚？她是个年轻的姑娘，才刚满十七岁。她的个性很好，从来不会乱来——和船长或大副倒是好过，但从来没有和当地人乱来过，她是个自爱的女孩。有一次奥阿胡号到这里来，船上的一位事务长告诉我，她是他在这个岛上遇见的最好的姑娘。她现在也到了该嫁人的时候。何况，无论是船长还是大副，总想尝试不同风格的女人。我不会让那些女孩子干太长的年限。爱塔有一块自己的地产，位置就在塔拉窝河旁。前段时间，收获了不少椰子干，照现在的价格来说，足够你安稳地度日了。她还有一幢房子，你可以在那里尽情地画画儿。你觉得这个主意怎么样？’”

蒂阿瑞停顿了一下。

“然后他说他有一个英国的老婆。‘我可怜的思特里克兰德，’我告诉他，‘有很多已婚男人都会在别的地方另找一个女人，大概这就是为什么他们会来到我们岛上的原因吧！爱塔是不会介意这些事的，她不需要你举办一个盛大的结婚仪式，因为她是个耶稣教徒，你也清楚，耶稣教徒没有天主教徒那么古板。’”

“他思索了一会儿，说道：‘那么爱塔是什么想法呢？’‘她似乎对你情有独钟，’我说，‘只要你同意这件事，那么她也一定会答应的。我现在就把她叫过来，怎么样？’思特里克兰德牵动嘴角，扯出一个笑容来。总之我马上把爱塔叫了过来。爱塔这个鬼丫头，我偷偷地瞄她，发现她一边偷听我们的谈话，一边假装给我熨外套。她笑了笑，走到我面前，我知道她害羞了。思特里克兰德看了她一会儿，一句话也没有说。”

“她漂亮吗？”我问。

“她确实很漂亮。我猜你已经看过他给她画的画儿了。他给她画了很多幅画，有的是围着束腰的，有的是一丝不挂的。的确，她的厨艺很好，还是我传授给她的。思特里克兰德正在考虑这件事，我就告诉他：‘我给她开了很高的工资，她攒了很多钱。和她相熟的船长和大副也会偶尔送她些礼物。她到现在都攒了好几百法郎了。’”

“这时候，思特里克兰德哈哈大笑起来。”

“‘喂，爱塔，’他说，‘你愿意我当你的丈夫吗？’”

“她一言不发，笑得很开心。”

“‘思特里克兰德，我不是说过了吗？她对你情有独钟。’我说。”

“‘我可是会打你的。’他直视她的眼睛说。”

“‘如果你不打我，我怎么能确定你是爱我的呢？’她回答说。”

讲到这里，蒂阿瑞停住了，开始回忆起自己的往事来。

“约翰生船长是我的第一个丈夫，他常常拿鞭子抽打我。他身材高大，一表人才，气度不凡。如果他喝醉了，就会把我打得遍体鳞伤，没人能劝得住他。当他去世的时候，我非常伤心，一连哭了好几天。我觉得我这辈子都会陷入那个沉痛的打击中无法自拔。但是直到我和乔治·瑞恩尼结婚才明白，我的损失是多么严重。如果你不跟一个男人在一起过日子，你就永远无法知道他的为人。乔治·瑞恩尼让我非常失望。他相貌英俊，身材高大，肌肉发达，然而那只是表面。他不会喝醉，也不会打我，禁欲得简直像个传教士。当轮船进港后，我就会和船上的船员眉来眼去，但是乔治·瑞恩尼从来都视而不见。最后我实在是受不了他了，就决定和他离婚了。你说，我当初干吗嫁给一个这样的丈夫呢？他们对待女人的方式真是令人害怕。”

我对蒂阿瑞的遭遇表示十分同情。我安慰她说，女人总是容易掉进男人的圈套。然后她继续回忆思特里克兰德的事情。

“‘好吧，’我对思特里克兰德说，‘这事你可以回去好好考虑一下。你想象一下，你和爱塔在同一间屋子里一起生活。你们先相处一个月，看看对她是否有好感。在这期间，你就留在我这儿吃饭吧。一个月后，如果你愿意同她结婚，那么你就能够搬到她那儿去了。’”

“他接受了我的提议，爱塔则继续在我这里工作。按照我的提议，思特里克兰德在我这里吃饭。他有两三个喜欢吃的菜，我把做法传授给了爱塔。他很少画画儿。他常常去山间闲逛，去河边洗澡。在海边，他喜欢眺望波光粼粼的水面。夕阳西下，他就去莫里阿岛上看一看。他有时也会坐在一块礁石上，静静地钓鱼。他还喜欢在码头上四处游荡，和本地人聊聊天。他从来不大吵大闹，人们都很喜欢他。每天晚饭后，他们两个人就会回到厢房去。我知道，他渴望回到丛林生活。一个月过去了，我问他的打算。他对我说，如果爱塔想和他一起走，他会带上她的。后来，我为他们操办了一桌喜酒。饭菜都是我做的，有豌豆汤、咖喱饭、葡萄牙式的大虾和椰子沙拉——对了，你还没尝过这个，不过我会为你做一回的——还有冰激凌。我们喝了许多香槟和甜酒。啊，我早就下定决心，要好好操办婚礼。饭后，我们在客厅里跳舞。我当时很瘦，远没有现在这么胖。跳舞是我的爱好。”

我看了看这个客厅，它并不大，角落里放着一架钢琴，墙边摆放着一套菲律宾红木家具。家具上面还铺着一个丝绒罩子，上面印着精致的花纹。圆桌上摆着几本照相簿，另外，墙上还挂着蒂阿瑞和约翰生船长的照片。虽然现在的蒂阿瑞是一个身材肥胖的老女人，不过她对跳舞真的很在行，有几次我们卷起布鲁塞尔地毯，又叫来蒂阿瑞的两个朋友和几个女孩子，在客厅里面跳起舞来。不过那台用于伴奏的唱片机太破旧了，放出的声音像是得了哮喘似的，只能勉强入耳。露台上放着几盆蒂阿瑞花，香气袭人。如果你抬头，就能看见天空中闪闪发亮的南十字座星。

蒂阿瑞向我讲述了那次难忘的盛会，她的脸上浮现出沉醉的表情。

“有一次直到半夜三点钟，我们还玩得不亦乐乎。当我们爬上床时，都已经醉得不省人事。我已经提前和他们说过，他们不用担心怎么回去，因为我的小马车可以供他们乘坐。不过，走到大路尽头的时候，他们就不得不改为步行了。爱塔的产业离我这里有很远，那里群山环绕，风景优美。第二天，太阳还没升起，他们就出发了。为了他们的安全着想，我还派去了一个送行的仆人，他又过了一天才回来。”

“很好，思特里克兰德就这样再次步入婚姻的殿堂了。”

五十二

我想，之后的三年必定是思特里克兰德此生最难以忘怀的美好时光。爱塔的房子跟环岛公路的距离足足有八公里。要去那里就必须先穿过一条被繁盛的热带丛林植物所覆盖着的小路。这是一幢朴素的木制平房，外表没有涂漆，还带有一个凉台。除了有两间屋子之外，还有一个作为厨房的小棚子。进入屋内，环视四周，室内的陈设十分简单，连家具都没有，只能在地板上铺一个席子以供休憩。凉台上空空荡荡的，只有一把摇椅。

屋子前面长着大片的芭蕉树。芭蕉叶非常宽大，显得破破烂烂的，就像是一位遭受劫难的女王身上破旧的衣衫。房子后面种了一棵梨树，四周围绕着许多椰子树。爱塔的父亲还活着的时候，在这块土地上种了一整圈的巴豆；如今，这些巴豆已经长势繁茂，开出了美丽的花朵，就像火焰一般围着这片椰林。房屋的正对面矗立着一棵杧果树，还有两棵姊妹树，枝头绽放着朵朵红花，像是要与黄灿灿的椰果争奇斗艳。

和爱塔在一起后，思特里克兰德就牢牢地守着这片土地，靠着出产来维持生计，很少去帕皮提。他经常在家附近的一条小河里洗澡。每逢河水里有鱼群出现的时候，他总能看到拿着长矛的士兵们叫嚷着到河里叉鱼，那些受了惊的大鱼总能被他们捕上来。思特里克兰德偶尔也会抽时间跑到海滩上抓些五颜六色的小鱼回去。爱塔总是用椰子油把鱼炸得金灿灿的，有时候再拿一大只海虾来做配菜。她还经常用大螃蟹给他做一顿美餐。满山都是野橘子树，爱塔有时和同村的女伴上山总能带回来很多透着芳香的绿色小橘子。不久以后，到了椰子成熟采摘的季节，爱塔的一众亲戚都蜂拥到山上去摘熟透的大椰子。

他们剖开椰子，把它们放到阳光下暴晒，晒干后取出椰肉，再塞到自己的口袋里。身强力壮的妇女们把这些晒好的椰肉运输到住在咸水湖附近的一个商人那里，换回来生活必需品和一些钱。有时候附近的村子杀猪举办庆贺宴会，周围的人们便都挤过来凑热闹，在那里尽情地唱歌、跳舞，还高声唱赞美诗，然后就敞开了肚皮狂吃豪饮，到最后都撑得快吐了才罢休。

可是他们住的房子离村落有很远的距离，塔希提人并不喜欢各项聚会活动。他们钟爱旅行却不喜欢走路，比起走路，他们更愿意和朋友聊聊天。有时候整整一个月，都没有人到思特里克兰德和爱塔的家里来做客。于是思特里克兰德得了空闲就画点画，看看书，有时也陪爱塔在凉台上坐着仰望天空。他总是叼着烟卷，悠然自得地享受生活。后来他们有了一个孩子。在爱塔生下孩子之后，那个曾经服侍过她的老婆婆就留了下来。没过多久，又陆续来了几个人搬到他们这里——先是老婆婆的一个孙女，然后是一个来历不明的小伙子。总之，人们来到这里落了户，渐渐地组成了一个大家庭。

五十三

有一天，我正在脑海中极力拼凑蒂阿瑞告诉我的关于思特里克兰德的诸多片段时，突然听到了一声喊叫：“呀，那不就是布吕诺船长吗？我认识他，他跟思特里克兰德是老熟人了。他还去过思特里克兰德的住处。”

我抬眼看去，一个身穿帆布衣服的中年法国人映入我的眼帘。他长了一张黝黑的脸，一双大眼睛有神发亮，下巴上长满了黑色的络腮胡子，已经有些白胡子掺杂其间了。早在吃午饭的时候我就发现他了。在与旅馆侍者阿林交谈时，我了解到，他来自包莫图斯岛，刚刚坐船抵达这里。当蒂阿瑞介绍我俩认识的时候，他拿了一张名片给我。我在那张宽大的名片中央看到了他的名字——勒内·布吕诺。名字下方还有一行小字，写着“龙谷号船长”。厨房外面有一个凉台，当时我和蒂阿瑞正坐在那里。蒂阿瑞拿着一件尚未裁剪完的衣服，说是给手下的一个女孩子做的。就这样，布吕诺船长坐到了我们身边。

船长说道：“那当然啦，我和思特里克兰德关系很好，”他顿了顿，接着说道，“下棋是我的爱好，他也酷爱下棋，他一找到棋友就会和对方下几盘。我因为生意上的事情，每年都要来几次塔希提，如果恰巧在帕皮提碰到他，就会和他对上几盘。不久后，听说他娶了个老婆，”——说到这里，船长耸了耸肩膀，微微一笑——“蒂阿瑞还给他介绍了个女朋友，后来两人一起到了乡下定居，临走之前，他让我有空一定过去探望他。我在他结婚当天还过去捧场了。”说罢，他和蒂阿瑞二人相视一笑。“不过自打结婚后，我就很少在帕皮提看见他了。大概过了一年，我碰巧要去他家附近办事。事情办完后，我才反应过来自己竟然没去看思特里克兰德。我开始向本地人打听，一连问了两个人，才知道我跟他的距离不过五公里，于是我便出发去找他。我想我此生都不会忘记这段经历。我住在一个被咸水湖环绕的珊瑚小岛上，在这里，我能欣赏到海天之间壮阔的美景。看着色彩不停变换的湖水和宛若姑娘般婀娜多姿的椰子树，我都快沉醉其中了。然而我没想到的是，在思特里克兰德的住处另有一番别致的美，这种美让人感觉好像是置身于伊甸园中。我多想跟你们描绘我见到的这个美丽的吸引人的地方。这是一个寂静的地方，仿佛与世隔绝了一般，抬头看看湛蓝色的天空和四周青葱的树木，心情就会变得格外沉静。这里有着怎么看都看不完的各种色彩，也有着沁人心脾的芳香，还有着澄澈舒适的空气，我不知道该怎么形容这个美好到极致的地方。思特里克兰德就在这里定居，两耳不闻世间之事，好像是个被世界完全遗忘的人。或许在欧洲人看来，这是一个肮脏无比的地方，房子不仅十分破旧，还显得格外凌乱。我向那幢房子走着，屋子外面有三四个当地人，他们在凉台上躺着。大概是因为这里的人总爱扎堆凑热闹吧。此时，一个只穿着帕利欧的年轻人挪了挪身体，叼着烟卷，悠闲地躺在地上。”

这种叫帕利欧的东西，就是一块棉布而已，它上面印着白色图案，底色是红色或蓝色。你可以把它围在腰间，遮挡到膝盖的位置。“有一个十五六岁的年轻女孩，手里拿着凤梨树叶，正在专心致志地编草帽。一个蹲着的老太婆正在抽烟袋。然后我看见了爱塔，她正在给一个婴儿喂奶。在她的脚底下，还有一个露着屁股的小孩在嬉戏。爱塔一看见我，就立刻叫来了思特里克兰德。思特里克兰德从屋子里走了出来，他也只围着一件帕利欧。他的头发乱糟糟的，大红胡子留得很长，胸前汗毛密布，样子十分奇怪。我一眼就能看出来他是个打赤脚的人，因为他的双脚上长了厚厚的茧，还有不少疤痕。老实说，他像个土著一样。他一看见我就露出了高兴的笑容。为了好好招待我，他叫爱塔杀了一只鸡。他带我进了屋子，向我展示一幅画——那是他刚刚正在画的一幅。我打量着屋子，发现角落里有一张床，屋子中间摆放着一个画架，有一块画布被牢牢地钉在上面。我当时很同情他的境遇，于是买了他几幅画，没花我多少钱。后来我把这些画中的大部分都寄给法国的朋友了。尽管当时我买画的动机是因为可怜他——这一点我必须承认，但是渐渐地，我对这些画产生了感情。我认为这些画很美，那是一种奇异的美。有人认为我发疯了，但是从事实来看，我的结论没有错。在附近一带，我敢说我绝对是第一个能鉴赏他的绘画的人。”

说到这里，他朝蒂阿瑞露出一个得意的笑容。这个举动直接导致蒂阿瑞又向我们重复了一遍那个悲剧的故事：在思特里克兰德的遗产拍卖会上，她对那些价值连城的画作视而不见，结果却买了一个价值二十七个法郎的煤油炉子。

“你还存着那些画吗？”我好奇地问。

“是的，我一直存着。我打算等我的女儿该出嫁时再脱手，作为她的嫁妆。”

然后他继续向我们讲述他去看思特里克兰德时的经历。

“和他共度的那个夜晚，我永生难忘。原本我只打算在他那里待一个小时就走，但是盛情难却，只好答应他在那里暂住一宿。要知道，当他提出要我留下来的时候，我很犹豫，因为我实在是不喜欢那张铺在地上的草席。不过我想到只要坚持一个晚上就行了，便答应留下来。在包莫图斯岛的时候，我给自己盖了房子。有将近一个月的时间，我没有地方可睡，只好幕天席地。我没有被子，只能把草叶子盖在身上。当时的条件比这张草席可要差多了。还有一些咬人的小虫，我不怕它们，因为我的皮肤又粗糙又厚实。”

“趁着爱塔去做晚饭的时候，我和思特里克兰德去了附近的小河洗澡。吃过晚饭后，我们来到了露台，坐在那儿悠闲地乘凉，一边抽烟一边聊天。我还记得来的时候见到的那个年轻人，他当时正在用手风琴演奏十几年前的经典曲目。在一个热带地区的夜晚，身处于那样一个远离人类文明的地方，听着那些曲调，这是多么奇异的感觉啊。我问思特里克兰德，他与各种各样的人一起住在这样一个地方，会不会产生厌恶的感觉。他毫不迟疑地给出了否定的回答，他说他喜欢自己的模特儿就在眼前的感觉。没多久，当地人都各自回了家，很快进入了梦乡。只有我和思特里克兰德还在露台上。万籁俱寂，悄无声息，我描述不出那种感觉。要知道，我在包莫图斯岛上从未经历过这种宁静的夜晚。整个海滩上到处都能听见小动物发出的声响，这些动物可能有接近一千种。其中有许多是带甲壳的，它们爬得满地都是。咸水湖里，总有鱼儿跃出水面，将水搅动。偶尔，你会听见鱼儿乱窜的声音，那是因为它们被一只棕色鲨鱼吓到了。不过，海水拍打礁石的声音才是真正一刻也不停息的，还好你听不见。闭上眼睛，你能感受到静谧中的幽幽花香，令人心醉。这是多么美丽的夜晚，你陶醉在其中，感受到自己的灵魂仿佛想要摆脱肉体的束缚。你忽然有一种感觉：你的灵魂似乎随时都有可能飘到夜空中，你觉得就连面目可憎的死神也变得和蔼可亲了。”

蒂阿瑞深深地叹了口气。

“啊，我多想时光倒流，重新回到十五岁那年。”

这个时候，一只猫飞快地跳到厨房的桌上准备偷对虾吃，眼快的她捕捉到了这一幕，于是她立刻操起手边的一本书向那边扔了过去，嘴里吐出接连不断的咒骂。

“我询问他，和爱塔一起生活的日子感觉怎么样。”

“‘她从来没有打扰过我，’他说。‘她每天洗菜做饭，照顾孩子，料理家务。她对我百依百顺。她对我已经倾其所有。’”

“‘自从离开欧洲，你心中难道一丝后悔也没有过吗？你会不会偶尔想起巴黎或伦敦街头的灯火？思念你的亲朋好友？还有剧院呀、报纸呀、公共马车发出的声响？’”

“他沉默了很久，终于开口说：‘我甘愿一直在这里待到我死。’”

“‘但是你难道永远都不会感到厌烦或寂寞吗？’我问道。”

“他笑了笑。‘我可怜的朋友，’他说，‘显然，你不明白什么是艺术家。’”

布吕诺船长回头看着我，脸上露出温和的笑容，一双黑眼睛闪闪发亮。

“他那样看我真是不讲道理，因为我也明白心怀梦想的感受。在我心中，也有一个梦想。从某种意义上看，我也是一位艺术家。”

我们沉默了片刻。蒂阿瑞从身上掏出一把香烟来，给我们每人分了一支。我们都开始默默地抽烟。过了一会儿，她对我们说：

“既然这位先生很想知道思特里克兰德的事情，那你为什么不去拜访库特拉斯医生呢？他与思特里克兰德很熟，思特里克兰德生病的情形，还有如何死的，他都一清二楚。”

“我很乐意带你去。”船长对我说。

我对他表示谢意，他抬手看了下表。

“现在是六点钟。要是你愿意和我去他家里一趟，应该是能看见他的。”

我毫不犹豫地站起身，随他一起往医生家里走去。库特拉斯在城外居住，鲜花旅馆则位于城郊，因此这两处地方相距不远。很快，我们就来到城郊。这是一条宽阔的路，路的两边种着胡椒树。椰子和香子兰种植园分布在两旁。棕榈树的叶子间，有数只小鸟正在欢乐地歌唱，当地人把这种鸟叫作海盗鸟。我们途经一条浅溪，一座石桥拱立在上面。我们伫立于桥上，看几个本地的孩子在水里玩闹。他们在水里嬉笑打闹着，在阳光的照耀下，身上的水珠闪闪发亮。

五十四

我一边走一边想着，他到这里来究竟是个怎样的状况呢？在这里的这段时间，我总能听到关于思特里克兰德的故事，是该好好考虑一下这里的环境了。跟待在欧洲不一样的是，在这个偏远的地方，人们丝毫不讨厌他，反而都很怜爱他。并且，他的某些古怪的行为并没有遭到人们的怀疑。然而在这里的所有人，包括那些欧洲人和当地土著，都知道他是个怪人，但是对这种怪异他们早就司空见惯了，所以对待他并没有什么不同的地方。可能这里的人都很清楚，他们并不想简简单单地做个普通人，但他们却不得不变得普通而寻常。如果是在英国和法国，那么思特里克兰德就是个与潮流格格不入的人，都说“方枘圆凿”，然而这里的孔是多种多样的，任凭你是什么塞子都能插进去。可我却并不觉得他会改改他暴躁的脾气，也不觉得他会变得无私，在人情世故上，他并没有什么改变。只能说他这个人更适合这里的环境，如果他开始就在这里生活，人们就不会刻意挑出他的缺点。他在这里得到了前所未有的同情，这些是他原来在故乡所不敢想的，也是不敢期盼的。

我觉得这些想法很离奇，便与布吕诺船长交谈了一番。他并没有直接回答我。

“我同情他其实是一件很正常的事，”最后他开口说，“因为我们一直在追求同一个东西，虽然可能我们并没有意识到。”

“你们两个完全不是同一类人，能有什么共同的追求？”

“美。”

“这个追求也太高了。”我小声地说。

“你知道吗？一个坠入情网的人，眼里除了他的爱人，就看不到其他事物了，仿佛是古时候在木船上被迫摇桨的奴隶一样，没有身心的自由。那股将思特里克兰德俘获的热情，就好比爱情，把他紧紧地禁锢住了。”

“啊，真想不到，你也这么认为。”我回答道，“我以前也这样想过，我认为是魔鬼抓住了他。”

“是创作欲让思特里克兰德深深地着迷。他如此渴望造出更多美的东西。这种想法逼着他四处奔走，而他的内心片刻也不曾宁静过。他就像一个虔诚的朝圣者，心中向往着圣地，穷尽所有去跋涉。然而心魔却时刻在他的心中盘旋，毫不同情他。追寻真理是好多人的终极目标，他们迫切想要实现这个目标，为此，哪怕要打破原先的生活，他们都毫不在乎。这就是思特里克兰德的本性。他和常人不同的是，他渴望追求的是美而非真理。我很同情像他这样的人。”

“对于你说的话，我不太理解。他曾经伤害过一个人，那个人也是这样对我说的，他说他很同情思特里克兰德。”我停顿了一下，继续说道，“我很好奇，我一直无法理解他这种奇怪的性格是怎么形成的，这个问题令我百思不得其解。你是否早就知道了答案？你是怎么想明白这个问题的？”

他笑了一下。

“我不是跟你说过了吗？从某个意义上说，我也是一位艺术家吗？我能够感受到他身上的那种深深的渴望，因为我自己也曾经有过。只不过他是利用绘画来实现的，而我却是靠生活。”

这时，布吕诺船长向我讲述了一个故事，我认为有必要在这里叙述一下。因为这个故事可以说明一些问题，有助于我们更好地理解思特里克兰德的生平。何况，这本身就是一个很美的故事。

布吕诺船长来自法国布列塔尼。他年轻时在法国海军里服过役。他娶了妻子之后就退役了，定居在坎佩尔附近，有一份不小的产业。他打算在宁静的乡村度过自己的余生。悲剧的是，他在一夜之间破了产，因为他的财务代理人出了一点小差错。他们夫妇二人原本在当地有一定的地位，但是他们不想成为人们的饭后谈资，便决定离开这个地方。他想起自己年轻时曾经去过南太平洋群岛，于是决心要去南海闯一闯。他先在帕皮提住了一段时间，对未来做了一些设想。于是几个月以后，他利用朋友借给他的钱，买下了包莫图斯群岛中的一个。那是一个很小的无人岛，正中间是一个咸水湖。灌木和野生的香石榴覆盖了整个小岛。

他的老婆很勇敢，他就带着她去了这个小岛，一起去的还有几个土著人。到了岛上，他们自己动手盖房子，把灌木丛清理掉，在空地上种植椰子。那是二十年前的事情了。而现在这个小岛上已经种满椰子，成了一个种植园。

“最初那段时间我们过得很艰苦。我们夫妻两个人每天都在干活儿。天还没亮，我就从床上爬起来辛勤工作，先是除草，然后动手盖房子和种树。每天晚上我回去都会累倒在床上，完全不想动弹。我的妻子和我一样卖力地工作。不久我们先后生了两个孩子，一个男孩，一个女孩。我们夫妻两人亲自教导他们读书，传授给他们知识。我们想培养孩子们的兴趣，就拜托在国内的朋友运来一架钢琴。我妻子负责教他们弹琴和说英语，我负责教他们数学和拉丁文，我们两人一起教他们读史书。他们两个很聪明，还掌握了开船和游泳的本领。时间久了，他们在岛上过得很习惯。我们的椰子林长势喜人，珊瑚礁上还产了许多珠蚌。我想到塔希提买一艘双桅帆船，用它来打捞蚌壳，所以这次才来到了这里。等我把蚌壳卖出去，肯定能赚到一大笔钱。幸运的话，我还能捞到一些珍珠呢。我做事都是靠我一双勤劳的手，不是靠丰富的资本。我也创造了美的事物。当我的目光落到那些高大挺立的椰子树上时，一想到那些树都是我亲手种植的，我的心情恐怕你是无法想象的。”

“我最后有一个问题想问你，你以前也曾经向思特里克兰德问过这个问题：当你背井离乡，不顾布列塔尼的老家，来到这个小岛上定居之后，你难道从未后悔过吗？”

“在未来的某一天，当我的儿女成家立业之后，我希望他们能接手我岛上的事业，这样我和妻子就能回到故乡去了。我们会回到我出生的那个房子里，在那里度过余生。”

“到了那个时候，当你回首往事，一定会感受到无比的幸福。”

“那当然，我们岛上的生活很平淡，因为我们远离文明社会——你想想看，你来到塔希提至少也得在路上花四天的时间。但是我们过着与世无争的生活，感到非常幸福。世界上很多人为了他们的理想而奋斗一生，但最终能达到目标的人只有少数。我们没有野心，过着简单淳朴的生活。我们也有自己的骄傲。我们现在的生活是凭自己的双手打拼出来的，我们想到这一点时，就会感到无比的骄傲。我们从不嫉妒别人，因为我们对自己的生活已经心满意足。唉，亲爱的朋友，有句话是‘劳动会获得幸福’，很多人反对这一观点，他们觉得这句话毫无意义，但我可不是这样认为的。从我的经历中，我已经感受到这句话很有意义。我可以自豪地说，我是一个幸福的人。”

“我认为你担得起这句话。”

“谢谢你，如果我也能这样想就好了。我的妻子既是我的知心朋友，又是我的得力助手。她不仅是一位好妻子，更是一位好母亲，我真是配不上她。”

我在脑海中思索着船长的这番话。

“你能这样过上自己想过的生活，而且获得了一定的成就，这不仅仅靠坚强的意志，更要靠坚强的性格。”我说。

“或许你说得不错。但是我认为这其中还有更重要的一个因素，如果没有它，我们就会一事无成。”

“你说的是什么呢？”

他停住了脚步，将两只胳膊抬起来。

“对上帝的信仰。如果没有这一点，我们早就迷失了方向。”

谈到这里，我发现我们已经走到了库特拉斯医生的家门口。

五十五

库特拉斯医生是一位上了年纪的法国人，身材显得高大而肥硕。当他站直身子时，就好像是一个巨型鸭蛋立在那里一样。他有一双蓝眼睛，眼神锐利，看上去咄咄逼人，但又透露出些许善意。他总是满脸得意地看着自己圆鼓鼓的大肚子。他的头发斑白，还有一张像红苹果似的脸，让人看了就十分欢喜。他在法国某个小城里的住宅里接待了我们，屋子里并没有什么东西，来自波利尼西亚的摆设在那个空荡荡的房间里十分引人注目。库特拉斯医生用他宽大的双手紧紧握住我，并用和善的眼神看着我；从他的这些举动中，我能认识到他的精明程度绝对超出常人。随后，他又同布吕诺船长握了握手，并且对船长的家人也进行了亲切的慰问。我们也随意交谈了几句，又闲聊了一会儿本地的趣事和新闻，比如今年的椰子收获了多少、香草果的卖势如何等等。继而我们的交谈才进入主题，谈到了我此次来访的目的。

为了向读者阐明库特拉斯告诉我的故事，我只能用自己的语言再叙述一遍。他讲述时的语言形象生动，通俗易懂，但经过我的转述可能就会变得平淡无味。他的声音低沉而富有磁性，和他高大的身材很配。他说话时还会把当时的情形表演出来，因此很有感染力。听他说话，就好比观看一场精彩的戏剧，让人沉醉其中。

这件事情的来龙去脉是这样的。有一天，塔拉窝有一个女酋长生病了，库特拉斯医生便去给她看病。库特拉斯向我仔细描述了这位女酋长。她头脑蠢笨，身材肥胖，躺在一张宽大的床上。她抽着纸烟，旁边是一些黑人侍从。医生给她看过病后，就被带到另一间屋子里了。原来，她已经提前吩咐过侍从，要好好地招待这位医生。于是，他享用了一顿盛宴——生鱼、炸香蕉、小鸡，还有许多他从未吃过的东西。依据当地土著的标准，这些饭菜算是请客的基本配置了。当他吃饭的时候，一个正在哭泣的女孩被人们无情地拖出门口，他看见了这一幕，但并没有往心里去。当他吃完饭，打算坐上马车打道回府时，他看见这个女孩在路上哭泣。她泪眼蒙眬地望着他，令他心生同情。医生连忙询问身旁的人，她为什么哭得这么厉害。

别人告诉他，这个女孩子来自山里，她想请他给一个生病的白人看病。但他们已经和她说过，医生很忙，没工夫给一个无关紧要的人看病。库特拉斯医生叫她过来，询问她有什么事。她说是爱塔叫她来找医生的，爱塔以前在鲜花旅馆工作过，因为“红毛”病了，所以她想请一位医生给他看病。说完，她把手里一张皱巴巴的旧报纸展开，将里面包着的一百法郎递给医生。

“你们知道‘红毛’是哪个人吗？”医生问离他最近的一个当地人。

那个人告诉他，“红毛”是一个绰号，指的是一个有着红色胡子的英国人。他是一个画家，正在跟爱塔同居。他们家在一个峡谷中，离这里有七公里远。根据这些简单的信息，他马上判断出那个人就是思特里克兰德。他想去为他看病，但是要去思特里克兰德的住处，没有交通工具，只能靠走路。他们知道医生走不了那么远，所以就把女孩子赶走了。

“说真的，”医生回过身看着我，说道，“我当时犹豫不决。那条小路不太好走，要在上面来回走十四公里路，恐怕没人受得了。何况，当时天色已晚，我也不好连夜动身赶回帕皮提了。并且，我不是很喜欢思特里克兰德这个人。在我看来，他不过是个整日无所事事的废物，没有上进心，宁愿娶一个土著女人，也不想用自己的劳动创造美好生活。天啊，我当时怎么能想象到，他的才华有一天会得到世人的公认呢？我向那个女孩子打听，他是否病得太厉害了，以至于连去我家看病都走不动。我接着问她，他是得了什么病。然而她始终一言不发。我又追问了她几句，甚至还冲她发火，但她仍然一句话都不说，只是睁大了眼睛，低头看着地面，不一会儿就落下了眼泪。我无计可施，耸了耸肩膀。无论如何，作为一名医生，为病人看病是他的职责。尽管我对这个什么也不说的女孩心有不满，但我还是决定跟随她，去看看病人的情况。”

库特拉斯医生出发时就带着一肚子闷气，当他随着这个女孩一起走到目的地的时候，怒火没有减少一分，反而更盛了。他走了一路，累得汗流浃背，口干舌燥。爱塔在家实在是等不及了，便出来迎接他。

“我渴得要死，在看病以前，先给我拿点喝的，否则我就要因缺水而死了，”医生大喊道，“看在上帝的份儿上，能给我摘个椰子吗？”

爱塔叫来一个男孩子，和他说了句什么，只见男孩敏捷地爬上一棵椰子树，将一只成熟的椰子抛了下来。爱塔在椰子上开了一个洞，医生大口饮着清甜的椰子汁，觉得自己宛如一棵原本快要晒干的小草，被雨水滋润后恢复了无限的生机。接着，他动手卷了一根纸烟，叼在嘴里抽了一会儿，感觉现在好多了。

“‘红毛’在什么地方啊？”他问爱塔。

“他在里面那间屋子里，你来之前他一直在画画儿呢。我没有跟他说你要来的事。你赶快进去看看他的情况吧。”

“他是哪里不舒服？如果他还能够画画，就说明他有力气亲自跑一趟塔拉窝。但他没有这样做，而是让我跋涉了那么久来给他看病，难道在他看来，他的时间比一个医生的时间宝贵得多？”

爱塔没有反驳他，这让医生反倒不自在起来，他觉得自己不该朝一个女人发脾气，太没有风度了。她走进了屋子，身后跟着那个男孩。那个将医生找来的女孩儿此时在阳台上找了个地方坐下。医生看到阳台上有一个老太婆靠墙坐在地上，正在吸纸烟。医生觉得很奇怪，在他看来，这些人的行为都有些不正常，他觉得自己可能是被耍了，心里很生气。他走进屋子，看见思特里克兰德画好的那幅画，此时正摆在他前方的画架上。思特里克兰德正在慢吞吞地清洗一个调色板，身上系着一件帕利欧。他听见人声，转过身来，瞪了医生一眼。他没想到会有人来打扰他，那是他最讨厌的事情。他很惊讶，但是医生比他更惊讶。库特拉斯看到眼前的景象，一下子呆住了，脚底好像粘在地上一样无法动弹。他吓了一跳，眼睛瞪得大大的。

“你为什么进来之前不先敲一下门？”思特里克兰德不耐烦地说，“你来到这里是有什么事情吗？”

过了一会儿，医生才反应过来。他企图开口说话，但半天张不开嘴。他来之前曾感到一阵愤怒，但现在他已经不生气了，取而代之的是深深的同情。

“我是库特拉斯医生。我在给塔拉窝的一位女酋长看完病后，被爱塔派来的人请来，专程来为你看病。”

“她是个大笨蛋。最近我身上有些痛，偶尔还会发烧，这都不是大毛病，过一阵子就好了。下回如果还有人去帕皮提，我会请他捎带一些金鸡纳霜的。”

“在说出这样的话前，你最好还是先照照镜子吧。”

思特里克兰德微笑地看着他，往前走了两步，墙上挂着一面小镜子。那面镜子看起来很便宜，只镶着一个木制边框。

“怎么了？”

“你难道没有看见你的脸已经和原来不一样了吗？难道你没有发现脸像是肿了一样吗？我该怎么形容呢？你的脸就像是医学书籍中形

容的那种‘狮子脸’。天啊，朋友，难道你看不出来你得了一种可怕的疾病吗？”

“我？”

“你照下镜子就能明白，你患了麻风病。”

“你是在逗我吗？”思特里克兰德说。

“我也希望是。”

“你的意思是，我已经得了麻风病吗？”

“虽然很不幸，但那就是事实。”

库特拉斯医生在过去目睹过许多人的死亡，也亲口告诉过他们即将死去的事实。但是他始终没有习惯这种事。他总是想，那些知道自己即将死去的病人一定会将自己和医生比较一番。他们会觉得医生身体健康，还拥有很长的寿命，能够幸福地生活下去，而自己却命不久矣，所以一定会气愤不已。他能够清楚地感受到病人的那种复杂感情，但是他在思特里克兰德身上却没有看出这种感情。他那张饱受病痛摧残的脸上没有任何表情。

“他们知道我生病的事吗？”过了半天，思特里克兰德指了指外面的人说道。他们静静地坐在露台上，脸上没有欢笑。

“他们都是本地人，你知道本地人很清楚这种病症，”医生说，“但是他们没有勇气告诉你。”

思特里克兰德往门口走去。他向外看了一眼，他知道，现在他的脸一定非常可怕，因为他们突然开始大声哭叫起来。思特里克兰德一言不发，静静地看着他们，没多久就转身进了屋。

“根据你的判断，我还有多少日子可活？”

“我也说不好。有时候，得了这种病的人还能活二十多年呢。”

思特里克兰德走到画架前面，沉思地看着放在上面的画。

“我知道你来到这里非常不容易，一定走了很久的路。你理应得到报酬，拿走这幅画吧，别看它现在一文不值，或许日后有一天你会庆幸拥有它的。”

库特拉斯医生拒绝了他的好意。他说，他会来到这里本来就没有打算索要报酬，就连爱塔给他的一百法郎，他也如数还给她了。但是思特里克兰德坚持要他收下这幅画。然后他们两个人走到了阳台上。阳台上的人们还在抱头痛哭。

“不要哭了，女人。擦一擦眼泪吧，”思特里克兰德对爱塔说，“这不是什么大事，我就要走了。”

“你不会被他们带走吧？”她边哭边说。

那个时候，这些岛上并没有相应的隔离措施。麻风病患者的去留全凭他自己做主。他可以选择自己回家慢慢休养。

“我要回到山里去。”思特里克兰德说。

爱塔突然站了起来，直视着他的眼睛说道：

“我绝对不会离开你。你和我是夫妻，如果你要离开我，我宁可吊死在屋子后面的那棵树上。我敢对天发誓。”

她用坚决的语气说出上面的话，仿佛完全变成了另一个人。她不再温顺、柔弱，而是变得坚强、勇敢起来。

“你为什么一定要和我在一起？你完全可以回到帕皮提去。如果在那里，你说不定会嫁给另一个白人，他能够为你带孩子。你还能重新给蒂阿瑞干活儿的。”

“你和我是夫妻。不管你去哪里，我都会跟你一起去。”

有那么一刻，思特里克兰德的心似乎受到了一丝触动。他的眼里突然溢出了泪水，把他的面颊打湿了。但是真情流露只是一瞬间的事，他马上又恢复了原先的那种讥讽的表情。

“女人真奇怪，”他对库特拉斯医生说，“你可以把她们打得遍体鳞伤，就像对狗一样。尽管如此，她们还是爱你至深。”他无奈地摇了摇头，“当然了，在基督教中，女人也是被看成有灵魂的。这真是太荒谬了。”

“你在和医生说什么？”爱塔的语气中充满了担心和怀疑，“你不会真的走吧？”

“如果你希望我留下，那我就留下来，可怜的孩子。”

爱塔扑过去，猛地跪倒在他脚下，紧紧地搂住他的双腿，不停地吻他。思特里克兰德微笑地看着库特拉斯医生。

“你看，即便你尽力挣扎，还是会被他们紧紧抓住。不管他们是白种人，还是棕种人，你都无法从他们身边逃走。”

库特拉斯医生认为，面对这种情况他说多少安慰的话都无济于事了，便决定告辞。思特里克兰德拜托一个叫塔耐的男孩子把医生带回村子去。讲到这里，库特拉斯医生不再说话了。他思索了半天，最后开口说：

“你知道，我对这个人没什么好感。当我往塔拉窝村走的时候，我忽然对他产生了一种敬佩的感情。他面对这种极其可怕的疾病，仍然能够满怀勇气，这很不容易。当我告别塔耐时，我和他说我会抽空给他送点药，应该会有助于他的病情。然而我也明白，思特里克兰德很可能不会服我的药，何况这种药即便他服了也不见得有多大效果。我委托他帮我转告爱塔，如果她需要我的帮助，不论什么时候，我都会赶过去的。大自然如此残酷，竟然会让它的子民遇到这种事。当我坐上马车，想到我马上就要回到自己舒适的家了，而他却不知道还能活几天时，我的心情很沉重。”

我们沉默了很久。

“可是，爱塔一直没有叫我过去，”医生接着说，“恰巧，有一段时间我在别的地方，也没办法去那个地区，所以我不知道思特里克兰德的任何消息。我曾听人说过，爱塔为了买绘画用品来过两次帕皮提，不过我一直没有看见她。两年后，我才终于有机会去塔拉窝，这一次还是去给那个女酋长看病。我向当地人打听思特里克兰德的消息，但一无所获。就在这时，当地人都知道思特里克兰德得了麻风病的事。接着，人们陆续离开了那里。最开始是那个男孩子塔耐，没过多久，老太婆和她的孙女儿也一起走了。最后还留在这里的人只有思特里克兰德、爱塔以及他们的儿女了。没有人敢靠近他们的椰子园，因为他们很害怕这种疾病。你也清楚，在以前，一旦有人患了麻风病，就会被人们活活打死。不过，孩子们上山去玩耍的时候，有时会看到一个白人在这一带闲逛，他有一把长长的大红胡子。孩子们非常害怕他，一看见他就会吓得拔腿就跑。有时候，爱塔会在深夜时分来到村子里，叩响杂货店的门，把店员从熟睡中叫醒，然后购买一些东西。她之所以选择夜晚去村子，是因为担心白天去会遇到那些村民。她很清楚，村民对他们一家很害怕。有一回，爱塔在溪边洗衣服，看到有几个女人小心翼翼地朝她走了过来。她们从来没有这么靠近过椰子园。她们捡起几块石子，朝她扔了过去。发生这件事之后，村里的杂货商告诉爱塔一个消息：如果她以后再用那条溪的水，他们就会烧了她的房子。”

“这些浑蛋。”我气愤地说。

“我亲爱的先生，不要这么生气，人们的本性就是如此。因为人们无法消除心中的恐惧，所以才会变得残酷无情……我打定主意去看思特里克兰德。当我治好了女酋长的病，我需要一个识路的男孩子带我去他家，但是我找不到愿意为我带路的人。没办法，最终我只能一个人去了。”

库特拉斯医生走进了那个椰子园，一种不安的感觉萦绕在他的心头。他走了一路，已经累得满头大汗了。忽然间，他打了一个激灵。他觉得空气中有一种看不见的阻力，正在阻止他向前走。椰子园里杂草丛生，到处都是凄凉破败的景象。椰子由于无人采摘，全都腐烂了。库特拉斯医生离这所房子越来越近，他有一种不祥的预感。最初他没有听见什么动静，还以为人都搬走了，不过他看见了爱塔。房子不远处有一个小棚子，爱塔正在棚子里煮东西。在她身边，一个小男孩正在闷头玩泥巴。爱塔听见有脚步声，便回过头来，一眼就看到了医生，但她没有笑。

“我今天来到这里，是想看看思特里克兰德。”他说。

“我这就进去跟他说一声。”

爱塔转身走进屋子，库特拉斯医生紧随其后。不过，他还没进入房间，就看见爱塔打了个手势，示意他先不要进去，于是他静静地等在门口。爱塔将房门打开，空气中传来一种腥甜的气味。医生对这种气味很熟悉，麻风病患者的住处常常会有这种难闻的气味。爱塔对思特里克兰德低声说了几句话，医生没有听清楚内容。思特里克兰德也小声回答了她，但是这声音和库特拉斯医生印象中的完全不像。这是一个非常沙哑、含混不清的声音。医生判断病人的声带已经被病菌侵袭了。没过多久，爱塔从里面走了出来。

“他不想见到你。你还是快点走吧。”

库特拉斯医生坚持要看看病人，可是却被同样固执的爱塔拦住了。库特拉斯医生很无奈。他思索了半天，最终还是决定转身离开。他觉得，或许只有这样做才符合她的想法。

“我临走前还是想问一句，有什么事是我能效劳的？”他问。

“他需要油彩。你可以送一点儿过来。”说完，她补充了一句，“他只要这个。”

“他都病成这样了，难道还能画画？”

“他现在正在画呢，虽然是画在墙壁上。”

“可怜的孩子，你也挺不容易的。”

她平静的脸上终于浮现出了一丝笑容。她的眼睛里有什么在闪动，那应该是爱情的光辉。库特拉斯医生心想，他从没有见过这样的目光，让人油然而生一种敬畏感。他不知道自己该说什么。

“他是我的丈夫。”她自豪地说。

“我记得你们还有两个孩子，我应该没有记错吧？”医生说，

“现在他们在哪里呢？”

“是的，你没记错。有一个已经死了，他在杧果树下面长眠。”

这时候，医生打算回去了，爱塔只送了他一程，就不再送了。库特拉斯医生认为，她是因为怕碰到村民，所以才不敢再往前走。在两个人分别之前，医生又对她说，要是她需要他的帮助，就派人来传个话，他绝对会立刻赶来的。

五十六

不知道过了几年，可能是两年，也可能是三年——因为塔希提的生活节奏很慢，你不会注意到时间的流逝。有一个人来找到了库特拉斯医生，告诉他一个消息：思特里克兰德马上就要死了。

爱塔跑到路上，挥了挥手，拦下了一辆马车，它恰巧要到帕皮提递送邮件。爱塔请求赶车人载她去医生的家，但是当她到达医生的家的时候，医生却刚好外出了。医生知道这个消息的时候，已经是傍晚了。因为天色太晚，他没办法立刻起程，只能等到第二天早上出发。他先是坐车去了塔拉窝，然后走了七公里到达了爱塔家。当时他还不知道，那是他最后一次去他们家。他差点没找到那条小路，因为一路上覆盖的全是杂草，一点也看不出行人的足迹。

这条路很难走。他时而涉过险滩，时而劈开荆棘，时而爬过岩石。因为枝头上有一些野蜂窝，所以他不得不万分小心，以免被野蜂蜇到。茂密的丛林里万籁俱寂。

当他迈着步子走到那座尚未被油漆装饰的木头房子前时，不由得深深地叹了口气。如今这间房子已经变得破旧不堪了，甚至有些目不忍视。他沿着路慢慢地走到阳台边上，一个孩子正在那儿玩得欢快，然而孩子一看见他就迅速地跑开了。大概在这个孩子的眼中，陌生人无一例外都是坏人吧。库特拉斯医生察觉到那孩子正藏在树后面偷偷望着他。他看到了敞开的房门，便在外面叫了几声，却没有听到任何回应。于是，他继续往里走了走，敲了敲另一扇门，依然没有任何动静。他抬手扭了一下门柄，将门打开，随后走了进去。但扑面而来的臭味差点让他呕吐，他拿出手帕捂住鼻子，强迫自己向里面走。这间屋子里光线十分昏暗，刚离开外面刺眼的阳光，此时的他什么都看不清楚。当他渐渐适应了屋内昏暗的光线时，不禁大吃一惊，屋里完全是个神奇的世界，他简直不清楚此时身处在何处。朦胧中，他感觉好像来到了一片原始森林，在那些茂盛粗壮的大树下，十几个一丝不挂的人正在随意嬉戏。等他看清楚了才发现，原来这四周的景象都是墙上的壁画。

“老天啊，我不会是被热晕过头了吧。”他自言自语道。

这时他的视线中出现了一个人影。他看见地板上躺着一个人正在小声抽泣着，那个人正是爱塔。

“爱塔，”他大声喊道，“爱塔。”

她没有回应他。满屋子难以忍受的腥臭味险些再次把他熏倒，他感到鼻子快要失灵了，于是点了一支方头雪茄来刺激嗅觉。此时他的眼睛已经完全适应了这里面的昏暗光线。他抬头看看墙上的壁画，一种莫名的激动在心中激荡着。虽然他并不精通绘画，然而对于墙上的壁画他却有种难以抑制的喜悦感。这些精致的壁画从墙上绵延到地板上，再延伸到天花板上，让人感到一种别样的神秘。看到这满屋的壁画，库特拉斯医生简直无法呼吸。此时他产生了一种不知所起、难以言说的感情。如果能这样打比方的话，就好比是在开天辟地的鸿蒙之时一个人心中所涌动的那种激动而又敬畏的感觉。这幅画有种难以抵抗的气势，它既饱含着肉欲感，又充满着激情。在这肉欲与激情交织中还蕴含着某种令人恐惧的因素。想必绘制之人早已深刻体悟到自然的神秘，也已经探求到了某些看似美丽却恐怖的秘密。这个人知道了普通人都不知道的秘密，因此他的画作也是不属于尘世间的。这些画描绘的是令人惊骇的最原始的东西。这不禁让库特拉斯医生想到那神秘的黑魔法，那个美丽与邪恶共存的神奇魔法。

“老天啊，这个人一定是天才。”

他没有经过仔细思考就条件反射地说出了这句话。说完后，他才反应过来自己刚刚是在下评语。

然后他看见墙角放着一张破旧的草席，便走近去观察，发现上面躺着一具躯体。那是已经死去的思特里克兰德，看起来很可怖。库特拉斯医生凭着坚强的意志力，才使自己没有立刻转身离开这里。他走过去，弯下身子，仔细查看这具可怕的尸体。突然，他被吓了一跳，心脏怦怦直跳。他察觉到身后有什么东西在靠近自己。他立刻回头，发现是爱塔。原来，爱塔在不知不觉中走到了他旁边。他们两个人都低头看着地上的尸体。

“老天啊，我一定是变得迟钝了，”他说，“刚刚我被你吓坏了。”

他以前从未想到会有这样的一天：好好的一个人，现在却已经失去了呼吸，就这样躺在他的面前。库特拉斯又低头看了一会儿，就离开了。他的心情很沉重。

“他已经瞎了啊。”

“没错，他差不多瞎了快一年了。”

五十七

这时，库特拉斯太太回来了，我们暂停了交谈。库特拉斯太太风风火火地闯进来，容光焕发，精神抖擞。她是一个身材壮实的女人，有着饱满的胸部。层层肥肉堆在她的下巴上，格外引人注目。她总是站得很直。虽然这里的热带气候通常会令人四肢乏力、昏昏欲睡，但她却不然。库特拉斯太太不仅是一个精力十足的人，还非常健谈。她一回到屋子里，就如同打开了话匣子一样，滔滔不绝。在她回来之前我们的那番谈话仿佛是个幻觉，一点真实感都没有。

没过多久，库特拉斯医生对我说：

“那幅画——思特里克兰德给我的那幅，一直挂在我的书房里。你想去看看吗？”

“好的，我很想看看。”

于是我们站起身来。医生先是带我去了阳台，我们站在那里欣赏花园的景色——花园里绽放着绚丽多彩的花朵，景象非常动人。

“我一直忘不了思特里克兰德的画——那些画是他挂在墙壁上的装饰品，看起来十分奇异。”他沉思了片刻，开口说道。

我恰巧也在想这件事。看样子，思特里克兰德终于将他的真实内心世界向我们展露出来了。思特里克兰德一言不发地工作着。他很清楚，这是他最后一个机会了。我认为，他一定将他对生活与世界的理解全部倾注到画画中了。他在画画的过程中，一定可以体会到一种难得的宁静，让他的心灵逃离了魔鬼的囚笼。他前面活的这几十年似乎都是为画出这些壁画而做的铺垫。完成这个作品后，他感到心中一片澄明。他现在完全不恐惧死亡了，因为他知道自己这一生的追求已经达到了。

“他的画是什么主题？”我问。

“我也无法形容。他的画太奇异了，仿佛是宇宙刚刚形成时的画面——伊甸园，亚当和夏娃……我是怎么看出来的呢？他画的不仅是对人体美的强烈歌颂，更是对大自然的一曲赞歌。在他的笔下，你能感受到大自然的独特气质——既伟大又冷漠，既美丽动人又残酷无情……你会感受到时间是永恒的，空间是无限的，而自己却是那么渺小而短暂。他勾勒了许多树，包括榕树、椰子树、鳄梨、火焰花……平日里我已经见惯了这些树，但是当我看到他画的那些树时，却又有了新的体会。他笔下的树仿佛都有各自的灵魂。我从未离它们的灵魂这么近过，仿佛一伸手就能把那些灵魂握在手心似的。他用的那些颜色都很常见，但是组合在一起又给人以一种全新的感受，让人觉得它们是无可替代的。至于他笔下的人物——那些一丝不挂的男男女女，他们既属于红尘俗世，又超脱在外。在他的画中，你能看到人的原始本性，这令你深深地恐惧，因为你仿佛透过一面镜子看到了你自己。”

库特拉斯医生耸了耸肩膀，微微地笑了笑。

“你一定会嘲笑我的。我是一个功利主义者，我长得并不好看，身材肥胖，头脑一般——是不是和福斯塔夫挺像的？——像我这样的人，不适合说抒情的话。人们很容易就会被我的话逗笑。可是我还是要说，从来没有一幅画让我的印象如此深刻。说真的，当我第一眼见到这幅画的时候，你一定想象不到我的心情——就好像我置身于罗马塞斯廷小教堂中一样。在那里，看到天花板上的画时，我能体会到一种让人为之折服的伟大。只有真正的天才才能够创造出那样荡气回肠的画来。我面对着伟大的壁画，体会到自己宛如一颗砂砾般渺小。但是话说回来，如果一个人知道自己是在罗马塞斯廷小教堂，那他对即将见到的作品多少会有些心理准备。可是，当时我是在一个如此偏远的地方，那里远离文明，群山环绕，我完全没有想到会看见这样的惊世之作。而且，米开朗琪罗是一个身体健康、心智健全的人。如果人们看了他的作品，一定会感受到崇高和肃穆。然而，我站在这个地方，看着眼前的画，却感受到了不安，让我心绪不宁。我看着它，觉得自己好像是在一间空屋子的旁边，尽管我知道那间屋子里什么也没有，但是大脑却告诉我那里面有一个人。这种感觉真是太诡异了。你很清楚，自己不过是神经过敏，但是没过多久，一种恐惧就蔓延上了你的心头，把你紧紧地抓住了。我必须说，当我知道这些杰作后来被毁掉的时候，我觉得万分遗憾。”

“你说什么？被毁掉了？”我十分惊讶。

“没错。难道你还不知道吗？”

“我怎么可能知道？我之前从没听说过这些作品。我还以为是哪个艺术品爱好者把它们收藏了呢。思特里克兰德到底有多少作品，至今没有人知道准确的数字。”

“自从他看不见了之后，就总是独自一个人待在那个墙上是壁画的屋子里，有时候能待一整天。虽然他的眼睛失明了，但当他望着自己作品的时候，我总觉得他能透过它看到许多东西。爱塔和我说，他是一个积极的人，从来没有抱怨过命运。他死前的神情一直是安详而平和的。但是他要爱塔答应他一件事，在她把他埋葬之后——我和你说过吗？我为他挖了一个墓穴，因为当地人都不肯靠近这座房子，他们怕染上疾病，所以我和爱塔一起将他的尸体埋葬在那株杧果树底下——他让爱塔向他保证，亲手把房子烧掉，而且她必须在场，直到房子烧成灰烬。”

我沉默了良久，思考了半天，最终说道：

“这样看来，他一直都没有改变啊。”

“你知道吗？当时我认为自己必须劝阻她，因为那是我的责任。”

“结果呢？你真的这样说了吗？”

“是的。因为我看得出来，它绝不是毫无意义的废纸，而是出自一个天才的杰作，具有无与伦比的艺术价值。它是人类的瑰宝，我们不能看着它毁于一旦。如果人类失去它，将面临巨大的损失。可惜的是，爱塔只听他的话，完全听不进我的劝告。我实在不忍心待在那里眼睁睁地看着那野蛮的破坏活动。后来别人告诉我她当时将画烧毁的全部过程：她先是准备了足量的煤油，将它泼洒在干燥的地板上和草席上，然后将火点着，没过多久，整座房子就燃起熊熊烈火，就这样，我们失去了一幅伟大的杰作。”

“我认为，思特里克兰德也知道它的价值。他追求到了自己想要的东西，一定死而无憾了。他亲手创造了一个世界，也目睹了它的美好。所以，他毁掉了它，因为他是一个骄傲的人。”

“我必须让你看看那幅画。”库特拉斯医生一边说着，一边加快了脚步。

“爱塔和他们的孩子呢？他们后来发生了什么事？”

“他们都搬到马尔奎撒群岛去了，因为她有亲属在那里，可以帮助他们。有人告诉我，他们的孩子现在是水手，在一艘喀麦隆的双桅帆船上做事。听说他和死去的父亲长得很像。”

库特拉斯医生向诊疗室走去，他在门口对我露出一个笑容。

“我的那幅画是一幅水果静物画。当然，可能你觉得它与诊疗室不是很搭，但是我的妻子不能接受将它挂在客厅里，因为她觉得这幅画给人一种猥亵感。”

“什么？水果静物会让人觉得猥亵？”我惊讶道。

然后我们走进了这间屋子。它很显眼，所以我一眼就看到了这幅画。我盯着它看了很久。

那幅画描绘的是一堆水果：香蕉、杧果、橘子，还有我不认识的几只水果。乍一看，不会让人觉得有哪里不对劲。如果这幅画是挂在后期印象派的某个画展上，一般人不仔细看的话一定会觉得这是一幅很普通的绘画作品。画风应该是属于印象派的。然而奇怪的是，这幅画给人的印象十分深刻，你只要看过它一眼，就再也不会忘记它。

从色彩的角度来说，这幅画的确不同寻常，甚至让人感到有种难以形容的不安。不透明的蓝色中还带着些浓浊，宛若精致的青金石雕盘，在极致的精细中闪动着层层光芒，这多么像生活中难以预料的神秘悸动；夸张的紫色会让人联想起腐肉，在泛起一阵阵恶心的同时又好像看到了某种闪烁着的欲望，让人隐约地想起亥里俄嘉巴鲁斯统治下的罗马帝国；而鲜艳醒目的红色则会让人在静看的时候联想到许多事物——那宛若挂在冬青灌木上的小红果，那飘着白雪的英国圣诞节以及节日里的欢声笑语。然而在这夺目的红色中又包含着几分柔和，画家用他的魔笔给了它别样的呈现，就像看到了柔嫩的乳鸽胸脯那般让人心驰神往；转换突兀而迅速的深黄色和绿色，宛如清风给人送来春天的芳香，又宛如混着泡沫的山泉给人带来几丝明净。然而有多少人知道这些果实是用怎样痛苦的幻想创造出来的呢？难道是希腊神话中赫斯珀里得斯三姐妹的苹果？可奇怪的是，这些果实没有丝毫生硬的痕迹，竟显得如此鲜活，仿佛在混沌初开时就被创造出来了似的。它们是蕴藏着秘密的魔法果实，无论谁尝了，都能被引导着走向那扇不知通往何方的大门，乃至走入幻境中的某座神秘殿堂。在它们内部隐藏着人们不能预测的风险，尝了它你可能会变成凶猛的野兽，也可能会变成万人敬仰的神灵。这世间人们喜欢的所有健康正常的事物、人们所珍视的所有美好的情感以及质朴的快乐都会远离它们，但它们却总能凭借神秘的诱惑力吸引人们走入一个未知的世界，就像是种植在伊甸园里能分辨善恶的智慧果。

我看完画后就心满意足地离开了。我认为，我已经无须再探究思特里克兰德的秘密了，因为他将它带进了坟墓。

“喂，亲爱的雷耐，”库特拉斯太太的声音从外面传进来，“你为什么还站在这儿呢？我们准备了开胃酒。你快问一问旁边那位先生，看他是否愿意喝一小杯规那皮杜邦内酒。”

“当然愿意，夫人。”我立刻回答她，接着往阳台走去。

我不再想着那幅画了。

五十八

随着日子一天天过去，我知道我该离开塔希提了。按照岛上的好客传统，但凡和我有一面之缘的人都会为我精心准备一份礼物，在我离开之前赠送给我。于是，我收到了一大堆礼物——精致的扇子、用椰子树叶编织的筐子、露兜树叶做成的席……蒂阿瑞送给我三颗小珍珠和她亲手做的三罐番石榴酱。从惠灵顿开往旧金山的那艘邮船即将起航的时候，蒂阿瑞紧紧抱住了我，她的眼睛里泪光闪闪，最后，她还给了我一个伤感的离别之吻。我登上轮船，遥望海面，身后熟悉的风景正在缓缓向后退去，心头忽然涌起一阵忧伤。我仍然能闻到空气中的那股香气，但我知道我离塔希提越来越远。我可能不会再来到这个地方了。这个迷人的小岛路过了我的生命，而我又将路过它。如果将人生的旅程看成是海上航行，那么此时我的生命之船就是在向下一个地点进发。同时我也能感受到，自己离那块名为死亡的彼岸更近了一步。

过了一个多月，我终于重返伦敦。我先将手头上的几件急事迅速处理好，然后给思特里克兰德太太写了一封信，因为我认为她可能很想知道她丈夫最后几年发生了什么事。直到大战爆发之前，我们很久都没有再见过面。因为不知道她现在的住址就没法寄信，我只好查了一下电话簿，才解决了这个问题。我很快就收到了她的回信。她在信上说她现在住在坎普登山，还约了我见面的日期。到了那一天，我按照约定去拜访她。她的新家是一所很整齐的小房子。思特里克兰德太太那时候快六十岁了，然而她的外貌仍然很年轻，看起来只有四十多岁。她的脸形很瘦，皮肤光洁，只有几道皱纹，你很难看出时光刻下的痕迹，会觉得她年轻时一定是个大美人。她的头发只有少许灰白，梳了一个符合身份的发型。她穿着一件时髦的黑色长衫。别人曾经告诉过我，她的姐姐麦克安德鲁太太在丈夫死后没多久也去世了，于是思特里克兰德太太继承了一笔遗产。从她现在的住所以及侍女们整洁的外衣，我大概能判断出那笔钱数额不小，起码能支持她过上小康的生活。

侍女走在前面，我跟在后面。进了客厅，我看到屋里还有一位客人，我以前没有见过这个人。思特里克兰德太太向我介绍他的身份，我才知道他叫凡·布施·泰勒，是一位美国人。我想，思特里克兰德太太之所以约我在这个时候前来，一定和这位来客有关。

“你知道，我们英国人见识不广，这十分可怕。我必须解释一下，请你一定要原谅我。”思特里克兰德太太对他歉意地笑了笑，然后转头看着我说：“凡·布施·泰勒先生是美国最有名的评论家。我不知道你是否读过他的著作，如果尚未读过，那就太不应该了，刚好现在有一个弥补的机会。泰勒先生正在着手写一些东西，是关于亲爱的查理斯的。他今天到我这里来，正是为了这件事。”

凡·布施·泰勒先生是个瘦骨嶙峋的人，一颗大脑袋上面没有头发，显得头皮锃光发亮的；一张布满皱纹的脸在宽宽的脑门下面显得蜡黄而瘦小。他谈吐得体，谦和有礼，说话略带些新英格兰州口音。我觉得这个人死气沉沉的，面目呆板，一点儿都不热情，我实在猜不透他怎么会对查理斯·思特里克兰德产生兴趣。思特里克兰德去世后，他的太太每每提及他时，语气都显得格外温柔，我暗自在心里发笑。趁着这两人谈话的时候，我把我们所处的房间扫视了一番，从房间的布置可以看出思特里克兰德太太是个十分追逐时尚潮流的人。现在的客厅里已经丝毫不见旧居的痕迹，那些陈旧的装饰全部都被清理了，原先贴的莫里斯墙纸，还有家具上套的那些简单朴素的印花布全都不见了踪影，就连原先客厅墙壁上的阿伦德尔图片也不见了。现在的客厅满是斑驳陆离的色彩，我猜想她是不是因为原先在南海岛上那个可怜画家的幻梦才把屋子装饰成了这样。而接下来，她回应了我的怀疑。

“你的这些靠垫太棒了。”凡·布施·泰勒先生赞叹道。

“你很喜欢吗？”她高兴地说，“这些都是巴克斯特设计的，你知道的。”

我看到墙上还有几张画，它们都是思特里克兰德的代表作的彩色复制品，出自柏林的一家印刷商。

“你在看这些画呢，”她注意到我的目光，说道，“当然，我没法弄到他的原画，不过有这些复制品也不错。它们是出版商主动送给我的，在很大程度上安慰了我。”

“每天都能够欣赏这些画，这是多么大的乐趣啊。”凡·布施·泰勒先生说。

“没错，它们很有装饰意义。”

“这也是我的观点，”凡·布施·泰勒先生说，“真正伟大的艺术，都是具有极高的装饰价值的。”

他们看着墙上的一幅画：画的是一个正在哺育孩子的女人，她一丝不挂，旁边还跪着一个年轻女孩。女孩的手心里盛着一朵花，她要递给一个小孩，但那个小孩并不在意。在她们的旁边，还有一个满脸皱纹、身材瘦小的老太婆。我想，这应该是思特里克兰德画的神圣家庭，画中的这些人都是塔拉窝村那所房子的住户，喂奶的女人应该是爱塔，她怀里的婴儿就是他们的第一个孩子。我很好奇，思特里克兰德太太是否知道这些事。

他们继续交谈起来。我很佩服凡·布施·泰勒先生，因为他相当老练，总是完美地回避掉令人尴尬的话题，使谈话进展得相当顺利。我也很佩服思特里克兰德太太，因为她很圆滑，在言谈中暗示了她现在是一个婚姻幸福、家庭美满的人。过了很久，他们结束了谈话，凡·布施·泰勒先生起身准备告辞。他礼貌地握着思特里克兰德太太的一只手，对她说了一串优美但又冗长的感谢词，便离开了这里。

“我希望你没有厌烦他，”待凡·布施·泰勒走后，思特里克兰德太太对我说，“虽然这种事不免让人厌烦，但我认为，既然有人想知道查理斯的事情，特地跑来向我了解情况，我就应该把情况告诉人家。作为一个天才的遗孀，这么做是应该的吧？”

她看着我，目光很真挚。我感到很亲切，她的一双眼睛和二十多年前一样。我简直要怀疑她是在拿我寻开心。

“你的那个打字所现在还在开吗？我猜应该早就停业了吧？”我说。

“啊，当然，”她大方地说，“当年，我开那家打字所纯粹是因为觉得有趣，仅此而已。后来，我的孩子们都认为我经营它太劳心费神了，就劝我将它转让给别人。我听从了他们的建议。”

我发现，她现在已经忘记了她那段不光彩的历史。她曾经和其他女人一样，认为一个正经的女人就是应该依靠别人而活。后来，她在走投无路的情况下，不得不自己养活自己。

“我的家人都在家里，”她说，“我请你来我家是希望你能和他们聊一聊他们的父亲，他们一定会很高兴的。你还记得罗伯特吗？他很快就要领陆军十字勋章了，真是一件高兴的事。”

说完，她就走到门口，示意他们进来。我看到一个穿卡其服的男人走了进来。他的脖子上系着牧师戴的硬领，身材高大又健壮，很有美感，那双真挚的眼睛和他小时候一模一样。他妹妹跟在他后面，继承了她母亲的美貌，让人觉得她小时候一定很漂亮。

“我猜你肯定忘记他俩了吧，”思特里克兰德太太说，脸上浮现出骄傲的神情，“我的女儿现在是朵纳尔德逊太太，她的丈夫是炮兵团的少校。”

“他是一个真正的军人，从士兵出身的那种，”朵纳尔德逊太太显然很高兴，“所以现在是个少校。”

我笑了，因为想起了我过去的预言——她将来一定会嫁一个军人，看来我的预言很准。从她待人接物的方式就能看出来军人妻子的风范。她对人和蔼可亲，但同时并不会掩藏自己的内心想法。罗伯特见到我很高兴。

“好巧啊，我这次在伦敦只待三天，因为我的假期就这么短，恰巧你来了。”他说。

“他一直惦记着赶快回去。”他母亲说。

“是的，对于这一点我无法否认，因为前线的生活太有意思了，棒极了。我认识了许多朋友。当然，我们也都明白：战争是残酷的。不过众所周知，战争的确能体现出一个人的素质。”

然后我跟他们大致介绍了一下查理斯·思特里克兰德在塔希提的生活。除了爱塔和她生的孩子没有说——因为我觉得不需要说，其他的事我都说了。我最后说的一件事就是他的死亡。当我说完，大家都沉默了几分钟。过了一会儿，罗伯特·思特里克兰德掏出一根火柴，用它点着了一支纸烟。

“上帝的磨盘虽然转得很慢，但是却磨得很细。”罗伯特说。

思特里克兰德太太和朵纳尔德逊太太都低下了头，显得很虔诚的样子。我很清楚，她们两人表现得如此虔诚，不是因为别的，而是因为她们觉得罗伯特刚才的话引用了《圣经》。说真的，也许罗伯特本人也是这么认为的。这时，我突然想起了爱塔生下的那个男孩。有人告诉我，那是个活泼开朗的小伙子。我的眼前仿佛出现了这样的景象：这个年轻人在一艘双桅大帆船上卖力工作着，他的腰间围了一块粗蓝布，除此之外什么都没有穿。夜色渐沉，微风拂过，船儿在海面上左右摇晃着，如一朵云轻轻地向前飘去。聚在一起的水手们站在上层甲板上谈天说笑，船长和货物管理员则坐在一旁的帆布椅上悠闲地抽着烟。思特里克兰德的孩子和一个年轻人正在跳舞，手风琴奏出悠扬的曲调，作为他们的伴奏。抬头是万里碧空，群星闪耀，太平洋烟波浩渺，波光粼粼，此时风光正好。

《圣经》上的另一句话忽然浮现在我的脑海中，险些就要从我的口中吐露出来，还好被我及时咽下去了。因为我很清楚，对于牧师来说，最不喜欢的事情就是自己的领域被外来的俗人侵犯，他们觉得这是对神明的亵渎。我有一个在威特斯台柏尔教区当牧师的叔叔，他干这一行已经干了二十七年，如果他遇到这种情况，一定会说：魔鬼在干坏事之前总是可以引用《圣经》的。他对过去的日子一直念念不忘，那时候只要花一个先令就能买到十三只大牡蛎。